L'Instant d'après

DU MÊME AUTEUR

Macno, Grasset, 1986
Chantilly-Express, Rivages, 1986
Yucatán, Grasset, 1989
L'Apprenti séducteur, Grasset, 1994
Oiseaux de cage et de volière, Rivages, 1996
Amore, Grasset, 1996
Uto, Stock, 1998

Andrea De Carlo

L'Instant d'après

ROMAN TRADUIT DE L'ITALIEN PAR MARIANNE VÉRON

DENOËL
& D'AILLEURS

Titre original :
Nel momento
Éditeur original :
Arnoldo Mondadori Editore S.p.A, Milano

9, rue du Cherche-Midi, 75006 Paris
ISBN 2-207-25132-2
B 25132-9

UN

Le cinq mars au matin, je suis sorti seul ; j'étais d'humeur irritable parce qu'il faisait mauvais temps et que mes pensées suivaient un cours étrange, c'est alors que le cheval a pris le dessus. Duane ne m'appartenait pas : c'était un pur-sang anglais qui avait été écarté des champs de courses et je l'estimais mille fois plus instable que les solides bêtes rurales avec lesquelles je m'étais mis en tête de retrouver la nature perdue de la race chevaline. Il avait les naseaux dilatés et le blanc de l'œil fou, sa tête se dressait au sommet d'une encolure élancée ; on aurait dit un corps de lévrier à l'ossature délicate, aux muscles à fleur de peau et aux nerfs tendus comme des cordes de guitare électrique ; je sentais dans mes jambes, mon bassin et mes bras la peur et le besoin frustré de mouvement qui le traversaient comme un courant, le faisaient frémir et ruer un pas sur deux. Me revenait à l'esprit la conversation qu'Anna et moi avions sans cesse sur le principe de nous occuper de chevaux et de propriétaires de chevaux si différents de nos intentions initiales : la façon dont nous avions instantanément disparu dans nos rôles acquis, moi l'homme irréaliste et elle la femme aux pieds sur terre s'affrontant derrière des barricades de justifications. Il soufflait un vent mauvais du nord-ouest, qui s'est renforcé lorsque nous avons contourné l'antique sanctuaire en ruine. Duane remuait les oreilles et piaffait au moindre bruissement de ramure dans le bois ; et je pense qu'il percevait mes tensions irrésolues comme je percevais les siennes, l'alphabet des signaux chiffrés.

À force d'ébrouements, de secousses des rênes et de coups de talon, nous avons descendu le raidillon qui mène du sanctuaire au vallon ; les fers dérapaient de temps en temps sur l'asphalte qu'un bienfaiteur involontaire avait fait verser sur trois cents mètres de chemin pour le mariage de sa fille. Je me tenais léger en selle, les pointes de pieds effleurant à peine les étriers, prêt à me rétablir en cas de perte d'équilibre et même à sauter à terre si Duane tombait sur le flanc ou se retrouvait les quatre fers en l'air. C'était un aspect de l'équitation qui me fascinait depuis le début : devoir rester sur ses gardes mais sans se raidir, être attentif aux moindres signes et pourtant se fondre dans un équilibre beaucoup plus ample et mobile, où aucun geste ne peut garantir d'effets permanents.

Lorsque nous sommes arrivés sur du plat, nous avons franchi le portail grillagé à cause du bétail, pour entamer un trot nerveux sur le chemin de terre qui traversait la vaste étendue de prés vallonnés. L'herbe rase de l'hiver avait recommencé à pousser depuis peu ; agacés eux aussi par le vent, les chevaux de boucherie à l'arrière-train faible et les vaches blanches à grandes cornes broutaient avec un acharnement intermittent. À chaque rafale, les papiers gras et les sacs en plastique des pique-niqueurs dominicaux s'envolaient et faisaient regimber Duane, sinon c'était plus ou moins le même paysage qui m'avait frappé tant d'années auparavant, quand je m'étais effaré de voir une portion aussi vaste de vallées et de collines conservée presque intacte à trente kilomètres de la ville.

Après bien des incartades et des dérobades, nous avons franchi le second portail et nous avons repris au trot en direction des versants herbeux, au-delà de l'enclos du taureau, sous le grand chêne. Je songeais à toutes les fois où j'avais fait le même parcours de deux heures aller et retour avec des clients : les uns inexpérimentés en file indienne, agrippés aux rênes, et les autres qui se croyaient experts, entièrement absorbés par leurs jeux de posture. À mesure que le paysage s'ouvrait devant nous, les questions habituelles me revenaient à l'esprit ainsi que mes réponses habituelles : le sentiment de maîtrise et de liberté, la satisfaction quasiment rageuse d'avoir enfin trouvé un travail et une vie qui ne me donnaient pas l'impression d'être enfermé dans une cage ou une prison dorée. Je cherchais à me rappeler ces sensations pour me libérer et m'y prélasser, mais je n'y arrivais pas : je ne savais si c'était à cause de l'allure de Duane, du vent ou des grands nuages gris qui caracolaient dans le ciel au-dessus de nos têtes.

Nous sommes passés sous les câbles électriques, entre les pylônes plantés tels des monuments géants offerts à l'arrogance des grosses sociétés nationales, avec une pointe de galop pour nous soustraire le plus vite possible à l'altération des champs magnétiques. Je regardais plus en avant et fixais le point où la vallée descend jusqu'au petit fleuve, sur les rives duquel les anciens Romains avaient combattu je ne sais qui ; je me demandais combien de temps il faudrait à la ville et à ses faubourgs engorgés et avides pour trouver le moyen de ronger aussi ce véritable îlot en terre ferme et de l'engloutir lambeau après lambeau. Duane cherchait toujours à se soustraire aux rênes, il baissait la tête et allongeait le cou, il opposait le rythme des jambes à la résistance de mes mains. J'étais accaparé par tout ce que j'avais à faire dès mon retour au centre d'équitation : des gestes et des outils, des noms d'objets, de chevaux, de personnes, des chiffres, des unités de poids, des horaires. Mes pensées me martelaient convulsivement la tête, puis elles perdaient leur contour et se mêlaient à des images plus vagues : des rapprochements et des éloignements, des regards, des sensations sans nom, des attentes sans forme.

Nous sommes arrivés à la courbe du fleuve, où d'autres vaches blanches à grandes cornes se sont écartées sur notre passage, talonnées par leurs tout jeunes veaux ; nous avons suivi au trot le sens du courant. Au lieu de se défouler dans l'accélération du mouvement, Duane frémissait de tension retenue, baigné de sueur et la bouche écumante ; toutes les deux secondes, il tentait un demi-galop oblique, forçait sur ses postérieurs tendus et m'obligeait à tirer sur le mors pour le tenir en respect.

Nous avons traversé comme d'habitude au gué, et nous sommes remontés par saccades sur la rive boueuse labourée par les sabots du bétail. Puis sur le pré a débouché une motocross blanche et rouge dans un vacarme de pot d'échappement scié par un mécanicien fanatique et insatiable ; à ce moment-là, Duane a complètement perdu la tête.

Je travaillais avec les chevaux depuis cinq ans, j'avais déjà connu des situations similaires sans jamais avoir été pris au dépourvu ; dire qu'un instant plus tôt j'avais cru tenir la situation bien en main, et voilà que la seconde d'après j'étais jusque dans mes fibres envahi de doutes sur la possibilité de contrôler qui ou quoi que ce fût au monde. Je n'aurais pas su l'expliquer précisément, même si j'en avais eu le temps : cela me semblait une forme extrême de déception ou de fatigue, qui me rongeait de l'intérieur comme un gaz agissant sur les nerfs.

J'ai tiré la rêne gauche en pressant mon genou gauche contre le flanc de Duane pour l'obliger à tourner et lui faire perdre l'élan et le sens de la fugue, mais sans agir assez vite ni y mettre assez de conviction car entre-temps la panique d'animal pris au piège avait continué à bouillonner dans son sang avec une violence telle qu'elle le rendait insensible. J'ai tiré fort les deux rênes en alternant les mains, j'ai déplacé le poids vers l'arrière et j'ai crié : « Oh ! » du ton le plus autoritaire que j'ai pu trouver, mais là encore ce n'était pas grand-chose : Duane a baissé la tête de toute la force de son cou de cheval et s'est mis à ruer. Ballotté comme un sac, j'ai fait quelques sauts de rodéo puis, pour ne pas finir à terre, j'ai dû lâcher les rênes, donner des talons et lui laisser prendre la vitesse qu'il voulait. Il n'y avait aucune sorte de système autolimitateur dans sa tête, et malgré tous mes efforts je n'arrivais pas à me tenir souple en selle : j'étais trop raidi et penché en avant, j'avais les jambes trop serrées, les épaules trop rentrées. Chaque foulée se répercutait dans mon corps avec une sensation de désaccord fondamental et m'éreintait comme elle aurait pu le faire au moins doué de mes élèves.

Tels des sauvages, nous avons traversé au galop le pré ondulant que bornait sur deux côtés la masse vert sombre des bois, dans le rythme accéléré des sabots, de mon cœur et de celui du cheval. Le vent de la course me faisait pleurer, j'avais mal aux mains et aux genoux ; saisi de stupeur je constatais que tout ce que je savais me glissait dessus sans me laisser les moyens d'exercer une véritable influence sur la vitesse ou la direction de notre course. Et pourtant je ne pensais pas être particulièrement épouvanté : il y avait une sorte de détachement dans la manière dont je cherchais à évaluer la dureté du sol, la force d'un impact éventuel, la durée de la panique du cheval, et ma détermination à rester en selle.

Duane était de plus en plus emporté par la rupture de ses digues intérieures, de plus en plus déraisonnable dans son envie d'échapper à toute répression des instincts, à tout code de communication, à toute pantomime rassurante apprise à grand-peine ; il galopait comme à la poursuite de toutes ses énergies vitales à travers des siècles d'histoire de domestication, loin de toute bride, courroie, corde, barrière, parole, loin de tout geste, lasso et poteau qui l'avaient bloqué du côté passif d'un jeu mené par d'autres jusqu'à quelques minutes plus tôt. À chaque nouvelle ondulation de la prairie, je me voyais sur le point de perdre définitivement le contact et de m'envoler, dans un grincement de cuir, de métal, de jointures, d'os et de pensées. Je croyais avoir retrouvé mon assiette et je l'avais déjà reperdue ; je me répétais les instructions de base de mes cours pour débutants et déjà mes pieds avaient glissé hors des étriers, je m'étais remis à faire des bonds sur la selle, je sentais mes vertèbres s'entrechoquer, les muscles de mon dos et de mes épaules s'épuiser en une lutte inutile de compensation et de résistance, avec les bras bloqués et les doigts qui perdaient prise.

Nous avons poursuivi à bride abattue à travers la pente des pâturages, et Duane a encore accéléré malgré l'inclinaison du terrain qui le déséquilibrait, les jambes emmêlées comme dans un tableau futuriste qui me venait à l'esprit et où courait un basset, sauf que là c'était un basset très haut et très vigoureux, et que je m'y cramponnais comme un malheureux rat. Nous sommes passés au grand galop au ras des branches d'ormes, de charmes, de sureaux, de genêts, de ronces et d'aubépine qui poussaient à la lisière du bois, fonçant dans la descente en direction d'un bloc de pierre grise posé comme un fait exprès sur l'herbe drue. Puis à l'ultime endroit possible, Duane a fait un écart à gauche et s'est volatilisé sous moi ; j'ai pris mon envol comme un homme-projectile de cirque, j'appréhendais les chocs, les fractures et l'obscurité définitive, mais bizarrement je ressentais aussi une sorte d'indifférence ou de curiosité, ou de soulagement, au fond la froide conscience que c'étaient peut-être là mes dernières sensations.

Je me suis écrasé en un mouvement irrésistible du haut vers le bas, le front, la poitrine, les mains et les genoux contre l'herbe et la terre dure juste au-dessous, comme si j'avais voulu y pénétrer ou au moins la serrer et la serrer encore, de toutes mes forces, jusqu'à m'y consumer. J'étais de nouveau presque sur pied, mais pas vraiment, surpris de ma capacité de récupération et déconcerté de voir combien peu je récupérais... de nouveau face contre l'herbe... incliné sur un flanc... brusquement assis par terre...

Assis là, je regardais le ciel gris continuer à courir au-dessus de moi ; je regardais le pré courir au-dessous de moi ; je regardais Duane s'enfuir au petit trot oblique, avec des écarts et des balancements de tête pour contrôler ses arrières. Je me suis levé sous l'impulsion irréfléchie de lui courir après, mais un éclair de douleur m'a traversé le corps comme un trait de crayon rouge en travers d'une esquisse : le paysage s'est mis à rétrécir et s'agrandir sous mes yeux, et rétrécir encore. Mes genoux ont ployé, tandis que s'évanouissaient mon ouïe, ma vue et tous mes autres sens, dans un retour de nausée qui m'expédiait dans une spirale vertigineuse. J'ai dit : « Ce n'est rien, ce n'est rien », à mi-voix, ou sans voix ; j'ai pensé que peut-être, au contraire, j'étais sur le point de mourir. J'essayais de respirer par le nez, de garder de l'ordre dans mes pensées, mais je n'arrivais à trouver aucun recoin de cerveau où les mettre, je n'étais même plus sûr d'avoir un cerveau ou des pensées.

Cela semblait être un état intermittent parce que, deux ou trois heures, ou minutes, ou secondes plus tard, il m'a semblé avoir retrouvé un minimum de recul sur les choses et même un peu d'humour, de la colère contre Duane, de l'embarras pour n'avoir pas su le maîtriser, et aussi de l'impatience pour le temps perdu et pour toutes les tâches pressantes du centre d'équitation qui avaient déjà commencé à empiéter les unes sur les autres. Mais deux ou trois heures, ou minutes, ou secondes plus tard, tout était revenu à zéro, j'étais affalé sur le pré, pris par une forme de malaise tellement ample et définitive que je ne distinguais plus aucune séparation entre moi et le pré, l'intérieur et l'extérieur, entre ici et là, où et quand. Deux ou trois heures, ou minutes, ou secondes plus tard, j'avais la tête pleine de fragments, de constatations, d'intuitions et de considérations parfaitement inutilisables, comme des tessons de verre de toutes les couleurs secoués dans une boîte.

Je me suis passé une main sur les reins, et j'ai tenté de bouger peu à peu les jambes pour me faire une petite idée de l'étendue des dégâts. J'oscillais entre des préoccupations extrêmement localisées et une panique sans contours, une opacité d'organisme unicellulaire qui se renferme sur lui-même. Dès que je faisais un mouvement, la nausée me ramenait en cercles concentriques vers une zone vide de pensées ; dès que je m'immobilisais, mon cerveau recommençait à produire des miettes ou des copeaux d'idées et de sentiments impossibles à remettre ensemble. J'ai encore essayé de me concentrer sur ma respiration : je fermais les yeux et je dilatais les narines, je me remplissais lentement les poumons ; mes côtes me faisaient souffrir.

Après un autre laps de temps non mesurable, il m'a paru que rester assis sans bouger était la pire des options qui s'offraient à moi ; je me suis relevé avec la plus grande circonspection, je me suis passé la main sur le crâne pour me gratter, ou me caresser, ou me stabiliser, ou chercher une fêlure que je n'arrivais pas à trouver. En revanche, je réussissais à tenir debout, même si le paysage continuait à courir par-dessus et par-dessous mon corps, à s'éloigner, et à se rapprocher en même temps que le sens des choses qui montait en moi et se retirait au moindre mouvement. J'ai fait deux ou trois pas et je me suis appuyé au bloc gris, pour essayer de vomir ; mais ce n'était pas un type de nausée susceptible de se résoudre aussi mécaniquement, je le savais avant même d'essayer.

J'ai de nouveau regardé vers les prés, les yeux mi-clos pour freiner leur course ; peu à peu ma vue a cessé de tout télescoper et mes pensées ont en partie au moins repris leur forme ; le malaise universel s'est réduit, pour se localiser en une douleur aiguë à la tête, aux côtes, à l'épaule, au poignet et à la hanche gauches, accompagnée de la sensation parfaitement claire d'être malheureux.

Le plus curieux, c'est que cela ne me paraissait pas être un effet collatéral de la chute : les dégâts physiques et la désolation appartenaient à deux plans séparés, sur des échelles de grandeur impossibles même à comparer. J'étais debout dans la prairie ondulante, brisé et miné par la nausée, et je savais par-delà tout doute possible que ma vie n'était en rien celle que j'aurais voulue.

Je me suis demandé comment j'avais fait pour ne pas m'en apercevoir auparavant, quand je me levais le matin de bonne heure, ou pendant que je prenais mon petit déjeuner avec Anna, ou à n'importe quel autre moment de notre vie ensemble. Je me suis demandé comment j'avais pu, jusqu'à cette chute, me sentir lié et assouvi par ce que j'avais : je projetais alentour des cercles, des carrés, des rectangles et des triangles de questions, et en guise de réponse, je ne trouvais que l'obstination et le silence, des visages graves, des noms à donner aux choses et des engagements à tenir par principe, des charges à soulever, des animaux à aiguillonner le long de parcours qui ne leur plaisaient pas, des gestes à répéter à l'infini.

Aussitôt, j'ai essayé de penser au temps d'avant Anna, d'avant les chevaux, et je me suis rendu compte que jamais je n'avais été heureux. Si je faisais défiler ma vie entière en avant ou en arrière à la recherche d'un instant de contentement qui ne fût pas juste un récif perdu dans un océan, je ne le trouvais pas. Il ne me venait à l'esprit aucune joie qui ne fût interrompue par le devoir, aucune surprise qui ne fût diluée dans l'habitude, aucun bonheur qui ne fût voilé d'ennui, aucune fantaisie qui ne fût clouée au sol par le poids écrasant de la réalité. C'était une prise de conscience qui m'éblouissait et m'aiguisait la vue en phases alternées, qui me donnait envie de rester à jamais immobile, mais aussi de me mettre en route, de m'extirper de là.

J'ai entrepris de marcher, mais c'était encore plus difficile que je ne le craignais. J'avais des élancements dans la tête, mon bras gauche tirait sur les ligaments de l'épaule et à chaque pas ma hanche gauche m'envoyait des décharges dans tout le corps, me faisant à chaque fois manquer le point d'appui. Je me suis efforcé d'agir doucement ; je boitais au ralenti sur les prés en pente que j'avais parcourus en quelques minutes de course folle dans la direction inverse, ma perception du temps semblait aussi perturbée que ma perception des distances. Duane s'était arrêté et broutait l'herbe à trente, ou cent, ou quatre cents mètres de moi en direction de la maison, et chaque fois qu'il me voyait approcher il commençait à trotter et rétablissait une distance insondable, puis il me regardait, la tête tournée dans une attitude de provocation. De toute façon, je n'aurais jamais été capable de me remettre en selle, même si je l'avais rattrapé : j'allais après lui comme on peut suivre une idée qui a déjà perdu toute sa pertinence au début d'un raisonnement. Mais j'avais besoin de fixer mon regard sur quelque chose de simple pour ne pas m'engloutir dans le vide qui s'ouvrait sous mes pieds ; j'avançais, un pas après l'autre, sans tourner la tête.

Il me venait des réflexions sur la lenteur des êtres humains à pied, par rapport à leurs besoins ou à leurs ambitions de déplacement. Je songeais que n'importe quel autre animal garde un rapport plus équilibré entre sa vitesse propre et l'extension du territoire dont il a besoin ou envie. Je songeais comme une fourmi se déplace vite, à travers une pièce qui est pour elle aussi grande que pour moi l'étendue de ces pâturages ; et comme au contraire un paresseux est content de rester pratiquement immobile sur son arbre, à manger des feuilles. J'avais la tête emplie de sauts d'écureuils et de singes, de courses de lièvres, de lions, de cerfs, d'éléphants, de gazelles, de zèbres, de souris, de tergiversations d'escargots et de tortues. Je songeais à la manière orgueilleuse dont j'avais exploré à cheval ces mêmes espaces, surélevé et à mon aise sur le terrain, maître de la distance sur un simple coup de talon. Je songeais à toutes les grandes gueules, à tous les gros culs et les rabougris, à toutes les demi-portions qui se sentaient nobles et agiles comme des centaures et des amazones, tandis qu'ils me suivaient sur des jambes d'emprunt ; je les imaginais à pied comme moi, écrasés par la pression atmosphérique et limités par l'ambition de se tenir droit en marchant, humiliés par leur propre corps. J'avais envie de rire, mais cela n'atténuait guère mon malheur ni mon malaise physique, ni ma sensation de profond désavantage, ni la frustration qui se distillait avec ma sueur tandis que j'avançais comme si mes jambes étaient à contre-courant.

Je songeais comme l'histoire des êtres humains a été influencée par le désir de s'affranchir de cette frustration fondamentale, suivant une voie obsessionnelle qui a mené graduellement à la domestication de l'âne, à l'invention de la roue, à la découverte de l'étrier, aux hordes barbares de l'Asie, aux croisades, à l'invasion des Amériques, au moteur à explosion, aux guerres mondiales, au tourisme de masse, à la domination des voitures, à la mondialisation et à la destruction progressive du monde. Je me demandais comment auraient évolué les choses si notre espèce avait été dotée d'une vitesse naturelle plus gratifiante : aurions-nous commis moins de dégâts, ou au contraire davantage ? La lenteur n'était-elle pas, pour la Nature, une pathétique tentative de freiner nos tendances agressives et dévastatrices ?

À mi-parcours des pâturages, Duane avait disparu et mon énergie s'était épuisée ; je devais faire un effort extrême pour continuer et ne pas me laisser abattre. De temps à autre, il me semblait me rappeler un moment de ma vie que j'aurais peut-être pu voir sous un jour un peu moins désolant ; mais le passé et le futur immédiats me revenaient aussitôt à l'esprit ; quant au présent, il devenait tellement isolé dans l'immensité des sensations négatives ou neutres qu'il ne méritait aucune tentative de traversée. J'avançais parmi les ondulations qui s'allongeaient et s'enflaient à chaque pas, et je cherchais à refouler au moins ce genre de pensées pour revenir à des réflexions plus inoffensives. Je me suis imaginé le retour de Duane, vers le soir, au centre d'équitation, le pas léger, élastique, avec ses ressources d'animal construit pour les grandes distances ; je me suis imaginé le visage d'Anna.

Lorsque je suis enfin arrivé au chemin de terre, plein de trous et d'ornières, qui traversait la partie la plus plate des prairies, je n'avais pas la moindre notion du temps qui s'était écoulé ; ma montre s'était arrêtée avec la chute, et je n'avais pas l'impression qu'elle aurait été de toute façon d'une grande utilité. J'ai essayé de reprendre mon souffle, de sécher ma sueur dans le vent froid ; je n'ai pas cherché à calculer combien de temps j'allais mettre de là jusqu'à la maison, parce que j'étais trop certain de ne pas y arriver. Il n'y avait personne en vue ; à part les vaches et les chevaux, pas la moindre roulotte de Gitans, pas le moindre braconnier au visage d'humanoïde, pas le moindre gamin à cyclomoteur venu d'un village voisin pour faire du boucan. Le centre d'équitation ne cessait de s'éloigner sous mes yeux ; je me suis vu encore là au coucher du soleil, avant qu'Anna ne s'aperçoive de mon absence et n'abandonne sa frénésie d'activités à la chaîne pour se lancer à ma recherche. La douleur à la tête, à l'épaule, à la poitrine, au poignet et à la hanche était devenue si forte que chaque pas me semblait être l'ultime, me donnait envie de me laisser aller.

C'est ce que j'ai fait au bout d'un moment : je me suis assis sur l'herbe du talus au bord de la route, incliné sur le côté dans un dernier effort de dignité au cas où serait arrivé quelqu'un de ma connaissance — pourquoi pas le responsable d'un manège concurrent, avec sa file indienne d'élèves bien droits sur leur selle. Mais personne ne venait et le vent du nord-ouest ne cessait d'empirer.

Je me suis remis en marche, à pas encore plus brefs et chancelants ; au bout de vingt mètres, j'ai dû m'arrêter de nouveau, car je n'en pouvais plus. J'ai tenté de me relever ; je me suis rassis aussitôt : je n'avais plus la moindre réserve d'énergie musculaire ou morale. J'aurais voulu creuser un tunnel dans le flanc herbeux de la colline, comme une taupe, oublier dans l'obscurité tiède et protectrice de la terre la désolation, la douleur, la lenteur innée de l'espèce humaine et tout le reste.

Au lieu de cela, j'ai vu arriver une vieille fourgonnette rouge dans un bruit de pétarade et de tôle brinquebalante ; j'ai fait un geste, tardif parce que mes réflexes étaient très ralentis, et je suis resté là à la regarder passer. Mais elle a freiné quelques mètres plus loin, la marche arrière s'est enclenchée avec quelque difficulté, et elle a reculé dans le nuage de poussière qu'elle avait soulevé.

À l'intérieur, il y avait une fille qui s'est penchée pour manœuvrer la poignée de la vitre mais n'a réussi à l'ouvrir qu'à moitié : elle a crié dans l'espace entre la vitre et la tôle : « Où tu veux aller ?

— Par là », ai-je dit dans un spasme, pour empêcher ma voix de se briser et mon corps de se plier en deux.

Elle a fait oui de la tête ; elle avait les yeux clairs et les pommettes hautes, les cheveux vigoureusement tirés en arrière et nattés. Impossible de me rappeler si je l'avais déjà vue dans les parages, tous les éléments du paysage défilaient sous mes yeux à la même distance fuyante. J'ai essayé d'ouvrir la portière mais elle était coincée ; la fille m'a fait signe de monter à l'arrière, elle paraissait impatiente. J'ai ouvert les portes arrière, et je me suis hissé au prix d'un douloureux effort sur le sol métallique.

Il flottait là une odeur de cannelle et de tabac, de poudre et de bergamote ; je ne savais pas comment m'asseoir, parce que les banquettes latérales avaient été démontées et que toutes les positions ne faisaient qu'accentuer la douleur. Il y avait un chien aussi : un terrier blanc et noir qui aboyait, et lorsque nous sommes repartis brutalement et que j'ai roulé par terre, il m'a bondi dessus, les pattes tendues, pour me lécher le visage, et il a bondi encore, dans un état d'agitation extrême. Je me suis étendu contre une vieille couverture, mise là peut-être pour le chien, et je me suis cherché un point d'appui. La fille conduisait en zigzag pour éviter les nids-de-poule sans ralentir ; à chaque coup de volant je glissais et retombais dans un éclaboussement de douleurs multiples. J'aurais voulu lui dire un mot sur mon état, mais je me sentais manquer de souffle dans ce tangage continu de vieilles tôles et de ressorts. De ma main droite, je m'efforçais de cramponner la base du siège avant et je tendais les muscles de mon dos pour amortir les secousses ininterrompues.

La fille s'est retournée deux ou trois fois pour me regarder ; elle a dit : « Coup de fatigue à mi-promenade ?

— Ce n'était pas une promenade », lui ai-je répondu d'une voix de pie agonisante.

Elle a hoché la tête, mais je n'étais pas sûr qu'elle m'ait entendu, elle paraissait trop préoccupée par la route.

Juste pour la distraire de la vitesse et me distraire de la douleur, j'ai dit : « Venue de Rome en balade ?

— Tu parles d'une balade », a-t-elle dit, aussi enragée que sa façon de conduire.

Nous étions déjà à la hauteur du sanctuaire, déjà dans l'angle droit du virage ; la violence du déportement m'a fait perdre mon appui, rouler par terre et crier beaucoup plus fort que je n'aurais voulu.

« Tu ne te sens pas bien ? » a dit la fille ; elle essayait de me regarder mais elle conduisait trop vite, et moi j'étais trop bas et encore en train de rouler.

« Ce n'est pas la grande forme », ai-je dit dès que j'ai pu me stabiliser. « Tu ne pourrais pas ralentir un peu ? »

Elle n'a pas ralenti du tout, mais accéléré au contraire sur le segment de route qui longe la crête entre les deux vallées. Elle a dit : « Moi non plus je ne vais pas trop bien, si tu veux tout savoir. » Elle conduisait penchée en avant sur le volant comme pour donner de l'élan à sa vieille guimbarde, avec sa tresse blonde qui dansait sur sa veste afghane en peau de chèvre brodée de fils rouges et bleus.

Alors que nous avions quasiment atteint le centre d'équitation et que j'étais sur le point de me redresser pour lui dire de s'arrêter, elle a freiné trois cents mètres avant pour bifurquer à gauche au croisement, et elle m'a encore envoyé valdinguer en réaccélérant sur l'étroit chemin de terre. J'ai eu beau crier : « Eh ! C'est là que je descends ! », trop tard, il n'y avait plus moyen de descendre, à moins de vouloir m'assommer, et puis de toute façon elle avait ouvert sa vitre et ne m'entendait pas, la fourgonnette agitée de secousses brutales résonnait du bruit du vent, du moteur et des roues.

Nous avons encore freiné violemment en abordant un virage ; quand j'ai réussi à relever la tête, j'ai vu que nous foncions droit sur un portail en bois.

La fille l'a heurté de plein fouet et le portail s'est ouvert ; elle a accéléré de nouveau vers une maison basse et rose, elle a freiné quelques mètres avant de s'écraser dessus, ce qui m'a fait valdinguer encore une fois.

J'étais en travers du plateau arrière, avec elle qui écrasait le klaxon, sans compter le terrier qui jappait, aboyait et m'utilisait comme point d'appui pour regarder dehors par les vitres ; les douleurs aggravées de la chute se décomposaient à l'intérieur de mon corps en un kaléidoscope de sensations très désagréables. J'ai dit : « Laisse-moi descendre », mais presque sans voix ; en un effort terrible, je tentais de me redresser et de m'asseoir.

La fille a continué à klaxonner comme si c'était une

trompe de guerre, jusqu'à ce qu'émerge de la maison un grand type maigre avec des lunettes rondes, qui s'est figé avec une expression d'effroi. La fille a ouvert la portière, lui a crié : « Alors, on est le cinq ! Tu t'en vas, oui ou non ? »

Il a secoué la tête ; il avait une masse compacte de cheveux gris et noirs coupés au bol, qui lui donnait un air d'ex-enfant fatigué de la vie. Il a dit : « C'est toi qui reviens, en tout cas. »

La fille est descendue de la voiture comme si elle voulait lui casser la figure ; elle s'est arrêtée à un mètre de lui.

« Ça suffit comme ça, Riccardo. Nous étions d'accord, non ? »

Riccardo secouait encore la tête. « Nous étions d'accord pour raisonner comme deux personnes adultes.

— Ne recommence pas avec cette histoire de raisonner », a-t-elle dit, solidement campée sur ses pieds, mais avec les hanches, le buste et la tête en mouvement. « Ne recommence pas avec cette histoire de personnes adultes.

— C'est parce que tu ne m'écoutes pas. » Il a croisé les bras et cherché à prendre une position ferme, mais il ne paraissait pas aussi assuré qu'il cherchait à le faire croire, il dépendait totalement des mouvements de la fille. « Tout ce que je dis te glisse dessus, ça ne sert à rien.

— Alors pourquoi tu n'arrêtes pas ? Pourquoi tu ne t'en vas pas ?

— Je ne m'en vais pas », a dit Riccardo, avec le pauvre

timbre de voix qu'il avait. « Jamais de la vie je ne m'en irai. »

J'éprouvais une sorte de haine exténuée pour eux deux, de ma position précaire à l'intérieur de la fourgonnette, perclus de douleurs qui me trouaient, me martelaient, me coupaient le souffle : j'aurais voulu leur crier d'en finir, de décider lequel des deux restait et lequel s'en allait, et surtout qu'on me laisse au premier hôpital sur la route. Le terrier aboyait à tout rompre, il multipliait les bonds et les piétinements pour tenter de sortir par la fenêtre ouverte, en m'utilisant comme escabeau.

La fille a fait volte-face comme pour retourner à la voiture, quand brusquement elle a foncé vers la porte de la maison basse. Riccardo lui a bloqué la route : pour ce faire, il a dû tendre les bras et renoncer à sa pose de fermeté inébranlable. La fille a dit : « Laisse-moi passer » ; et lui : « Je ne te laisserai pas passer. » Elle a dit : « Pousse-toi » ; et lui : « Je ne me pousserai pas. » Il lui barrait la route comme un joueur de basket, déplaçait son poids à gauche et à droite, et il bougeait les bras en essayant d'anticiper ; s'il était plus grand, elle paraissait plus forte, plus difficile à arrêter. Elle a dit encore : « Pousse-toi. » Elle le poussait en arrière sans le toucher.

Il s'est laissé gagner par la panique : ses déplacements de poids et ses gestes à mains ouvertes sont devenus trop légers et trop rapides, sa voix est montée dans un registre plus aigu, les mots ont commencé à lui venir d'une traite, sans pause. « Il faut que tu arrêtes de faire l'enfant gâtée Alberta il faut que tu acceptes l'idée qu'une famille n'est pas un jeu que tu peux envoyer promener dès qu'il t'ennuie tu dois comprendre qu'il faut travailler ensemble pour résoudre les problèmes et surmonter les difficultés et améliorer ce qui ne marche pas s'il y a quelque chose qui ne marche pas et faire tout redevenir comme avant.

— Ça suffit, Riccardo ! » Je la voyais de trois quarts, déterminée dans ses raisons comme une ourse blonde. « C'est entre toi et moi que cela ne marche pas. Et on ne peut pas traîner une histoire dans un atelier de mécanique pour la réparer avec une machine à souder, heureusement.

— Au contraire, on peut », a dit Riccardo ; il continuait à reculer pour lui bloquer la route. « Il suffit de le vouloir il suffit de dire à l'autre ce qu'il y a qui ne va pas il suffit de penser à l'intérêt commun à tout ce qu'on a fait ensemble à ce qui compte vraiment ne pas faire comme si la vie était un Luna Park permanent accepter aussi la lassitude et l'ennui de temps en temps si c'est pour avoir une chose à laquelle se fier sans rester toujours suspendu à l'humeur et à l'inspiration du moment.

— Ce n'est pas l'humeur du moment », a dit Alberta ; mais j'avais du mal à l'entendre parce qu'ils s'étaient éloignés vers la maison, leurs mouvements étaient devenus encore plus nerveux et le chien aboyait sans relâche ; la douleur et l'épuisement m'affaiblissaient l'ouïe en même temps que tous les autres sens.

« Décider toute seule ! » a crié Riccardo de toutes ses forces. Il a crié : « Vérité ! » Il a crié : « Seulement fuir !

— Même pas ! » a crié Alberta. Elle a crié : « Insistance ! » Elle a crié : « Paranoïa !

— Infantile obstinée qui refuse d'écouter la raison tu vois tu vois ! » a crié Riccardo, forçant et détériorant les limites de sa voix.

Alberta a crié : « Ça suffiiiiiiiiiit ! » beaucoup plus fort qu'aucun autre son jusque-là.

Je les ai regardés, ils semblaient figés dans un territoire de paroles épuisées, l'un devant l'autre dans l'attente d'inspirations ou de secours extérieurs. Puis ils ont levé les mains de la même manière : ils se sont poussés en avant et en arrière comme dans un combat de cerfs.

J'ai cherché à changer de position pour atténuer la douleur du flanc gauche ; quand j'ai relevé la tête, ils étaient tous les deux beaucoup plus près et Riccardo regardait en direction de la fourgonnette, il m'a vu. Les bras lui en sont retombés le long des flancs, et il a dit : « Qui c'est, celui-là ?

— Qu'est-ce que j'en sais ? a dit Alberta.

— Comment ça, qu'est-ce que tu en sais ? »

Alberta l'a dépassé, elle a foncé de nouveau vers la porte de la maison.

Riccardo a fait un pas pour la suivre, mais son attention était écartelée entre deux fronts : il est resté indécis entre elle et moi, puis il est venu vers moi dans un élan progressif. Il a ouvert la portière du conducteur et s'est penché à l'intérieur, contracté et vibrant d'agressivité et d'incertitude. Le terrier a filé dehors, il a rebondi dans tous les sens en aboyant par courtes salves. Riccardo m'a crié : « Pourquoi tu ne sors pas de là, au lieu de te cacher comme un lâche ?

— Je ne me cache pas », ai-je répondu, d'une voix qui a accentué l'altération de ses traits tellement elle sonnait faux. J'aurais voulu trouver une réplique cinglante pour lui communiquer mon état et l'aggravation supplémentaire qu'il provoquait, mais je n'y arrivais pas.

« Alors descends ! » a-t-il crié, penché par-dessus le dossier avec une furie qui ressemblait à de la terreur, due au manque d'explications. « Montre-toi, au moins ! Au lieu de faire le lâche qui détruit les familles des autres sans même avoir le courage d'assumer ses responsabilités ! »

Si je n'avais pas été aussi mal en point, j'aurais réagi de manière sarcastique, ou violente, ou compréhensive, ou peut-être que je me serais seulement mis à rire, mais désormais je voyais tout sous un jour intolérable de rêve gâché, où la seule idée d'une suite de mots articulés ou même d'un simple geste me donnait la nausée.

Riccardo s'est enflammé encore davantage devant cette réticence et il a crié : « Alors sors de là immédiatement ! Sors de là ou c'est moi qui vais t'en sortir ! » À cette distance rapprochée, je pouvais voir des signes très physiques de son accrochage avec Alberta : les narines dilatées et le nez rougi, des traces de larmes au coin des yeux, de l'écume au coin des lèvres.

J'ai dit : « Gardons plutôt ça pour une autre fois. »

Il s'est encore mépris sur les messages qu'il recevait : il a fait le tour de la fourgonnette, a ouvert les portes arrière à la volée, a plongé pour m'empoigner par une cheville et tenter de me tirer dehors. La violence de la traction m'a envoyé un élancement de douleur dans tout le côté gauche et j'ai laissé échapper un cri sauvage ainsi qu'un coup de pied, de toute la force qui me restait dans la jambe libre.

Je l'ai atteint entre l'épaule et la base du cou ; il a lâché ma cheville et sauté en arrière, les pupilles dilatées par la surprise.

Presque au même instant, Alberta a ouvert la portière avant et a flanqué un enfant sur le siège du passager ; elle s'est précipitée au volant, a mis le contact, puis a passé la marche arrière. Riccardo titubait derrière nous, une main sur la clavicule ; il a réussi à se jeter de côté avant que nous ne lui arrivions dessus. Puis je ne l'ai plus vu, je distinguais seulement le chemin d'accès qui m'arrivait droit dessus, à toute vitesse, entre les vantaux qui claquaient, fermés et ouverts.

Nous avons heurté un montant du portail avec un bruit de bois, de tôle et de plastique des phares ; l'enfant s'est mis à hurler et, d'une main, Alberta l'a maintenu sur le siège tout en manœuvrant comme un pilote de rallye, quand Riccardo est arrivé au pas de course en criant et en faisant des moulinets avec un bras ; le terrier l'a dépassé au galop dix fois plus vite que lui, il nous a rattrapés et il a sauté dans la voiture un instant avant que les portières se referment dans un claquement, et le chien m'est passé par-dessus tandis qu'une fois de plus je roulais au sol et qu'Alberta repartait sur la route de terre dans un branle-bas de secousses, de chocs et de soubresauts, de coups de roulis et de contrecoups si forts et si rapprochés, et qui se répercutaient tellement dans mon corps contracté que j'avais l'impression que j'allais m'évanouir, même si je ne m'étais jamais évanoui de ma vie ; et de fait je me suis évanoui pour de bon : sons et images ont disparu.

DEUX

Lorsque Anna est arrivée à l'hôpital, elle a paru déconcertée de me trouver assis de guingois sur une banquette dans le hall, plutôt qu'allongé sur un lit dans une salle pré — ou postopératoire. Je lui ai brossé en quelques mots le panorama de luxations, contusions et fêlures diverses déjà confirmées et à confirmer par d'autres examens ; j'ai dit que j'en avais assez et que j'étais capable de bouger, je voulais m'en aller.

Elle m'écoutait avec cette expression de réalisme pessimiste qui lui était venue au fil de quatre années de vie commune et de travail avec les chevaux. « Ne fais pas l'enfant, Luca. Tu sais qu'il ne faut pas plaisanter avec ces choses-là.

— Je sais, je sais. Mais je vais mieux, je t'assure. » J'étais déjà debout.

« Tu ne vois donc pas que tu n'arrives même pas à te tenir droit ? »

Son regard tenait du diagnostic vétérinaire et semblait veiné d'une intolérance accumulée strate après strate, dont je ne m'étais encore jamais rendu compte. J'ai dit : « Bien sûr que si j'y arrive. » Et je me suis dirigé vers la sortie au prix d'un effort intense pour me tenir droit et ne pas boiter.

Nous avons traversé le lac d'asphalte du parking bondé de voitures, à la recherche de notre vieille Renault. Tout m'irritait chez Anna : sa façon de raidir le pas pour ne pas me laisser trop en arrière, de tourner la tête pour dire : « Tu y arrives ? », de tenir en main les clés de la voiture et de regarder autour d'elle, très compte-tenu-des-faits. Je n'avais pas souvenir qu'elle m'ait jamais inspiré ce genre de sentiments, et pourtant ils étaient là et ils paraissaient assez clairs, un simple coup d'œil suffisait à les confirmer.

J'ai eu du mal à courber le dos et à lever les genoux pour monter en voiture, mais depuis qu'on m'avait détaillé la nature précise de mes douleurs, je n'y faisais presque plus attention : c'était mon état émotionnel qui me préoccupait. La désolation qui m'avait ébloui comme une révélation au milieu des prés était encore là, affleurant sous chaque geste et chaque mot. Je pensais à la quantité de tâches, d'échéances, de requêtes qui s'étaient accumulées au centre d'équitation pendant la journée et qui allaient continuer de s'accumuler, et je m'en moquais ; ce que j'avais jugé tellement essentiel avant la chute était désormais lointain et flou, comme si s'était rompu le filament interne porteur du courant entre les raisons et les faits et réciproquement. Je regardais Anna, et l'anxiété matérielle qui la parcourait me paraissait inexplicable, comme la manifestation d'une culture mystérieuse, développée à Dieu sait quelles autres latitudes. Je me demandais si c'était une forme de lucidité, une simple conséquence traumatique ou un effet des analgésiques qu'on venait, contre mon gré, de m'administrer à l'hôpital ; je me demandais si c'était réversible, ou si je courais le risque de ne plus rétablir le contact.

Je restais muet et penché sur le flanc droit ; tout en conduisant dans la circulation dense en direction du nord, Anna ne disait rien non plus. Je regardais les poignets musclés qui lui étaient venus à force de tirer sur des sangles et de plier des jarrets, le profil arrondi qui, au début, m'avait paru sans défense et qui, avec le temps, avait acquis une sorte de dureté primitive ; je n'arrivais pas à me rappeler la dernière fois que je l'avais vraiment regardée avec attention. Je n'arrivais pas non plus à me rappeler la dernière fois que nous nous étions vraiment parlé, au-delà des échanges d'informations pratiques auxquels nous procédions cent fois par jour, murés dans nos rôles ; je n'arrivais pas à me rappeler la dernière fois que nous avions vraiment fait l'amour.

Mais là aussi mes pensées tendaient à faire des écarts : mon regard courait sur les colonnes mussoliniennes du grand pont blanc qui enjambait le fleuve, sur les derniers édicules de la ville, les derniers supermarchés et les dernières boutiques « vos photos en une heure », les derniers immeubles des années soixante-dix, les dernières banques et les derniers bars, les prés miraculeusement préservés de toute construction, les parkings pour forains, les expositions de piscines astucieusement couchées sur le côté, les petites forêts ébouriffées d'arbres envahisseurs venus d'Orient, les affiches de publicité pour des meubles avec d'énormes postérieurs nus au premier plan, les centres commerciaux tels des avant-postes interplanétaires de ciment armé, les antiques tombes romaines telles des termitières, les concessionnaires de voitures japonaises avec des oriflammes et des plates-formes pivotantes pour leurs modèles de pointe, les études sur la télévision d'État en tant que prison moderne, les fils barbelés, les glissières de sécurité, les voies ferrées, les marquises des gares de chemin de fer, les vieux cabanons en ruine et les faux restaurants de cuisine bourgeoise aux noms torves, les collines de tuf surgies à l'improviste, verticales avec des pins maritimes au sommet, les camions qui vendent des oranges et des pommes de terre en cageots, les piliers des échangeurs et les passages souterrains, les graffitis LAURA JE T'AIME ou l'énigmatique BT OK, les pylônes, les autocars, et les voitures encore et toujours avec leurs passagers en mouvement fébrile à l'arrêt en avant par saccades et stop.

Me revenait à l'esprit l'impatience que j'éprouvais déjà enfant pour les lieux et les modes de vie organisée : et comme elle avait continué de croître en moi à mesure que je devenais adulte et que je connaissais mieux le monde, jusqu'au point où chaque geste codifié et chaque groupe de congénères devant un bar, chaque visage à la télévision, chaque titre de journal et chaque phrase prononcée, chaque coupe de cheveux et chaque regard de singe habillé dans la rue me donnait envie de disparaître, de ne plus être là. Et mes tentatives pour ne plus y être : l'élan de la fugue et l'humiliation de la capture, les efforts d'adaptation et de compensation, la recherche des aspects positifs des circonstances. Le désarroi qui m'avait saisi lorsque j'avais fini par réussir à m'inventer un travail qui marchait bien et à avoir une famille — même si ce n'était pas vraiment par choix —, une maison, un bureau, une voiture et pratiquement tout ce qui était nécessaire pour vivre dans ce monde. Le sentiment des pensées obligatoires, des gestes obligatoires et des parcours obligatoires qui m'était revenu peu à peu, des repas obligatoires, des dîners obligatoires, des amis obligatoires et des promenades obligatoires, du manque de lumière et du manque d'air, du manque de surprises, du manque de rêves. La surprise, un dimanche d'oppression totale, lorsque j'avais découvert par hasard les collines, au nord de la ville, et que j'avais commencé à m'y rendre pour m'échapper et courir quelques heures dans la verdure sur l'un des quatre chevaux épargnés par Remo, l'éleveur ; l'angoisse de fin de permission à chaque fois que je devais rentrer, et tout ce scénario qui se recomposait peu à peu autour de moi. La détermination suicidaire de ce jour poisseux de mai où j'avais quitté sans préavis ma famille et mon travail, dans la perspective incertaine de m'associer avec Remo et de relancer sur la route du bois le manège qu'une Anglaise à moitié folle voulait abandonner pour rentrer chez elle. L'incrédulité des premiers matins où je me réveillais sur le plancher de la maisonnette à deux étages, genre chalet, que l'Anglaise appelait club-house, et où je me découvrais loin de tout ce qui m'avait enfermé et gâché la vie jusqu'à l'étouffement. L'effroi quand la fille de Remo était venue m'annoncer la mort de son père, si vigoureusement terre à terre et joyeux bâfreur qu'il eût été ; le vide de la campagne, la misère menaçante des bourgades voisines en expansion continue, la lenteur du travail avec les chevaux, l'acharnement que j'y mettais, à l'époque où j'y croyais, lorsque Anna venait prendre ses premières leçons d'équitation avec son amie couverte de taches de rousseur. Tout me semblait vague et sans relief, comme un film d'amateur tourné avec une caméra défectueuse, où l'on ne distingue pas bien les visages et où les voix se confondent, où l'on ne comprend pas qui dit quoi, ni qui fait quoi, ni même quelle est l'idée de base.

Anna a donné un brusque coup de volant, elle a changé de vitesse pour doubler une voiture avant d'aborder la rampe qui mène à la bretelle du périphérique ; la douleur m'a fait serrer les dents. J'ai dit : « Tu ne pourrais pas conduire un peu moins brusquement, s'il te plaît ? »

Elle a ralenti pour rouler presque au pas ; elle s'est calée en arrière contre le dossier ; elle se mordillait les lèvres.

« Pourquoi es-tu si nerveuse ? » Mais j'aurais aussi bien pu lui demander pourquoi elle était là, pourquoi nous étions assis côte à côte.

« Je ne suis pas nerveuse », a-t-elle répondu sans me regarder. Elle s'est passé une main dans les cheveux, solides, brillants, pleins de reflets comme l'écorce des marrons d'Inde ; les voitures klaxonnaient derrière nous, en proie à la fièvre de la vitesse sur la bretelle du périphérique.

« Mais si, tu es nerveuse », ai-je dit, même si j'étais empli de doutes sur le sens de ce mot.

Finalement elle a tourné la tête. « Évidemment que je ne saute pas de joie, avec ce qui t'est arrivé.

— Bah. Au moins je ne suis pas mort, ni paralysé à vie, non ?

— Non. » Une BMW à la gueule de squale nous a doublés en trombe et le déplacement d'air nous a déportés. « En revanche, ça ne pouvait pas tomber à un pire moment.

— Tu verras que je m'en remettrai vite », ai-je dit, bien que l'idée me parût incroyablement lointaine. « Tu verras que nous trouverons une solution.

— Quelle solution ? Lundi on fait la dalle pour les nouvelles écuries et nous attendons encore l'accord pour le prêt ; il y a trois poulains à dresser, le deuxième paddock à réparer dans l'angle du fond à droite, la grande fontaine qui fuit, les cours pour les nouveaux clients, le vétérinaire qu'il faut appeler pour Tarma et Pamino, les couvertures à changer sous les selles parce que ce sont de véritables loques, un autre maréchal-ferrant à trouver d'ici une semaine parce que Magliacci est un chameau et je ne veux plus le voir ; tu as là les premières choses qui me viennent à l'esprit et te voilà maintenant hors d'usage à quatre-vingts pour cent.

— Quarante », ai-je dit par pur réflexe, même si je pensais cent. J'étais frappé par la sécheresse de son intonation, l'absence de marge pour des illusions ou des considérations qui ne soient pas brutalement fondées sur des faits. Sa voix des débuts m'est revenue à l'esprit, lorsqu'elle s'attardait pour parler avec moi après la leçon : elle était fascinée par les chevaux, par moi et ce que je faisais, elle ne savait encore rien de ce qu'il fallait pour construire et rendre réalisable le scénario qui nous entourait. J'étais plein de nostalgie pour son enthousiasme sans aucun fondement à l'époque, pour la curiosité et l'optimisme offerts ainsi sans connaître les données.

« Mais tu t'es vu ? a-t-elle dit. Tu te rends compte de la situation ?

— Oui. » Je songeais que mon état d'esprit avait dû être très semblable au sien, avant la chute : nous avions dû entrer sans nous en rendre compte dans un environnement de faits et de choses concrètes, jusqu'à ne plus voir d'autre horizon. « Tu sais, je peux pratiquement tout faire, à part soulever des choses vraiment lourdes et travailler en selle. Il faut seulement que je trouve la bonne façon. C'est juste une question de quelques semaines.

— Bien sûr. Dommage que tout soit à faire maintenant. Et puis ton fils vient après-demain, au cas où tu l'aurais oublié.

— Je ne l'ai pas oublié », ai-je rétorqué, alors que je ne me souvenais même plus d'avoir un fils. « Ne t'inquiète pas comme ça. Nous nous organiserons, tu vas voir. » J'étais surpris par l'automatisme de mes paroles, surpris de voir comme elles s'organisaient indépendamment de moi pour maintenir la situation.

« Ce sera facile », a ricané Anna.

Je n'arrivais pas à comprendre si c'était moi qui avais imaginé la fille rêveuse avec qui j'avais cru pouvoir vivre en dehors du monde, ou si elle avait vraiment existé ; et, si elle avait existé, où avait-elle disparu, comment avait-elle pu se transformer en cette fille de trente-deux ans si réaliste et pessimiste qui tenait le volant de ses mains dures, à ma gauche ? J'ai dit : « Ce n'est pas que je sois particulièrement heureux d'être tombé. Mais c'est arrivé.

— Ah ah ! » Je regardais les collines de chaque côté de l'autoroute : je cherchais à lire les parcours possibles pour une personne à cheval compte tenu des grillages de clôture, des murs de ciment, des fils barbelés, des constructions et des routes. Je remarquais comme pour la première fois tous les passages qui étaient fermés, les villas-bunkers, les pavillons alignés, les cabanons industriels et les stations-service démesurées qui s'étaient approprié le terrain pour le dépouiller de toute liberté de mouvement.

« Je t'avais déconseillé de sortir avec Duane.

— Et ensuite ? ai-je dit. C'est arrivé. » Je songeais aux rôles, comme ils sont plus forts que les personnes : comme ils bloquent les points de vue et figent les tons de voix ; ils fabriquent des raisons et définissent des stratégies permanentes d'attaque et de défense, ils font devenir sourd et insensible.

« Tu savais parfaitement qu'il était dangereux.

— Mais c'est arrivé, ai-je répété. Tu sais bien que je ne peux pas me résoudre à laisser un animal enfermé toute la semaine dans son box jusqu'à ce que son salaud de propriétaire vienne le monter une heure le dimanche matin. Et tu sais très bien que si ça n'avait tenu qu'à moi, nous n'aurions jamais eu affaire à ce genre de chevaux ou de clients.

— Si ça n'avait tenu qu'à toi, nous serions obligés de fermer maintenant, au lieu de nous développer. Si nous ne devions compter que sur tes chers exaltés de l'équitation naturelle en campagne…

— Mais ne sommes-nous pas, nous aussi, de chers exaltés ? » ai-je demandé, et ce n'était pas une question factice. « N'est-ce pas pour ça que nous nous sommes lancés dans ce travail ?

— Si, mais ensuite on mûrit, a-t-elle dit en allumant les phares à l'entrée du tunnel. On devient adulte. On fait les comptes et on commence les projets sérieux. On arrête de jouer.

— Comment ça, sérieux ? ai-je demandé, là encore mû par une curiosité authentique.

— Tu vois ? Tu vois comment tu es ? Tu vois comme il n'y a pas moyen de parler avec toi ? »

Il n'y avait pas moyen non plus de parler avec elle, ou d'établir un vrai contact ; dans la pénombre du tunnel, j'avais l'impression d'être assis dans la voiture de quelqu'un d'autre, dans la vie de quelqu'un d'autre, sans la moindre idée de la manière dont j'y étais entré.

« C'est idiot de s'obstiner à ne pas voir la réalité. De continuer à répéter les mêmes erreurs et à se tuer au travail sans aucune perspective et sans aucun résultat tangible.

— Et nos chevaux ? » ai-je dit, les yeux mi-clos dans la lumière grise au sortir du tunnel. « Ils ne sont pas un résultat tangible ?

— Nos chevaux sont tellement laids qu'ils n'ont aucun débouché. » Elle a fait un signe tranchant de la main. « Zéro.

— Comment ça, zéro ? Comment ça, aucun débouché ? » Je me rappelais alors ses adjurations pressantes pour nous marier et avoir un enfant : comme je les avais esquivées ou laissées sans réponse, sans jamais refuser carrément, sans admettre l'angoisse qu'elles suscitaient en moi. Je songeais que c'était peut-être moi qui lui avais refusé la possibilité d'être une femme douce et sereine, et qui l'avais acculée au contraire à cette voix dure et ce regard sans étonnement ; je songeais que nous nous étions tous deux acharnés au travail pour éviter de voir ou sentir ce qui n'allait pas entre nous.

« Parce que personne n'en veut. Et il faudra que tu me montres un type avec la tête sur les épaules qui accepterait de renoncer à vingt siècles d'élevage sélectif pour s'acheter une espèce d'âne hirsute avec la crinière en broussaille et qui ne se laisse même pas ferrer. Pour le plaisir de raconter partout qu'il a un authentique cheval re-na-tu-ra-li-sé, s'il arrive à prononcer le mot.

— Mais nous en avons déjà vendu quelques-uns…

— Oui, et les sous, tu les as vus ? Tu en as vu combien, hein ?

— Et alors comment faut-il faire d'après toi ? Puisque nous avons tout raté de manière aussi criante ?

— Ce que nous faisons maintenant, a dit Anna. Agrandir le centre, obtenir de la banque un prêt, trouver un bailleur de fonds, arrêter cette histoire d'équitation naturelle qui en fin de compte ne mène nulle part, prendre en pension des chevaux sérieux, hausser l'objectif et élargir le roulement des leçons et des promenades, sans commencer par faire le procès des clients pour décider si ce sont des gens aussi fantastiques que nous. Cesser de jouer les hippies attardés qui ôtent les tiques à la main pour ne pas utiliser de produits antiparasitaires et qui mettent dix fois le temps qu'il faut pour dresser un poulain pour ne pas le traumatiser, le pauvre ; oui, des hippies qui meurent de froid de l'automne au printemps, s'esquintent les mains, mangent toujours la même chose et le soir s'écroulent sur leur lit sans même avoir la force de prendre la voiture pour aller une fois par mois au cinéma ou au restaurant à Rome ! S'ouvrir un peu à l'esprit d'entreprise, bon Dieu !

— Qu'est-ce que ça a à voir avec nous l'esprit d'entreprise ? » Comme j'aurais pu lui demander ce que j'avais à voir avec elle ou elle avec moi. « Et l'objectif ? » J'essayais de rire. « Est-ce que nous ne travaillons pas et ne vivons pas depuis des années pour ne plus jamais entendre ces mots-là ? »

Elle n'a pas répondu, mais son profil et son corps tout entier offraient une réponse assez éloquente.

« Est-ce que notre raison de vivre à la campagne avec des chevaux n'était pas de faire uniquement ce qui stimule l'imagination, le plaisir, la passion et de laisser tomber tout le reste ?

— Bien sûr », a dit Anna, avec un regard droit de sphinx réaliste. « Bien sûr, bien sûr. »

Moi j'aurais voulu savoir combien d'imagination, de plaisir et de passion il y avait encore dans ma vie ; j'aurais voulu un tableau de nos sentiments aussi précis que les radiographies et les échographies qu'on m'avait faites à l'hôpital.

TROIS

Au bout de deux jours, il était clair qu'Anna ne se trompait guère dans sa prévision des difficultés que nous allions devoir affronter. Mes douleurs s'accentuaient au lieu de s'atténuer, peut-être aussi parce que je n'arrivais pas à rester sans rien faire et que je ne voulais prendre aucun des analgésiques qu'Anna déposait sur ma table de nuit et à côté de mon petit déjeuner. « Alors ne te plains pas », disait-elle, le flacon à la main et une lueur d'exaspération dans les yeux. « Qui se plaint ? » répliquais-je ; j'avais, semblait-il, besoin d'une souffrance aux contours précis pour ne pas perdre de vue celle qui affleurait à peine, beaucoup plus vaste et indéfinie. La nuit, je me retournais dans le lit sans trouver la bonne position, jusqu'au moment où Anna se réveillait, maugréait, s'asseyait et disait : « Qu'est-ce qu'il y a encore ? » et je répondais : « Rien, rien. » Nous restions alors tous deux couchés, presque immobiles avec le cœur qui battait à tout rompre, la tête remplie de questions sans réponse et les jambes pleines de crampes, à nous empêcher de dormir et à sursauter à la moindre petite secousse du matelas provoquée par l'autre.

Le temps a continué d'empirer de la manière la plus déséquilibrée pour la saison, au point qu'un matin les prés et les collines étaient couverts de neige lorsque nous nous sommes réveillés. Les chevaux renaturalisés au pâturage avaient un air pantois, et ceux qui étaient dénaturés dans leur box tremblaient sous les housses et s'agitaient pour avoir un supplément de nourriture ; le téléphone sonnait sans arrêt pour décommander des leçons et des promenades. La neige a fondu en quelques heures, mais le froid et le vent sont restés. Pousser une brouette pleine de fumier me coûtait un effort surhumain et soulever le foin à la fourche était à la limite de mes forces ; mais ce n'était rien en comparaison du sentiment d'étrangeté que j'éprouvais.

Mon ex-femme a amené notre fils Paolo pour le week-end, et en partant elle m'a dit : « Essaye de te remettre, Luca », comme s'il ne s'agissait qu'accessoirement des conséquences physiques de ma chute. J'ai demandé à mon fils s'il me trouvait bizarre, mais il n'avait pas envie de réfléchir à ma question ni d'être sincère et il m'a répondu : « Non, papa », juste pour clore le débat.

Le jour et demi que j'ai passé avec lui n'a été qu'un exercice de déception prolongé, où je n'arrivais pas à trouver une idée, une phrase ou un geste susceptibles de capter son attention et de la retenir plus de cinq secondes d'affilée. Je l'ai persuadé de m'aider à quelques tâches, mais son intérêt pour ce que je faisais semblait aussi relâché que le mien. Je lui posais des questions qu'en vérité j'aurais dû me poser à moi-même. Je disais : « Tu n'es pas content d'être à la campagne ? » ou : « Ce n'est pas beau ? L'air et les grands espaces ? » ou bien : « Ça ne te plaît pas l'odeur du foin, du crottin de cheval et du feu de bois ? La différence entre vivre dedans ou vivre dehors ? Les sons qui se propagent au loin ? » ou encore : « Tu préfères la puanteur des voitures, le bruit continu des moteurs, la température constante et la densité de l'air qui ne change pas, que tu sois chez toi ou dans la rue ? »

Il faisait oui ou non de la tête, il attendait que mon impatience d'obtenir les réponses s'épuise toute seule. Je disais : « Pourquoi ne dis-tu pas ce que tu penses, bon Dieu ? » Et lui : « Mais si, papa. » Je continuais : « Je suis donc un père tellement maniaque et insupportable ? » Il s'essuyait les mains l'une contre l'autre et sur les côtés de son pantalon tout en regardant ailleurs : petit bonhomme de onze ans fatigué de devoir donner trop d'opinions, toutes à la fois, lui à qui on n'avait jamais demandé son avis.

Anna en revanche avait une sorte de multiplicateur d'énergie qui la faisait aller et venir sans jamais s'arrêter un seul instant : il lui fallait envoyer des fax, discuter au téléphone avec la banque, avec le constructeur, avec des agences et des revues spécialisées, préparer des affiches et des calendriers, mélanger des composts vitaminés pour les chevaux, traîner, ouvrir, fermer, balayer, laver, engraisser, soulever, pousser, cogner avec une détermination furieuse, comme si elle avait dû tenir le monde en mouvement à elle seule et qu'elle y ait trouvé une forme aigrie de satisfaction. Je la regardais courir d'un point à un autre et d'une activité à une autre, sans réussir à comprendre quand nos raisons d'être ensemble avaient commencé à agir sur nous de manière aussi divergente.

Le centre d'équitation naturelle me paraissait sur le point de se transformer en un de ces innombrables camps de captivité pour chevaux, où les êtres humains vont prendre leur revanche sur la nature et asservir l'instinct animal en le canalisant dans des exercices inutiles. Il y avait des signaux partout, comme les symptômes d'une mutation en cours : les barres blanches et rouges des obstacles dans la carrière, les sacs de ciment et les tiges de fer entassés près du terrain défriché pour les nouvelles écuries, le parking agrandi à la débroussailleuse en prévision d'une multiplication de la clientèle. Il me semblait absurde d'avoir laissé faire tout ça sans autre réaction que la résistance passive, de m'être obstiné à travailler dans mon univers de toujours pendant qu'Anna changeait et s'emplissait de rancœur, découvrait des méthodes et des objectifs beaucoup plus réalistes. Je ne comprenais pas comment j'avais pu m'imaginer être encore en dehors des règles du monde, quand les règles du monde m'avaient déjà bouché l'horizon des quatre côtés.

Le dimanche, le temps s'est amélioré et la situation a connu une forte accélération négative.

Mon ex-femme est venue à dix heures du matin pour récupérer notre fils et le conduire à une fête chez un de ses camarades de classe ; je les ai regardés partir et je me suis senti encore plus mal que d'habitude, père effroyablement égoïste et immature qui attend des élans d'affection et d'admiration sans avoir jamais fait le moindre effort pour sortir de son domaine.

Vers onze heures, le parking agrandi a commencé à se remplir de voitures, et elles me paraissaient presque toutes plus neuves, plus longues, plus resplendissantes que celles que je connaissais. Je regardais les gens qui en descendaient : les bottes et les vestes, les regards possessifs à peine tempérés par une incertitude éphémère des mouvements. Anna est devenue encore plus énergique et efficace ; elle projetait alentour des salutations, des instructions, des recommandations et des ordres, elle circulait d'un pas guerrier entre les personnes, les voitures, les animaux et les constructions, elle établissait des relations et des rapports. Elle suscitait en moi un mélange de rage, de peine, de culpabilité, d'embarras ; elle me donnait envie de rester en marge de la scène, de devenir invisible.

J'ai répondu à quelques vieux clients qui s'enquéraient de ma santé et je suis allé tendre un fil de fer à la limite du petit pré, parce que parler des chevaux me coûtait plus que tordre des clous en U et taper avec un marteau, même au prix d'un sursaut de douleur à chaque coup. J'étais obnubilé par deux petits gamins en tenue miniaturisée de chasseurs à courre, près de leur père qui devait être avocat ou directeur d'une société d'économie mixte et qui faisait les cent pas dans ses chaussures anglaises en pressant contre son oreille un petit téléphone presque invisible. Je cherchais à reconstituer comment ils étaient arrivés chez nous ; pourquoi nous ne les avions pas tout de suite chassés comme je l'avais fait pendant des années avec tous les éventuels clients de ce genre.

Anna est arrivée près de moi en tirant un cheval par le licol. « Alors ?

— Alors », ai-je répondu, et j'ai continué à bricoler avec le fil de fer.

« Comment ça va ? » a-t-elle dit, avec un regard-sonde pressé par mille tâches urgentes.

« Très bien.

— Pourquoi ne viens-tu pas t'occuper des clients ? » Elle a gratté le chanfrein du cheval. « Le fil, tu peux le mettre après.

— Je le mets maintenant. »

Elle m'a regardé encore un instant, puis a haussé les épaules, avant de repartir en tirant le cheval vers la sellerie.

Je ne cherchais pas du tout à être grossier avec elle, mais l'étrangeté et l'effarement que je portais en moi ne me laissaient pas d'autre possibilité. J'étais devenu une sorte de sismographe humain, capable de relever des vibrations plutôt que des paroles : j'avais les nerfs endoloris à force d'être sensibilisés.

J'ai continué de travailler à la clôture, en luttant contre l'incapacité où j'étais de me concentrer. Toutes les deux minutes je m'arrêtais, je regardais une femme probablement présentatrice à la télévision et qui étrillait une jument trop grosse pour elle, sans cesser un seul instant de contrôler sur son écran intérieur ses cheveux décolorés, ses lunettes de soleil de fourmi combattante, son nez raccourci et ses fesses soutenues par le pantalon élastique. Il y avait aussi deux vieux clients qui l'observaient d'un peu plus loin et leur ironie me semblait infiniment plus faible que l'attirance incontrôlée des nouveaux clients. Je songeais que l'esprit de l'endroit s'était déjà enfui, qu'il n'y avait plus moyen de le retrouver.

Anna est revenue vers moi, toute vibrante d'impatience et de projets. « Il y aurait deux leçons de saut d'obstacles à donner, si tu es d'humeur. Moi je dois sortir le groupe en promenade.

— Tu sais que je suis contre les obstacles. Ils esquintent les chevaux, ils leur bousillent les articulations. Et puis ils les humilient, aussi.

— Oui, mais ce sont des chevaux. Et ici c'est un centre d'équitation. » Je percevais l'effort qu'il lui en coûtait pour se contrôler : des cordes tendues presque au point de rupture.

« C'est un centre d'équitation naturelle », ai-je dit comme si le fait d'accentuer un mot pouvait changer l'irréparable.

« C'est un centre d'équitation, point. » Elle s'est retournée pour faire un signe en direction du groupe déjà en selle entre le parking et le club-house.

À ce moment-là, je voyageais en arrière, je refaisais en sens inverse tout le processus chimique amenant deux personnes, qui à un moment donné ne se connaissaient même pas, à se parler avec une exaspération aussi intime et implicite, en êtres symbiotiques usés par leur propre symbiose. Je songeais à la colle invisible qui les rattache encore lorsque les raisons créatives, joyeuses et optimistes de leur union se sont dissoutes depuis déjà longtemps ; je songeais aux filaments résistants de l'habitude, de la familiarité et des illusions qu'on entretient, de la peur du vide.

Anna me regardait ; l'articulation de ses genoux était en mouvement continuel. Elle a dit : « Alors c'est d'accord ? »

J'ai fait oui de la tête, comme à quelqu'un dont je ne comprenais plus la langue ni la doctrine, ni la raison de me fixer d'aussi près avec autant d'insistance.

Elle s'est retournée pour aller rejoindre le groupe : j'ai regardé ses jambes fortes et son fessier compact de cavalière, son dos et ses épaules droits dans la casaque à losanges, la tête opiniâtre sous la bombe de velours noir. Elle n'avait pas l'air d'aspirer à devenir ce genre de femme quand je l'avais connue, ni même de l'imaginer comme un développement possible de sa condition précaire d'assistante à la faculté de sociologie. À présent, elle s'activait parmi ses élèves avec une compétence focalisée, attentive à la position des talons et des mains de chacun comme si c'étaient là les paramètres sur lesquels dût se fonder l'équilibre de l'univers tout entier.

Je me demandais quel genre de suspension du pouvoir critique peut intervenir dans une stricte vie à deux ; quelle forme de tolérance pathologique ou de sensibilité assourdie peut empêcher quelqu'un de remarquer la métamorphose de la personne qui lui plaisait en quelqu'un qui ne lui est même plus vaguement sympathique.

J'ai continué à la regarder pendant qu'elle guidait la file indienne de cavaliers au-delà du portail, sur la route qui menait aux prés, et je ne reconnaissais plus ni curiosité, ni attirance, ni élans, ni doutes, ni ressemblances, ni tendresse, ni embarras, ni sourires dans sa silhouette vue de profil : rien.

La femme qui avait une tête de présentatrice de télévision est venue me demander si nous pouvions commencer le cours de saut d'obstacles, et le type qui avait une tête de directeur de société d'économie mixte, père des deux gamins costumés comme pour une chasse à courre, a lui aussi commencé à me faire signe de venir. J'ai fermé les yeux sans bouger ; je n'avais pas de sentiments définis, seulement des traces en pointillé d'impressions et d'observations, et même des mots d'esprit idiots.

Puis je me suis tourné vers un tintamarre en mouvement, et j'ai vu la vieille fourgonnette rouge qui déboulait à toute vitesse sur la route : elle a freiné dans un bruit strident presque au fond de l'enclos, et elle a fait marche arrière. La fille blonde aux cheveux tressés qui s'appelait Alberta s'est penchée par la fenêtre et a crié : « Hé !

— Hé ! » ai-je répondu, avec une tentative bloquée à mi-parcours de lever le bras gauche. Je la regardais de loin, sans comprendre si notre échange de salutations pouvait se conclure là ou requérait un développement de quelque sorte.

Comme elle restait penchée à la fenêtre, je suis allé jusqu'à la barrière malgré le père des deux gamins qui disait : « S'il vous plaît ? » derrière moi de sa voix d'airain. Alberta m'a tendu la main mais, dans mon état, je n'arrivais pas à la prendre de là où j'étais. Ses pommettes étaient hautes comme je me les rappelais, ses yeux rieurs et communicatifs, ses sourcils formaient deux arcs plus dorés que ses cheveux blond cendré vigoureusement tirés en arrière. Elle a dit : « Comment ça va ? » L'enfant assis à côté d'elle me fixait sans bouger, et le terrier sautait dans tous les sens en aboyant dans son registre acerbe.

« Comme ça. » Je pensais qu'elle se contenterait d'un simple coup d'œil sur moi.

« Tu m'as flanqué un coup, l'autre jour. À un moment sur la route de Rome je t'ai regardé, et tu avais l'air mort. Bon Dieu, je ne savais même pas si je devais te conduire à l'hôpital ou quoi ! » Elle parlait avec passion, elle secouait la tête et les mains sur le volant, elle souriait : « Après tout ce qui était déjà arrivé, avoir en prime le cadavre d'un inconnu dans la voiture... »

Je me suis mis à rire, à cause des images qu'elle évoquait et de son intonation amicale, sans détour ; la contraction des muscles m'a fait mal, j'ai crié : « Aïe !

— Mon pauvre ! » On aurait dit une grande enfant à

moitié étrangère, communicative et distraite, naturelle, mue par des instincts positifs.

« Tu es retournée faire un deuxième round avec ce brave Riccardo ?

— Il est parti. » Elle a fait un geste pour indiquer la disparition. « Il avait l'air de vouloir rester enfermé là-dedans pour toujours, et puis hier tout d'un coup il m'a téléphoné pour dire qu'il s'en allait. Comme ça.

— Il avait l'air inamovible », ai-je dit, avec une image de leur combat de cerfs vue du sol de la fourgonnette.

« Finalement pas », a dit Alberta. Elle regardait en direction de chez elle, puis elle s'est tournée vers moi : « Tu veux venir jeter un coup d'œil avec nous ? Comme ça tu m'aideras à tenir le choc ?

— S'il vous plaît ? » a crié la voix d'airain du type qui avait une tête de directeur de société d'économie mixte derrière moi. « S'il vous plaît ? » a crié la voix peau-de-requin de la femme qui avait une tête de présentatrice de télévision. Je me suis retourné, tout d'une pièce comme je le faisais depuis la chute : mes aspirants élèves de saut d'obstacles étaient unis dans un petit front commun. Le père des deux chasseurs à courre en modèle réduit a dit : « Nous sommes là, eh ? Quand vous voudrez. »

Je lui ai fait un geste sans signification particulière, en secouant imperceptiblement la tête.

« Si tu es occupé, ça ne fait rien... Une autre fois.

— Non, non, je viens. » Je me suis dirigé vers le

portail, et je songeais à la facilité avec laquelle, quelques jours plus tôt, j'aurais pu escalader la clôture.

L'enfant s'est éclipsé à l'arrière sur le sol, à côté du chien qui aboyait avec une excitation redoublée ; Alberta a tiré sur la portière, l'a secouée et poussée jusqu'à ce qu'elle s'ouvre.

« Tu as vu, je l'ai fait un peu réparer ! »

Je suis monté avec une circonspection qui me servait aussi de filtre protecteur minimal, et j'ai salué l'enfant d'un geste de la main.

« Lui c'est Arturo, a dit Alberta. Et lui c'est Speke », en montrant le chien qui a aboyé ; l'enfant n'a pas bougé, tous deux m'observaient.

« Luca », j'ai dit.

Alberta a pointé un doigt sur sa poitrine : « Alberta.

— Je sais. » Puis : « Si tu conduis comme l'autre fois, je me jette par terre.

— D'accord, d'accord, j'irai doucement. » Elle regardait mes aspirants élèves, incrédules à côté de la carrière.

La maison avait un air d'abandon stupéfait qui commençait dès le jardin, où une glycine avait arraché la moitié des supports de sa pergola entre l'herbe et les plantes aux fleurs fanées, et qui se poursuivait à l'intérieur, dans la cuisine sans chaises, jonchée d'assiettes et de verres sales, de vieilles lettres et de photos, de livres, de pots de yaourt vides et de flacons de médicaments sans bouchon. Il y avait un bloc de feuilles quadrillées à côté d'un téléphone, avec une liste de raisons énumérées l'une après l'autre : des paroles clés, des dates, des noms, et en regard des points d'interrogation et d'exclamation, des petits griffonnages obsessionnels passés et repassés au stylo-bille jusqu'à trouer le papier. On aurait dit l'avant-poste abandonné d'une guerre de positions, avec encore dans l'air des relents de poudre, de sang, de soupe réchauffée, des échos de menaces, de lamentations, de chantages, de convictions lancées contre le tir de barrage ennemi, mais aussi de deuxième, de troisième, d'ultime tentatives et de retraits simulés.

Perplexe, Alberta allait et venait ; elle ôtait des miettes de pain d'une feuille de papier, déplaçait une boîte à chaussures pleine de vieilles prises électriques et d'interrupteurs conservés pour Dieu sait quelle éventuelle réutilisation, elle ramassait un livre et le laissait retomber comme s'il était trop lourd pour tenir entre ses doigts. Mais la vigueur naturelle de ses gestes, la solidité de son corps et sa bonne disposition de base semblaient en quelque sorte la protéger de la désolation qui l'entourait, elles lui donnaient une aura de lumière au milieu de la poussière et des objets cassés. Elle a désigné une zone claire sur une paroi et a dit : « Là il y avait un buffet que nous avions trouvé en Toscane », d'un ton de stupeur plutôt que de regret.

J'ai à peine remué les lèvres ; j'avais l'estomac contracté par la violence silencieuse de la scène, mes repères mentaux en étaient démolis.

Le chien Speke flairait les objets éparpillés sur le carrelage comme s'il avait eu peur de se brûler : il allongeait le cou sans bouger les pattes. Même le petit Arturo paraissait dans l'attente d'une explosion à retardement ; à un moment il a dit : « Où est papa ? » Il regardait vers la porte.

« En ville, a dit Alberta. Tu le verras demain. »

J'ai ouvert une porte-fenêtre qui donnait sur le jardin, j'ai respiré profondément. Je songeais au jour où j'avais quitté ma femme et mon fils, après avoir mangé des tortellini au yaourt avec elle pendant qu'il dormait, avoir parlé de choses et d'autres comme si nous avions tout le temps du monde et puis de nous comme si nous n'avions que dix secondes ; je m'étais finalement retrouvé dans la rue avec une valise pleine de choses qui ne me servaient à rien et dont je ne voulais pas ; des carabiniers en voiture m'avaient arrêté parce qu'ils me trouvaient une démarche bizarre. Je songeais à d'autres situations qui m'avaient semblé permanentes et qui à l'inverse avaient brusquement pris fin sans aucun passage intermédiaire pour préparer, atténuer ou donner un sens au vide soudain qui succédait. Je songeais au profil d'Anna menant la file de cavaliers en marche ; j'éprouvais un mélange de détachement et de peur, d'envie de fuir et de besoin de réconfort.

Alberta est passée de la cuisine au séjour et je l'ai suivie, entre les coussins sans housses, les jouets du petit Arturo, les chaussettes trouées, les flocons de poussière, et les rectangles plus pâles là où Riccardo avait décroché des murs les tableaux ou les affiches avant de s'en aller.

Sans réfléchir j'ai dit : « Mais vous avez aussi été heureux ici, non ? »

Alberta s'est retournée, avec un drôle de pli aux commissures des lèvres. « Bof.

— Je ne parle pas d'une brève période, ni même d'un archipel de brèves périodes dans un océan de vie malheureuse ensemble. Je parle d'une longue période, vaste, sans interruptions. »

Elle a tiré sur sa natte avec deux doigts, et c'était une natte encore plus longue qu'il ne m'avait semblé, qui lui tombait jusqu'aux fesses. « Je ne sais pas. Avec cette dernière année hallucinante que nous avons passée ensemble.

— Si tu oublies la dernière année. » J'avais trop besoin de parler, et le fait qu'elle m'ait impliqué de manière aussi sauvage dans sa crise familiale me donnait l'autorisation morale de poursuivre. « Si tu coupes à partir du moment où tout a commencé à aller mal. Est-ce qu'il reste une période assez longue et large pour justifier un voyage dans tous les mauvais moments ? S'il y avait un radeau ou un canoë pour y retourner ? »

Alberta a secoué la tête, ça l'irritait de rester immobile. « Je ne sais pas. Quelle sorte de questions est-ce ?

— Des questions », ai-je répondu, la tête pleine d'interrogations. « De toute façon la réponse est oui ?

— La réponse est je ne sais pas », a-t-elle dit, en se dirigeant vers un autre point de la pièce. « Peut-être au début.

— Tu en es sûre ? Un état continu d'imagination, de

plaisir, de passion, de pure joie d'être ensemble au même endroit, au même moment, sans interruptions ni pauses neutres ni pauses négatives qui déferlent ? »

Alberta a ri : « Parce que tu en as eu beaucoup, toi, des périodes de ce genre ?

— Non. »

Elle allait et venait dans le séjour, elle ramassait des choses par terre ou les déplaçait du pied, elle faisait des remarques à l'enfant sur son comportement, elle me regardait. Il y avait dans tout cela un naturel extrême, et pourtant la communication entre nous semblait limitée par sa tendance à mettre sur le même plan des ordres divers, à recueillir des signaux sur différents canaux et à les suivre avec la même attention. Je n'en étais pas sûr du tout, mais je me sentais comme un de mes élèves, à talonner le cheval en tirant sur les rênes ; j'avais un syndrome de rênes tirées, et malgré mes efforts je n'arrivais pas à les relâcher du tout.

J'ai dit : « D'après toi, c'est toujours avec le recul qu'on lit une histoire entre deux personnes ? Suivant ce qu'elle est devenue, à rebours vers le début ? »

Elle regardait dehors par la porte-fenêtre son fils qui, dans le désordre du jardin, était talonné par le chien Speke, entre cris et aboiements. « Dis, tu es toujours comme ça, ou c'est une humeur qui t'a pris aujourd'hui ?

— Je ne sais pas. J'ai simplement l'impression d'avoir eu la tête pleine uniquement de chevaux et de choses pendant des années d'affilée. Sans aucun espace pour penser, jusqu'à l'autre jour. »

Elle a essayé d'allumer un lampadaire avec son pied, mais il ne marchait pas.

Lorsque sa distraction l'emportait sur sa curiosité, il me venait un sentiment d'extrême insécurité ; et pourtant si je me souvenais bien, il y avait eu une phase de ma vie où j'avais été en mesure de communiquer facilement avec presque tous les types de femmes. « En tout cas ce brave Riccardo était complètement différent, au début, non ? Une bien meilleure version de lui-même ?

— Oui », a dit Alberta, le visage plongé à l'intérieur de l'abat-jour du lampadaire. « Il n'avait rien à voir avec celui que tu as vu l'autre jour.

— Et comment était-il ?

— Il paraissait le type le plus libre du monde ». Elle s'est mise à dévisser l'ampoule. « Il n'avait de rapport fixe avec aucun journal, il n'avait pas de maison ni d'horaires ni rien. Il dormait chez sa mère ou chez des amis, il écrivait sur une table de bistrot ou n'importe où ailleurs, il ne mangeait pratiquement pas, il buvait, il fumait et il prenait des comprimés comme un dingue. Deux fois sur trois, on ne publiait pas ses textes parce que, paraît-il, il n'y avait pas de place ; lui s'en fichait. »

Je faisais oui de la tête, mais j'éprouvais une nostalgie aiguë pour le temps qui s'était écoulé depuis lors, même si c'était son temps à elle et celui de Riccardo.

« Oui », a dit Alberta. Elle a ôté l'ampoule, l'a regardée à la lumière de la porte-fenêtre, l'a secouée près de son oreille. « Quand il est venu vivre chez moi, il gardait ses affaires dans une valise, pour se sentir toujours prêt à partir. Il n'arrivait pas à rester en place plus de deux jours de suite. Par exemple, il prenait le train et se tapait trois heures de voyage pour aller voir le coucher de soleil à Naples, je ne sais pas. Ou bien il allait à Trieste juste pour chercher un livre dans une bibliothèque, et il y restait trois jours. Il allait au marché aux fleurs d'Orvieto et revenait avec un énorme bouquet de tulipes. N'importe quelle excuse pour bouger. À un moment il avait décidé qu'il ne voulait plus écrire pour les journaux, il s'était mis en tête d'apprendre à faire le pain chez un boulanger de Todi qu'il avait interviewé. Je rentrais du travail et je n'étais jamais sûre de le trouver, tant il avait la tête emplie de choses à faire et d'endroits où aller.

— Et ça te déplaisait ? » Je songeais que ma nostalgie ne concernait pas la fuite du temps, en vérité, mais le fait que, même entre eux deux, il avait existé des sentiments vifs ; que même un type comme Riccardo avait eu dans sa vie une période légère et surprenante. Cela me donnait l'impression d'avoir été poignardé dans le dos et d'avoir des perceptions très limitées, encore plus désordonnées.

« Ça m'angoissait », a dit Alberta. Elle a posé l'ampoule par terre. « Mais il était sympathique. Et puis mignon. D'une maigreur à faire peur.

— Et puis ?

— Et puis il a changé. » Elle est allée à la cuisine comme pour sortir du sujet et de la conversation, mais elle est revenue avec une boîte en carton, et elle a commencé à jeter dedans tous les petits objets qu'elle trouvait par terre.

« Peu à peu ? » J'ai ramassé une paire de ciseaux, je l'ai mise dans la boîte. « De façon tellement progressive que tu ne t'en es même pas rendu compte ?

— Pas tellement progressive. Un jour, mon père est parti vivre à la montagne et nous a légué cette maison, à ma sœur et à moi ; comme ma sœur était loin et que la maison était vide, nous avons décidé de venir l'habiter, Riccardo et moi. Et deux semaines plus tard le journal lui a proposé la rubrique du football, un emploi stable. Lui pour commencer ne voulait rien savoir, il disait que ça ressemblait à de l'esclavage pur et simple. Et puis il s'est ravisé et a dit qu'il le faisait uniquement pour sa mère. En un rien de temps, il est devenu l'être le plus renfermé, le plus ennuyeux et le plus possessif de la terre. Il s'est mis à passer ses journées devant la télévision ou l'ordinateur, il ne voulait même plus se promener dix minutes. Il n'allait au village que pour acheter le journal et relire ses articles imprimés.

— Et avec toi ?

— Avec moi, il a commencé à vouloir jouer les patrons. » Elle oscillait sur ses hanches, elle regardait le dallage. « La veille encore c'était un enfant fragile et difficile qu'il fallait cajoler, nourrir et comprendre si l'on ne voulait pas qu'il se laisse mourir de faim, de froid, d'une overdose de comprimés ou de simple tension nerveuse, et le lendemain il était là à vouloir tout décider lui-même. Tu sais, à me faire des scènes de jalousie chaque fois que je devais aller en ville pour mon travail. À dire que les femmes ne devraient pas travailler, que vendre des meubles c'est quasiment faire le trottoir.

— Tu vends des meubles ?

— Je les trouve et je les répare, et quand je peux je les vends, a-t-elle dit sans ralentir. Il a commencé à me faire des scènes chaque fois que je mettais un disque ou une cassette parce qu'il ne supportait plus ma musique, même si au début il restait des heures à l'écouter et à jurer que c'était fantastique. Il s'est même mis à me faire des scènes si je cherchais à lire un livre, vu que lui ne lisait plus rien à part les journaux sportifs. Il disait que c'était à lui de gérer notre argent car il était le seul à avoir un salaire fixe, alors qu'au début nous vivions uniquement de ce que j'avais, et qu'il affirmait que l'argent n'avait pas d'importance.

— Et toi ? Pourquoi diable es-tu restée, s'il était devenu comme ça ? »

Elle a haussé les épaules ; elle a ramassé des punaises par terre. « Nous étions ici ensemble, je ne sais pas. » Puis : « Je ne m'y attendais pas. » Puis : « Je pensais que c'était juste une phase.

— Et bien au contraire, ça s'est aggravé ? »

Elle a fait oui de la tête ; elle s'est gratté la cuisse. « Et puis il a commencé à dire qu'il fallait absolument nous marier. Il m'a tannée pour connaître ma famille et être présenté officiellement, etc. Il lui était venu ce besoin de devenir comme son père, je ne sais pas, lui qui détestait son père quand nous nous sommes connus. Après la naissance d'Arturo, son comportement ne s'est pas arrangé. Tu sais, le saligaud de mari italien qui veut être à la fois le fifils à sa maman et le sultan du harem qui réclame l'attention comme s'il était toujours malade, qui ne lève jamais le petit doigt pour aider à quoi que ce soit, qui ne vit que de questions de principe ?

— Oui », ai-je dit. Je songeais que je n'avais jamais été ce type d'homme-là, malgré tous mes défauts, mes insuffisances et mes vices de comportement, et pourtant moi aussi j'étais parvenu à submerger les femmes de ma vie de causes de mécontentement. Je songeais à Anna qui s'exaspérait de mon obstination à ne pas jouer auprès d'elle un rôle de mari ; à ce que j'appelais un rapport d'égalité et qui n'était pour elle qu'une fuite devant mes responsabilités spécifiques d'homme.

« Et puis à la fin je me suis fatiguée de tout ça et je lui ai dit que je ne voulais plus rien savoir et que je m'en allais ; alors il a commencé à se rouler par terre en jurant de changer complètement. Toi aussi tu as vu les scènes, près d'un an plus tard.

— Mais comment ces choses-là arrivent-elles ?

— Parce que les femmes sont idiotes. » Elle souriait mais elle était furieuse, à sa façon d'oursonne communicative et ouverte. « Parce que nous croyons à tous les bobards que vous nous racontez.

— Et pourquoi est-ce que nous vous racontons des bobards ?

— Pour nous sauter, nous tenir bien en main et vous faire dorloter. Mais ensuite vous vous lassez de raconter des bobards. Une fois que vous êtes sûrs de la situation. Même ça, c'est trop d'effort au bout d'un moment.

— Mais ce n'est pas toujours comme ça. Nous ne sommes tout de même pas comme deux espèces animales différentes.

— Ma sœur affirme que oui. Selon elle, en fin de compte, nous sommes totalement incompatibles, si nous regardons bien sous chaque mot, sous chaque attitude, et sous le faux vernis des premiers temps.

— Incompatibles en quel sens ? » ai-je demandé, alors même que j'avais les nerfs acoustiques et optiques saturés d'exemples très récents d'incompatibilité.

Alberta m'a jeté un regard en biais ; elle cherchait à comprendre si mes questions étaient sincères. « D'après ma sœur, les hommes ont besoin d'agir continuellement contre les choses et les femmes au contraire cherchent à les comprendre, et tout ce qu'il y a au milieu, ce sont uniquement des efforts d'adaptation d'un côté ou de l'autre.

— En quel sens, agir contre les choses ? » ai-je dit, car la distinction me paraissait curieuse, parmi toutes celles qu'on aurait pu faire.

« Pour elle, c'est tout ce que vous faites : creuser, chercher, remuer, chasser, défier, explorer, découvrir, modifier, trafiquer. Toutes vos inventions, vos invasions, vos guerres, vos défis, vos compétitions et le reste.

— Pourtant je connais plein de femmes qui agissent contre les choses autant qu'un homme, on ne peut pas les arrêter un seul instant. »

Alberta a haussé de nouveau les épaules. « Ma sœur pense que ce sont des efforts d'adaptation. Pour survivre et ne pas se faire complètement écraser par les hommes.

— Et d'après toi ? » Dans l'état de détérioration où je me trouvais, j'avais un intense besoin d'être traité avec bienveillance, d'être jugé meilleur que mes congénères, plus séduisant.

« Je suis encore là à attendre. Comme une idiote. Je continue à me faire duper.

— Pourtant ce n'est pas toujours une duperie. Ou en tout cas pas une duperie consciente. Quelquefois on y croit pour de bon. On y croit tous les deux, on est convaincus d'avoir trouvé l'être merveilleux de sa vie. »

Alberta s'est penchée pour ramasser sur le dallage un petit vase ébréché ; elle semblait de nouveau distraite.

« Et chacun des deux s'efforce sincèrement de correspondre à ce que cherche l'autre, non ? Comme si l'on pouvait demander à la vie une chance d'être meilleur, ou en tout cas différent de ce qu'on a toujours été. On fait cet effort extrême, plus grand que pour s'adapter à n'importe quelle nouvelle école, n'importe quel nouveau travail ou nouvelle ville. »

Alberta a dit : « Ah ah ! » Elle regardait le dallage, avec sa boîte en carton à la main.

« Puis on dirait que survient une calamité gigantesque qui nous ramène en deçà de ce qu'on est vraiment, à ce qu'on est inévitablement. Et l'autre, quand il s'en rend compte, croit qu'il a été dupé, il fulmine alors à la pensée de tout le mal qu'il s'est donné.

— Peut-être. » Elle a ramassé par terre un stylo-bille, un rouleau de ruban adhésif, une photo en noir et blanc, un tournevis, une capsule de bière. Elle avait une façon de courber le dos et d'allonger la main sans plier les genoux : chaque geste cadencé comme dans une étrange partie de pêche.

J'ai dit : « Cela se passe bien ainsi, non ? »

Elle s'est retournée pour me regarder. Elle semblait incertaine : « Pour moi presque toujours. Et toi ?

— Moi aussi. »

Aussitôt après nous nous sommes mis à rire. J'étais stupéfait de l'absence de rôles entre nous : il n'y avait pas de positions à défendre, ni de thèses à prouver, ni d'attitudes à soutenir. Je n'aurais su dire depuis quand je n'avais plus communiqué avec autant de fluidité et de liberté avec quelqu'un, depuis combien d'années.

Elle est allée vers la cuisine. « Tu n'as pas envie de boire quelque chose ? »

Je l'ai suivie, et je suis resté sur le seuil à la regarder farfouiller dans un buffet dévasté, entre d'ex-paquets de pâtes et des cartons périmés de lait longue conservation, des bouteilles vides, des boîtes et des bocaux bourrés de clous et de vis. Elle ne semblait ni découragée ni certaine de trouver quelque chose ; elle fouillait entre les étagères avec une sorte de curiosité pour les scories de sa vie conjugale ; puis elle a dit : « Ah ! » et a sorti une bouteille de vin rouge ; elle m'a regardé avec un sourire extraordinairement enjoué.

Nous sommes restés immobiles une ou deux

secondes, dans cette familiarité faite de rien et pourtant dense comme l'air que je sentais sur ma peau et à la surface de mes pensées. Elle a dit : « Ce n'est pas incroyable ? », la bouteille à la main.

Nous avons cherché tous deux dans les tiroirs, sur les rayonnages, sur le dallage de la cuisine jusqu'à ce qu'elle trouve un tire-bouchon avec un bras cassé, puis elle a ouvert la bouteille et versé le vin dans deux verres opaques. Nous les avons entrechoqués et avons tous les deux bu une longue gorgée ; entre Anna et ma quête d'une vie intègre, il y avait des années que je ne buvais plus de vin, et cela a encore aidé à adoucir la situation.

J'ai dit : « On est bien. » Je ne sentais presque plus les douleurs de ma chute, et je bougeais presque aussi facilement que je respirais.

« Oui », a répondu Alberta, sur le même ton que moi. Elle m'a fait signe de la suivre et elle est sortie par la porte-fenêtre, sur la pelouse mal entretenue où le petit Arturo et le chien Speke se disputaient un ballon.

Nous sommes restés là dehors, sans rien faire d'autre que boire le vin rouge et regarder l'enfant et le chien ; nous ne bougions pour ainsi dire pas. Le soleil était tiède, l'air plein de cris, de coups de bec et de petits piaillements d'oiseaux ; le caractère concret du centre d'équitation, tout en gestes tendus, en poids et en contrepoids, me paraissait à des années-lumière.

Puis le petit Arturo a commencer à dire qu'il avait faim, et Alberta a regagné la cuisine ; je l'ai suivie, je l'ai aidée à récupérer des pâtes de cinq ou six sortes différentes dans les restes de paquets qui se trouvaient à l'intérieur du buffet. Elle a déniché au fond du congélateur un sachet de petites tomates qu'elle avait cultivées et récoltées l'année précédente puis congelées, et dans une armoire une bouteille avec deux doigts d'huile d'olive, une petite tasse à moitié remplie de sel, et un pot d'origan. J'étais plein d'admiration, à voir comme ses intentions se transformaient en actes sans presque rencontrer de frictions, avec quelle allégresse détendue elle mélangeait les ingrédients, les réchauffait sur le feu, s'essuyait les mains sur son pantalon et buvait une nouvelle gorgée de vin. J'avais l'impression d'avoir passé des années entières dans un état insoutenable de tension, de confrontation : contracté et les muscles bandés pour affronter des obstacles, faire des efforts et vaincre des résistances qui se reconstituaient sans fin.

Nous sommes sortis manger les pâtes dans le jardin, assis sur un fauteuil et deux chaises survivantes aux pieds branlants. Alberta et moi parlions par phrases brèves ou par mots isolés, nous fermions les yeux dans la lumière chaude. L'enfant se salissait avec la sauce, se levait, laissait le chien lui voler son assiette ; de temps en temps Alberta le réprimandait, mais sans guère élever la voix ni écarquiller les yeux, sans sortir du climat de notre proximité. Elle m'a raconté son travail qui consistait à dénicher des vieux meubles, à les retaper et à les vendre dans les foires ou à des boutiques ; moi je lui ai raconté le centre d'équitation naturelle, et comme il s'était transformé les derniers temps sans que je m'en rende compte. Il n'y avait guère besoin d'entrer dans les détails : l'intonation d'un mot ou le regard qui l'accompagnait suffisaient, et nos êtres tout entiers vibraient à l'unisson, riaient, faisaient oui de la tête. C'était une chimie facile, tellement différente du jeu fatigant des explications circonstanciées auxquelles j'étais habitué, terrain conquis et cédé pied à pied, arguments transformés en slogans, raisons rabâchées jusqu'à devenir abstraites. Notre communication était faite de sons, de consistances et de températures : il nous semblait n'être là que pour nous en laisser imprégner.

Nous avons fini la bouteille de vin, l'atmosphère était devenue si languide que le chien Speke me donnait presque une impression de grâce, avec ses cabrioles verticales. Je ne me demandais pas depuis combien de temps j'étais parti, ni combien de temps encore j'allais pouvoir rester ; j'étais sans pensées et sans intentions, sans aucune envie de mesurer le temps ou l'espace.

Puis le soleil a glissé derrière un banc de nuages et la température a chuté d'un coup ; le petit Arturo s'est écorché le genou en tombant et s'est mis à hurler. Alberta s'est levée afin de le consoler, puis a pris les assiettes pour les rapporter à l'intérieur.

« Je vais t'aider », ai-je dit, la casserole vide à la main, telle une relique du moment où elle avait commencé d'y faire bouillir de l'eau.

« Tu es sûr que tu n'as rien à faire au manège ? Tu semblais tellement débordé, quand nous sommes passés.

— Non, non, j'ai le temps », ai-je dit, même si le

temps avait recommencé à m'entraîner dans un courant d'exigences. J'ai tenté de résister en insistant pour faire la vaisselle : « Je m'en occupe. » Mais avec le poignet gauche à moitié démis, je n'y arrivais pas, j'ai fait tomber une assiette et elle s'est cassée.

Alberta a dit : « Laisse. Ne t'inquiète pas. »

J'étais à nouveau submergé de fatigue et de préoccupations pratiques, ébranlé de voir comme le soleil, la douceur et la facilité d'un moment plus tôt avaient pu disparaître aussi soudainement. « En effet, je devrais peut-être rentrer.

— Oui ? » a dit Alberta à un mètre de moi, avec un regard subitement déçu.

« Je crois. » J'ai tendu les mains, paumes ouvertes, et haussé les sourcils pour exprimer le regret.

Puis nos positions ont changé sans préavis et nous nous sommes embrassés sur la bouche, pressés front contre front, poitrine contre poitrine et ventre contre ventre dans un mélange confus de sensations, et aussitôt après un élancement de douleur m'a fait échapper un : « Aïe ! » et reculer brusquement.

Alberta m'a lâché et a elle aussi reculé. « Excuse-moi, merde. Je ne me rappelais plus. » Elle avait les joues enflammées, le souffle court.

« Moi non plus. » Je cherchais à évacuer la douleur. « Je t'assure. » J'ai tendu une main à travers l'interruption et la distance rétablie, je lui ai effleuré la tempe. Mais le moment était passé ; j'ai ôté ma main comme

Arturo et le chien arrivaient en trombe du jardin et nous regardaient, perplexes.

J'avais le souffle court moi aussi, et le cœur qui battait la chamade ; je n'étais pas sûr de ce qui s'était passé. J'aurais voulu le demander à Alberta, mais il y avait l'enfant et le chien entre nous, et une barrière transparente de choses non dites.

Elle s'est penchée vers le petit garçon qui grognait une revendication, et a dit : « On raccompagne Luca, qui doit rentrer travailler… »

QUATRE

Cette nuit-là encore je n'ai presque pas dormi, le moindre mouvement provoquait des douleurs, des images, des réflexions et des impulsions contradictoires. Anna s'est réveillée, s'est lamentée et s'est retournée cent fois par ma faute ; à la fin elle est restée immobile à l'extrême bord de sa moitié du lit, avec cette lourde respiration animale qui lui venait lorsqu'elle était vraiment fatiguée. Je songeais comme nous nous étions regardés la veille quand j'étais descendu de la voiture d'Alberta et qu'elle avait passé la tête par la porte de la sellerie, comme son visage et son corps m'avaient paru incapables de contenir autre chose que des sentiments rigides, sans la moindre marge de souplesse.

Je me demandais si c'était pour cela qu'elle n'éveillait plus en moi aucun désir de contact, si c'était son inaptitude à se surprendre et s'abandonner, son activité incessante pour vivre dans une grille de raisons contrôlées. L'idée de faire l'amour avec elle ou de l'avoir fait me semblait absurde ; je n'arrivais même plus à m'imaginer les gestes ou les regards possibles, les raisons possibles en dehors du fait d'être enfermés seuls dans le même coin de campagne. L'attention, l'innocence et la vulnérabilité qui m'avaient attiré vers elle au début, tels de nouveaux territoires, s'étaient évanouies entre la première et la deuxième année, en même temps que mon intérêt vaguement prédateur, et n'avaient laissé que la connaissance des détails et la capacité de prévoir des gestes, d'anticiper des réactions. Nous étions devenus peu à peu deux associés, deux frères, sans aucune marge d'ombre ni de curiosité ; nous pouvions nous regarder nus le soir comme nous regardions nos chevaux le jour, et continuer à parler de travail au lit jusqu'à l'épuisement. Nos rapports physiques s'étaient transformés en une sorte de gymnastique rituelle qui s'ajoutait de temps en temps aux fatigues de la journée, une quête de confirmations qui ne confirmait rien au-delà des brefs sourires automatiques, à la fin, lorsque nous nous regardions comme s'il y avait eu de quoi être satisfaits. Cela me déplaisait, pour moi comme pour elle, pour ce que nous aurions voulu et que nous n'avions pas, pour les attentes, l'insatisfaction, le temps qu'on laissait couler comme l'eau du robinet, pour l'absence de surprises qui nous faisait devenir obstinés, insensibles, méchants.

Je me débattais entre les couvertures et je songeais à Alberta dans la cuisine de sa maison délabrée. J'avais une vision fragmentée du baiser que nous avions échangé : la scène interrompue et répétée de tellement de points de vue que cela m'empêchait de m'en faire une idée claire. Je confondais les regards échangés avant avec ceux échangés juste après; je n'arrivais pas à donner une séquence précise à ses mouvements ni aux miens, rien de ce que nous nous étions dit n'offrait d'explication univoque des faits.

Je songeais aux ambiguïtés que m'avaient apportées d'autres baisers à d'autres époques de ma vie, au sentiment instantané de dette envers l'élan venu de l'autre, les obligations de réciprocité et d'extension. Je songeais aux baisers qui m'avaient aspiré dans des spirales de demande et d'offre, jusqu'au bout d'histoires où j'aurais juste voulu passer un instant; aux baisers que plus tard j'avais rêvé de pouvoir annuler comme des gestes enroulés à reculons. Le baiser avec Judith Ertieri, à peine descendus de bateau, après cette promenade qui, sinon, aurait été la seule. Le baiser avec mon ex-femme dans un ascenseur qui descendait du dernier étage, au sortir d'une soirée, alors que je songeais à une autre fille restée là-haut, avec qui j'aurais voulu partir en voyage dans un pays lointain. Le baiser que quatre ans plus tôt Anna et moi avions échangé à la fin d'une leçon d'équitation : le choc de deux souffles et de deux consistances mêlées, et les écarts de jugement qui s'étaient ensuivis, l'anxiété confuse avec laquelle je lui avais téléphoné le soir même pour lui proposer de venir vivre et travailler avec moi.

Je me demandais si c'était chez moi un sentimentalisme romantique ou un grave défaut de caractère; si le sentiment d'être malheureux, qui m'avait frappé avec tant de force après ma chute, ne venait pas du fait que je m'étais toujours laissé porter par les circonstances comme si c'était le destin, au lieu de chercher, d'insister, de choisir et de décider sur la base d'un vrai critère. Je me demandais si le fait de bien ouvrir les yeux ne m'aurait pas aidé depuis des années déjà à trouver la femme de ma vie, au lieu de me précipiter dans l'existence de la première femme que je rencontrais et de me sentir emprisonné, de fabriquer de la frustration jusqu'à n'avoir plus envie que d'en sortir, quitte à tout recommencer presque aussitôt après. Je me demandais si la femme de ma vie existait vraiment quelque part ou si c'était juste une idée vendue par la publicité et la littérature populaire, comme la maison de ma vie, le travail de ma vie, les vacances de ma vie et la voiture de ma vie, comme tous les « extraordinaires » et les « merveilleux » et les « pour toujours » et les « beaucoup plus » ; je me demandais s'il n'était pas trop tard pour la trouver. D'autres images me sont revenues du jour précédent, chez Alberta : des lumières, des gestes, des regards perçus de très près.

Quand j'ai fini par me lever, la vue brouillée et le système nerveux abruti, il était sept heures et demie du matin et Anna était déjà hors du lit, de la chambre et du club-house, l'odeur de café déjà presque évanouie de la cuisine américaine à l'étage en dessous. J'ai songé que c'était toujours moi qui me levais le premier, l'homme de la campagne qui s'élance aux premières lueurs pour aller voir les chevaux, organiser ce qui doit être organisé, et préparer le petit déjeuner pour l'heure où sa citadine d'épouse se lèvera. Tout avait changé, mais je n'éprouvais aucune nostalgie, seulement de la perplexité et de la vexation, de la rage contre moi-même, un désir de fuite.

Je me suis rasé dans la petite salle de bains, sans réussir à fixer mon visage dans le miroir. Il me semblait discerner une légère imprécision dans mes traits, comme s'ils s'étaient fatigués d'être eux-mêmes sans pour autant savoir quel autre pli prendre. Ce n'était pas un effet de l'âge, j'en étais pratiquement sûr : bien avant de venir à la campagne, j'avais déjà été déterminé à ne pas me laisser ronger par le temps mais au contraire à m'améliorer au fil du courant, si j'y arrivais. Et j'y étais arrivé, car à quarante-deux ans je pouvais soulever des charges plus lourdes, courir plus longtemps, faire l'amour avec plus d'énergie et plus de maîtrise, recueillir dans l'air plus de sensations subtiles que lorsque j'en avais vingt-cinq ou seize. Je n'éprouvais aucun regret pour l'elfe frêle et indécis que j'avais été : aucun. Mais j'aurais voulu savoir si cette mauvaise chute n'était pas dangereusement liée à mon rapport avec le temps ; s'il n'y avait pas une fissure, et de quelle profondeur.

Et puis j'aurais voulu savoir si moi aussi j'avais joué un rôle auprès d'Anna, lorsque nous nous étions mis ensemble ; si j'avais fait celui qui sait les choses, qui a vécu, a choisi, doit expliquer et enseigner, jusqu'à ce qu'elle se fatigue, à un moment donné, de dépendre de moi, et qu'elle commence à m'évincer du rôle principal. J'aurais voulu savoir qui d'elle ou de moi s'était lassé en premier ; s'il y avait des fautes spécifiques ou si c'était un processus inévitable ; s'il serait arrivé la même chose avec la femme de ma vie, en admettant qu'elle ait existé quelque part au monde, ou si avec elle au contraire il n'y aurait eu aucun syndrome de boîte fermée, aucune intolérance croissante pour les visages, les voix, les façons de bouger, de manger, de dormir, de se réveiller le matin.

J'ai essayé de lever le bras gauche dans l'espace restreint, et la douleur dans mes côtes m'a coupé le souffle. J'ai donné un coup de pied dans la cloison de bois : cela n'a guère servi à améliorer ma sensation d'isolement, privé de tout contact. Depuis que je travaillais avec les chevaux, j'avais fini par me convaincre que j'étais increvable : j'étais tombé peut-être cent fois et j'avais pris des coups en tous genres, et chaque fois je m'étais remis en selle presque machinalement. Avec mes élèves, je soutenais toujours que tomber n'est rien, qu'on ne se fait mal que si on le veut bien. Je disais : « On tombe avant de tomber. » Je disais : « Mais tomber c'est seulement sauter vers une double possibilité. » Je disais : « On peut se casser la figure, ou bien se relever et voilà tout. » Je disais : « Tout est là », avec un geste pour signifier un rebond. Aujourd'hui cela me paraissait le genre de philosophie à deux sous qu'on peut se permettre quand on a devant soi un public payant et attentif, et derrière soi une petite série de coïncidences heureuses ; mais il était vrai que ma fracture s'était produite alors que j'étais encore dans l'air. J'enrageais d'y songer : avoir eu besoin de me casser la figure pour réussir à m'arrêter, et y voir clair. Ce n'était pas une façon très sereine de se raser ; j'éprouvais une sorte d'appréhension pour les objets qui m'entouraient, chaque serviette accrochée et chaque flacon sur l'étagère semblaient vibrer d'un éclat terriblement flou.

J'ai regardé dehors, par la fenêtre : Anna se trouvait sur le chantier des nouvelles écuries, plongée dans une discussion avec l'entrepreneur Aldo et deux ouvriers, à côté d'une bétonnière jaune qui vibrait dans un tintamarre de gravier broyé. Sa concentration totale me la rendait encore plus étrangère, à la voir ainsi lancée sur une route qui nous éloignait irrémédiablement, trop tard pour changer de parcours. Je suis resté immobile à la regarder, et cela me faisait mal : ses gestes et ses pas pour agir contre les choses, ses lèvres qui émettaient des paroles que je n'entendais pas, liées à des images que je ne partageais plus.

J'ai bu du café et mangé des flocons de céréales, dans la cuisine américaine qu'Anna voulait rénover avec tout le reste ; je songeais à une façon de lui dire ce que je ressentais. Il ne me venait à l'esprit que des débuts, comme « Il faut que je te parle », ou « Tu n'aurais pas cinq minutes pour discuter ? », et aucun ne me semblait convenir à l'ouverture d'une tirade sur l'écroulement de notre vie commune.

Puis je l'ai vue approcher avec Aldo l'entrepreneur, le visage contracté, tous les deux, par des préoccupations pratiques. Je suis remonté à l'étage sans réfléchir, et je suis resté tapi en haut de l'escalier, à les écouter pendant qu'ils se faisaient un café avec la machine à espresso et qu'ils parlaient d'argent, de cubages, de poids, de délais. L'idée d'être un clandestin dans la maison que j'avais retapée morceau par morceau, comme alternative personnelle au reste du monde, me faisait rire ; leurs intonations semblaient chargées de tout ce que j'avais fui à l'origine.

À la fin, quand les voix se sont tues et que j'ai entendu la porte se refermer, je suis redescendu. Anna était encore là, une tasse de café à la main ; elle s'est retournée pour me regarder sans la moindre trace de cordialité ni de colère. L'idée m'a frappé que deux personnes pouvaient continuer à occuper des terrains émotionnels complémentaires sans manifester ni attendre de sentiments, comme les locataires d'une maison attribuée par un organisme dans la ville grise où ils sont nés. Depuis quelques jours, j'éprouvais une forme fondamentale d'incrédulité, face aux choses telles qu'elles sont, au-delà des codes et des noms.

« Tout va bien ? ai-je dit, juste pour lancer une sonde.

— Tout va très mal, a dit Anna, les lèvres serrées. Je viens d'apprendre qu'on manque de ciment pour arriver au toit. Premier jour de travail, devis clefs en main signé, après toutes les négociations de janvier et février. À entendre Aldo, c'est la faute du géomètre, et à entendre le géomètre c'est la faute d'Aldo, et en attendant, c'est nous qui sommes emmerdés, naturellement. »

Je faisais oui de la tête, mais je n'arrivais pas à simuler

la participation avec les muscles du visage. « Je voulais te parler d'autre chose.

— Le tout maintenant, c'est ne pas dévier d'un millimètre de la ligne que j'ai fixée, autrement dit pas question de lâcher une lire en plus, parce que de toute façon c'est l'un d'eux qui s'est trompé et ça nous est égal de savoir lequel, et de toute façon Aldo a eu tout le temps d'évaluer les coûts, il a signé le devis et empoché l'avance, les travaux doivent avancer suivant le programme établi, nous ne pouvons pas traîner en arrière, même pas d'un jour, si nous ne voulons pas que tout saute et avoir l'air de deux andouilles qui ne tiennent pas leurs engagements avec les nouveaux clients, si nous ne voulons pas saloper notre réputation et qu'on se moque de nous, et perdre des mois entiers de rentrées d'argent et nous retrouver dans la merde. »

Malgré ce « nous », elle ne me donnait pas l'impression d'attendre une intervention de ma part : elle était chargée à bloc pour une bataille solitaire. J'avais passé des années à affronter et résoudre des problèmes pratiques de la manière la plus efficace, et même la plus sévère quand il le fallait — sécheresse, gel, claudication des chevaux, fuites de toitures, manque d'argent, chutes de clients sans assurance, humeur instable des voisins, litiges avec les fournisseurs de foin, les vétérinaires et les chasseurs, disputes de bornage, chantage des services d'hygiène locaux, et voilà que maintenant toutes ces capacités acquises lui paraissaient inutilisables. Nous nous servions tous deux des dégâts de ma chute comme un écran séparateur, une bonne excuse pour nous éloigner à une vitesse croissante. Cela me donnait un sentiment de vide et de liberté imprévue ; je me sentais vil et léger, incertain quant à mes possibilités de mouvement. « Ce dont je veux te parler aussi est urgent.

— Et de quoi s'agit-il ? » a dit Anna avec une miette d'attention détournée à grand-peine de ses pensées dominantes.

« De nous. »

Elle a serré les lèvres. « Maintenant ? »

Il m'est revenu en tête toutes les fois où j'avais regardé ses lèvres et où je les avais corrigées mentalement pour en adoucir le tracé ; toutes les fois où j'avais corrigé mentalement sa façon de parler, de se mouvoir et d'être en général, dans l'espoir de superposer à son image celle de la personne qu'elle m'avait semblé être au début. « Oui, mais peu importe.

— Remettons ça à plus tard, tu veux bien ? » a-t-elle dit, avec le regard, la respiration et les muscles des jambes qui l'entraînaient vers la porte et dehors, vers le chantier des nouvelles écuries qu'elle avait voulues avec une détermination tellement désespérée.

Je suis resté dans la cuisine américaine, à regarder les photos de chevaux et de clients sur les murs. Je songeais à toutes les soirées que j'avais passées seul en cet endroit, la première année, sans plus avoir la force de me lever du banc sauf pour me traîner au lit ; et je songeais à toutes les soirées avec Anna, à ressasser méticuleusement ce que nous avions fait pendant la journée et ce que nous devions faire le lendemain. Je songeais à tous les hivers froids et à tous les étés chauds, à la répétition cyclique qui nous avait tirés en avant sans plus nous laisser distinguer le plaisir de l'ennui ; à toutes les fois où je m'étais senti à l'abri parce que j'avais fermé la mince porte en bois ; à toutes les fois où je m'étais senti emprisonné sans vouloir l'admettre.

Je suis retourné dans la chambre et je suis monté sur une chaise ; après bien des efforts j'ai réussi à faire tomber du dessus de l'armoire ma vieille valise en cuir. Elle était desséchée et dure comme un animal empaillé, raidie de n'avoir plus servi. Je l'ai ouverte sur le dallage : elle avait une odeur de moisi, les élastiques pour retenir les vêtements étaient distendus et inertes. J'ai imaginé d'y jeter quelques objets essentiels et d'écrire un mot à Anna, avant de m'en aller. Je pouvais voir toute la séquence, geste par geste, mais avec la même précision irréelle que si j'avais imaginé de me jeter par la fenêtre, de tirer sur des nouveaux clients, ou de mettre le feu à tout le centre d'équitation.

Le souvenir d'Alberta la veille m'était encore revenu à l'esprit : sa façon généreuse de poser les pieds par terre, de sourire, de bouger les mains, l'atmosphère sans frictions dans sa maison délabrée ; le contact spontané qu'il y avait eu entre nous dans la cuisine. Je n'étais pas sûr de ce que j'éprouvais pour elle, mais elle continuait à hanter mes pensées et m'emplissait d'agitation ; j'avais envie de la revoir et d'entendre à nouveau sa voix, d'émettre et de recevoir des signaux, de ne pas attendre.

J'ai poussé du pied ma vieille valise sous le lit, je suis redescendu pour aller dehors. Anna était encore sur le chantier des nouvelles écuries avec Aldo l'entrepreneur, elle parlait dans un portable qu'il avait dû lui prêter et donnait des petits coups de pied nerveux dans la terre blanchâtre. J'ai failli m'approcher pour l'aider à résoudre la question du ciment avec cette solidarité tenace que nous avions toujours eue, et réduire la distance par la force ; mais l'impulsion a duré moins d'une seconde. L'instant d'après, j'étais loin d'elle comme la Terre de la Lune, je me dirigeais rapidement vers la vieille Renault sans même lui faire un signe.

Je roulais lentement, je n'arrivais pas à rester assis droit et j'avais des élancements dans la hanche chaque fois que j'appuyais sur la pédale d'embrayage ; au carrefour j'ai pris la route qui menait chez Alberta. J'essayais de ne pas penser à la tête qu'elle ferait, ni à ce qu'elle dirait, ni à ce qui pourrait survenir entre nous. Je n'imaginais rien de défini : j'avais la tête pleine d'expectatives trop vagues pour m'y arrêter.

Le portail de bois était grand ouvert ; le cœur battant, je me suis engagé dans le chemin qui descendait vers la maison. Mais sur le petit terre-plein devant la maison, à la place de la fourgonnette rouge d'Alberta, il y avait une berline bleue au flanc cabossé que je n'avais jamais vue. J'ai coupé le moteur, je suis allé vers la porte d'entrée en imaginant le brave Riccardo revenu traîtreusement pendant qu'elle était absente ou des voleurs occupés à saccager ce qui restait. J'ai pris un manche de pioche à côté de la pergola en ruine, et je suis entré. Je n'étais pas sûr de pouvoir intervenir très efficacement tel quel, mais comme j'étais dans un état de déséquilibre croissant, je n'arrivais pas à trouver une bonne raison d'être prudent.

Le désordre sens dessus dessous de la cuisine était le même que la veille, par contre la lumière était plus froide et la température plus basse, toutes les surfaces semblaient incomparablement plus dures. J'ai entendu crisser des chaussures dans le séjour ; j'ai levé le bâton, et je suis passé d'une pièce à l'autre aussi vite que je le pouvais.

Dans le séjour, il y avait un gros type en veste bleue et pantalon gris ; il s'est retourné en sursautant : « Qui êtes-vous ?

— Vous qui êtes-vous ? » Avec le bâton dans la main droite, j'avais une posture assez agressive.

« Maggi, de l'agence. » Il arborait un bronzage artificiel, ses cheveux enduits de gel étaient lissés en arrière, et il avait des gros yeux noirs de veau du pays. « La dame ne vous a pas averti ?

— De quoi ? » J'étais tellement déçu de ne pas trouver Alberta que ses traits me paraissaient insupportables.

« De la visite pour l'expertise ? a dit Maggi.

— La dame c'est Alberta ? »

Maggi a changé d'expression. « Mais qui êtes-vous, je vous prie ?

— Où est-elle allée ? ai-je demandé, avec un sentiment de désarroi que je n'arrivais pas à contrôler.

— Vous êtes le mari ? » Il avait une façon de se passer une main sur la tête avec une infime pression, plus pour confirmer une image de lui-même que pour lisser ses cheveux.

« Je ne suis pas le mari. Où est-elle allée ?

— La dame est à Rome », a dit Maggi en regardant mon bâton. Il a répété : « Qui êtes-vous ?

— Je suis un ami d'Alberta. » J'ai songé que ce n'était pas une définition exacte, mais il n'y en avait pas d'autre. « Elle ne vous a pas laissé un numéro de téléphone ou une adresse ? »

Maggi s'est passé la main sur la tête. « Nous ne sommes pas autorisés à divulguer les coordonnées personnelles de nos clients. Si le bien immobilier vous intéresse, vous pouvez prendre rendez-vous pour une visite.

— Le bien immobilier ne m'intéresse pas. » Mon intonation, mon regard et ma posture, appuyé au manche de pioche, devaient offrir une image d'équilibre tellement précaire qu'il a fini par me donner le numéro d'Alberta à Rome, comme si je le lui avais extorqué par la force.

CINQ

À Rome, j'ai laissé la voiture sur une aire de stationnement le long du fleuve, et j'ai marché au hasard au milieu de la circulation et du bruit. La ville me faisait un curieux effet, maintenant que je la voyais de l'intérieur et pratiquement immobile, après des années d'arrivées en catastrophe pour prendre mon fils ou acheter quelque chose, me dépêcher de faire ce que j'avais à faire avant de repartir encore plus vite vers la campagne. J'étais déconcerté par la stratification féroce des mouvements, des intentions et des parcours : j'avais l'impression d'avoir perdu la capacité de déchiffrer des messages simultanés, de m'être habitué à ne plus penser qu'une seule chose. Je marchais mal, je jetais des coups d'œil autour de moi comme un évadé qui redoute à chaque coin de rue d'être reconnu et dénoncé.

Seulement il n'y avait personne pour me reconnaître : j'aurais pu marcher de la même façon dans n'importe quelle autre ville au monde, et j'aurais eu la même absence totale de réaction. J'étais impressionné de songer comme cinq années de campagne avaient désagrégé le tissu de mes relations urbaines jusqu'à le détruire entièrement. Sur une piazza envahie de bruits mécaniques, j'ai feuilleté les pages de mon petit agenda ; il était mince et vide à faire peur, si j'ôtais les numéros du sellier, du maréchal-ferrant, du vétérinaire, du fournisseur de fourrage, et de cinq ou six clients fidèles depuis le début du centre d'équitation avec qui je n'aurais pu parler de rien d'autre que de chevaux. J'ai songé aux agendas cent fois plus épais et plus remplis que j'avais possédés en d'autres périodes de ma vie : les noms bizarres ou étrangers, les adresses où je n'étais allé qu'une seule fois, voire pas du tout mais qui étaient inscrites là comme des possibilités latentes ; la multiplicité de visages, de voix, de lieux et d'ambiances que j'avais pu faire surgir rien qu'en parcourant une page du doigt. Aujourd'hui les seuls numéros qui ne m'évoquaient pas des sabots et des crinières figuraient en regard du nom de mon fils, de mes deux sœurs et de ma mère, et aussi de celui de la mère de mon ami Diego Ulmari, disparu quelque part en Océanie depuis au moins sept ans.

Et puis il y avait le numéro d'Alberta, presque illisible, comme je l'avais transcrit en écoutant l'agent immobilier Maggi ; et même si c'était la raison de ma venue en ville, j'en éprouvais un sentiment conflictuel d'optimisme et d'incertitude. J'aurais voulu lui téléphoner du même élan que j'étais parti du centre d'équitation, mais je n'y arrivais pas. Je tournais autour d'un bistrot bondé et je revoyais notre baiser inattendu, qui n'avait pas été commenté sous tous les angles, j'entendais sa voix quand elle m'avait raccompagné au centre d'équitation me disant : « À très bientôt » ; elle avait souri à sa manière ouverte avant de s'en aller sous le regard d'Anna, sachant que le lendemain je n'allais plus pouvoir la retrouver dans sa désormais ex-maison. Y songer ne me servait à rien ; je continuais à ne pas comprendre si j'étais trop sceptique ou trop enthousiaste, ou si je ne m'étais pas mis à trop penser depuis ma chute.

Je suis entré dans le bistrot, j'ai traversé la mêlée d'employés sortis des bureaux pour se gaver de croquettes de riz, de petites fougasses farcies et de lasagnes au four, assis à des petites tables ou debout, ou accoudés au bar, sans cesser un seul instant de parler tout en lançant des coups d'œil autour d'eux. J'ai foncé droit sur le téléphone, j'ai glissé une pièce, composé le numéro d'Alberta dans une bousculade de parfums épicés, musqués, fruités, de regards, de gestes, de signes, de cols, de cravates, de mocassins, de manchettes, de chaussettes, de montres, d'ongles et de cheveux. J'attendais la voix d'Alberta, et je me demandais si, avec l'habitude, j'allais de nouveau pouvoir faire écran et sélectionner les signaux comme avant de partir à la campagne, ou si j'avais désormais une sorte de déficit immunitaire permanent, qui me mettait en danger à la moindre affluence.

La voix d'Alberta est arrivée au bout d'une dizaine de sonneries, au moment où j'allais raccrocher avec un mélange presque égal de déception et de soulagement. « Qui est-ce ? a-t-elle dit sans cordialité.

— C'est Luca.

— Qui ? » Le chien Speke aboyait à l'arrière-plan. « Luca ? Celui des chevaux ? Celui de l'hôpital ? » Je lançais des mots comme des matériaux pour construire un pont de fortune, à travers le vide de son oubli de moi. « Celui des pâtes avec les tomates hier dans le jardin ?

— Ah, bien sûr, Luca. » Elle parlait d'un ton distrait ; le chien aboyait derrière elle. « Comment ça va ?

— Assez bien. » Ce n'était pas vrai du tout, j'étais pétri de déception, encore plus qu'en ne la trouvant pas chez elle. « Je suis à Rome pour quelques heures, je pensais qu'on pourrait peut-être se voir. Si tu as le temps, je ne sais pas.

— Excuse-moi un instant. » J'entendais la voix aiguë du petit Arturo par-dessus les aboiements du chien Speke, et les bruits du téléphone se mêlaient à ceux du bar.

Je n'aurais pas su dire avec précision à quoi je m'étais attendu, mais certainement pas à cela ; j'ai songé que je me trouvais dans une phase de ma vie où j'allais devoir faire quelque chose pour récupérer un minimum de sociabilité ou bien me couper définitivement du monde, mais en tout cas ne plus jamais embrasser d'inconnue.

Alberta a dit : « Allô ? » d'une voix essoufflée qui ne m'a paru pas le moins du monde liée à moi.

« Si c'est trop compliqué, ce sera pour une autre fois, ça ne fait rien. » J'étais déjà prêt à raccrocher.

« Non, non. J'ai envie de te voir.

— Quand ? » ai-je demandé, les oreilles pleines d'aboiements, de cris, de rires d'inconnus, d'appels lancés aux serveurs.

Là encore elle a hésité : « Vers quinze heures, ça te va ? Qu'en dis-tu ?

— Très bien », ai-je répondu, écrasé entre son intonation distraite et l'assaut de présences étrangères.

Alberta m'a donné l'adresse et le code de l'interphone, puis elle a raccroché sans un autre mot de confirmation ou d'assurance.

Je suis resté quelques secondes à regarder le mur d'yeux, de mains et de bouches en mouvement continu, puis j'ai téléphoné à mon ex-femme pour lui demander si je pouvais passer prendre mon fils à l'école et déjeuner avec lui.

« Comment se fait-il que tu sois à Rome ? » a-t-elle dit, la voix raidie par son habituelle hostilité aux improvisations.

« Comme ça. » Je regardais la pendule. « Ça te va ?

— Si tu y vas à l'heure. Et si tu le ramènes aussitôt après à la maison, il a ses devoirs à faire.

— D'accord, d'accord. » J'étais déjà en position pour couper à travers la foule de mangeurs-parleurs-guetteurs.

L'école de mon fils n'était pas loin ; j'y suis arrivé trois minutes après une heure et demie, et les gamins n'avaient pas encore commencé à sortir. Il y avait un groupe épars de mères et de pères d'élèves de sixième qui attendaient, debout ou adossés à des scooters géants et à des voitures garées en double file, tournés vers le portail ou absorbés dans des conversations interrompues par des coups d'œil obliques par-dessus l'épaule. Je n'en connaissais aucun, sinon de vue lors de mes incursions d'un vendredi sur deux, mais ils ne m'étaient pas sympathiques. Ils avaient l'air d'anciens camarades d'école gonflés à la pompe, agrandis et confirmés par le monde dans le moindre de leurs traits et de leurs attitudes, de manière définitive. Je regardais les têtes blondies et les semelles compensées des femmes, les dégradés au rasoir et les petites lunettes de soleil des hommes, la façon qu'ils avaient de dilater les narines et d'osciller sur leurs chevilles, de rire sans trop ouvrir la bouche et de mettre les mains dans leurs poches. Je percevais la pression constante de leur besoin de se maintenir à l'allure du monde : la concentration sur eux-mêmes qui les usait comme une meule.

J'ai songé qu'Anna et moi ne nous étions pas regardés dans le miroir, n'avions pas acheté de vêtements et ne nous étions pas occupés de notre aspect depuis des années ; il m'est venu un accès de contrariété à son égard, pour avoir cherché à me ressembler, pour ses efforts limités et honnêtes visant tous à construire quelque chose de durable. Aussitôt après, je me suis remémoré Alberta dans sa désormais ex-maison de campagne, l'absence de frictions, les sourires faciles, le contact impromptu.

Le portail s'est ouvert et il en a jailli un torrent de garçonnets et de fillettes hurlants et gesticulants, tous inconnus de moi à faire peur. Je scrutais les visages les uns après les autres avec une concentration presque douloureuse dans le regard, en quête d'une confirmation de familiarité qui aurait même pu ne pas arriver du tout. J'ai fini par voir mon fils dans la mêlée qui se diluait à présent, et j'ai crié : « Paolo ! » d'une voix qui aurait peut-être mieux convenu pour un cheval au pré, à cent mètres de distance. Il s'est retourné, l'air plus déconcerté que surpris.

Nous sommes allés déjeuner dans un endroit où l'on vendait des pizzas à la portion et où il y avait trop de monde pour mon goût, mais je n'avais pas eu d'autre idée ; nous avons attendu longtemps dans la cohue pour nous faire servir et trouver deux places à une longue tablée. J'avais perdu l'habitude des espaces confinés, en même temps que la capacité de passer des messages ; je devais sans cesse recentrer mon attention sur mon fils tout en essayant de le faire parler.

Il n'en avait pas envie, il était fatigué, il avait faim, et il s'était écoulé moins de deux jours depuis qu'il était venu à la campagne ; ni sa situation ni nos rapports n'avaient changé entre-temps. Je le harcelais de questions sur ses professeurs, ses camarades, les matières, les programmes ; je cherchais à capter son regard et le retenir, mais je me rendais compte que je n'étais pas suffisamment attentif non plus. Pour compenser, j'élevais la voix et j'agitais la main droite, je cherchais d'autres mots dans la tempête généralisée des mots, et ils étaient tous également inadéquats et inefficaces.

Du coup je me suis vu à travers ses yeux : une sorte de hippie hors du temps comme disait Anna, un maniaque figé dans quelques idées fixes et incapable d'écouter, ayant perdu l'habitude de vivre en société et démoli par une chute ridicule. Il m'a paru absurde d'avoir tenu pour acquis qu'il s'amusait bien chaque fois que je l'emmenais dans un paddock et que je l'accablais de renseignements techniques, d'anecdotes et de fiches de personnalité des chevaux, alors que sa curiosité diminuait, d'une année sur l'autre, jusqu'à sortir complètement du cadre. Je songeais à l'attitude que j'avais toujours eue avec lui, comme si le moindre geste était l'occasion de lui exposer une vision du monde qui excluait sa ville, sa mère, ses amis, son école, ses jouets, et tout ce qui comptait pour lui ; je songeais comme j'avais dû réussir à lui faire détester les chevaux et la nature en général, et tout ça pour m'en désintéresser moi aussi en l'espace d'un seul instant, et ne pas savoir comment le lui expliquer.

J'ai dit : « Ça te plairait si je n'habitais plus la campagne ?

— Comment ?

— Si je disais ça suffit. Ça suffit la campagne et ça suffit les chevaux. Ça suffit, tout ça. »

Il a cessé de mastiquer. « Pourquoi ?

— Parce que les choses ont une fin. On s'en lasse. On change.

— Et les nouveaux poulains ? a dit mon fils. Et le vieux Tico ? Et Oscar ? Et Pamina ?

— C'est Anna qui s'en occuperait. Elle est formidable avec les chevaux.

— Pourquoi ? Elle reste là-bas ? » L'intensité de son regard me mettait mal à l'aise.

« Oui. Elle continuerait. C'est son travail. Elle aime ça.

— Et le tien, c'est quoi ? » a dit mon petit bonhomme de onze ans, fils de parents séparés, et doté d'une vision du monde plus digne de foi que la mienne.

« Bah, j'ai fait d'autres choses, avant les chevaux. Je n'ai pas encore perdu la main.

— Comme quoi ?

— Différentes choses. » Je n'arrivais pas à croire que j'aie pu ne jamais lui en parler ; que j'aie pu lui donner une vision aussi monocorde et récente de ma vie, comme si j'étais né déjà retranché dans le centre d'équitation, sans me laisser même effleurer par un doute ou une curiosité extérieure. J'ai dit : « Mange ta pizza.

— Quelles choses ? » Il continuait à ne pas manger.

« La dernière, c'était dans le cinéma.

— Tu faisais des films ? » Ses yeux ressemblaient beaucoup aux miens, mais la forme de son visage était celle de sa mère ; l'ensemble de ses traits exprimait une exigence pressante de réponses précises.

« Non, je les trouvais déjà faits. J'allais les chercher à l'étranger, je les rapportais ici et je les traduisais. Tu sais, les films étrangers que tu vas voir, et où on parle en italien ?

— Tu étais importateur ?

— On dit distributeur », ai-je répondu avec un sentiment de retard irrémédiable dans la continuité de son évolution vers une forme adulte. « Quelqu'un qui importe des films et les distribue partout. » J'étais en nage ; ça me fatiguait plus qu'un travail manuel. « Tu comprends ?

— Oui. » Il n'avait pas l'air convaincu. « Et tu faisais ça quand ?

— Avant. » Ma pizza passait mal, je n'arrivais pas à manger non plus. « C'est le dernier métier que j'ai exercé, avant les chevaux.

— Tu travaillais où ?

— Ici. À Rome. Tu devrais t'en souvenir, non ?

— Les films, je les ai vus ?

— Peut-être un ou deux », ai-je dit, mais je ne m'en souvenais pas non plus. « Tu sais, ce n'étaient pas des films pour enfants. Mange ta pizza.

— Et pourquoi tu as arrêté ?

— Parce que ça ne m'amusait plus. Parce que j'avais envie de changer. Parce que j'avais besoin d'espace et de choses nouvelles. » Maintenant aussi j'avais besoin d'espace, dans le brouhaha et la chaleur de cette hyperconcentration humaine, sous la pression de son regard et les coups d'œil des voisins de table.

« Et maman ?

— Quoi maman ? » J'aurais voulu sortir à l'air libre, marcher.

« Pourquoi elle n'est pas allée à la campagne elle aussi ? »

— Parce que nous ne nous entendions plus. » J'ai bu une gorgée d'eau minérale, trop froide. « Nous nous sommes quittés et je suis parti à la campagne.

— Vous vous disputiez ?

— De temps en temps. » De cela non plus nous n'avions jamais vraiment parlé, d'une façon qui ne soit pas trop rapide, trop facile ou trop peu sincère. « Nous étions lassés l'un de l'autre, plus qu'autre chose. Tu sais, comme quand tu te lasses d'un ami ou d'un camarade ? Sans qu'il t'ait rien fait de mal, sauf d'être lui-même et d'être convaincu de savoir comment tu es ?

— Oui. » Il remuait à peine la tête.

« Quand le pire, au contraire, c'est que chacun des deux croit tellement savoir comment est fait l'autre, qu'il ne le laisse plus libre d'être autrement ? »

Mon fils me regardait, sans manifester d'accord ou de désaccord.

« Quand les deux ont l'impression d'avoir déjà fait et dit tout ce qu'il y avait à faire et à dire ensemble ? De ne plus pouvoir s'attendre à aucune sorte de surprise, même toute petite ? »

Il m'a fait signe de baisser la voix : même dans cet ancien garage au toit voûté, le brouhaha était si fort que j'arrivais à peine à m'entendre parler.

« Quand chacun des deux finit par s'agacer de la forme du nez de l'autre, ou de la façon qu'il a d'avaler l'eau quand il boit ? Et que ce n'est ni sa faute ni la tienne, quand aucun des deux n'y peut rien ?

— Oui, oui », a-t-il dit, les yeux baissés, comme si mes exemples l'embarrassaient.

« De toute façon c'était juste une idée, de quitter la campagne. Je n'ai encore rien décidé. Je voulais juste savoir ce que tu en pensais. Mange ta pizza, elle refroidit et elle va être immangeable. »

Il a grignoté un petit morceau avec les dents de devant ; on aurait dit que je venais d'envoyer en l'air le scénario élaboré à grand-peine dans sa tête ces dernières années.

« Pourquoi fais-tu cette tête ? Je t'embrouille les idées ?

— Non. » Il tenait sa part de pizza entre ses mains, beaucoup plus grandes que je ne me les rappelais. J'ai revu la première fois où je lui avais coupé les ongles : l'effarement devant la miraculeuse petitesse de ses doigts.

« Tu as l'air complètement décontenancé, comme si je t'avais dit Dieu sait quoi. Tu préférerais avoir un père normal, plutôt ? Qui va au bureau tous les matins et qui a son brave horaire immuable ? Qui réserve chaque année au même endroit pour les vacances au bord de la mer et fait exactement les mêmes choses année après année ?

— Non », a-t-il dit, mais sur son visage, je lisais : peut-être, oui.

« Tu préférerais ? » Je songeais qu'en fin de compte je ne lui avais jamais fait faire d'activités tellement amusantes, qu'avoir un père hors norme ne lui avait pas procuré tellement d'avantages. « Un père avec une veste et une cravate, des chaussures cirées et une voiture neuve, les cheveux bien coupés et des petites lunettes de soleil bien droites comme les pères qui étaient devant l'école pour attendre tes camarades ?

— Non.

— Et comment je devrais être, alors ? » Pour me défendre, j'étais tenté de faire pression sur lui comme lui faisait pression sur moi, mais ma force d'adulte rendait tout trop déloyal. « Hein, comment ?

— Comme tu es. À vivre à la campagne et t'occuper des chevaux et tout ça. Ça va très bien.

— Mais tu t'ennuies à mourir, à la campagne. » J'ai parlé si fort que deux voisins de table se sont retournés. « La dernière fois ça ne t'intéressait plus du tout, je l'ai très bien vu.

— Oui, mais c'est toi qui dois y travailler.

— Et pourquoi ? Qui diable en a décidé ?

— Toi.

— Et si je veux changer d'avis maintenant », ai-je dit, avec l'insupportable sentiment d'être pris au piège. « Je change d'avis parce que je suis libre et que je suis grand, et puis ôte-toi de la tête l'idée d'avoir un père comme un mulet qui continue à tourner en rond sans se divertir ni s'intéresser à rien, un père sans passion simplement parce que ça te rassure ! »

Il a posé de nouveau la pizza sur la table, il regardait de côté avec cette expression fermée à clef qu'il prenait chaque fois qu'il nous arrivait de nous quereller.

Et toute ma rage a reflué d'une seconde à l'autre en contrariété pure : je songeais que je n'avais jamais vraiment fait d'effort, que je n'avais pas suffisamment essayé. « Allons, ne te vexe pas. C'est seulement que je ne supporte pas d'être traité comme un mulet ! »

Il s'est obstiné à ne pas me regarder, son visage était le seul immuable parmi des dizaines de visages insaisissables.

« Tu peux le comprendre, non ? »

Il ne me regardait pas, il restait tourné vers un point indéfini.

Je lui ai touché le bras : « Non ? »

Il s'est dégagé : « Laisse-moi tranquille.

— Tu n'as qu'à me traiter comme n'importe quel copain de ton âge, au lieu de me traiter comme un vieux diable de mulet.

— Tu n'es pas un copain de mon âge. »

Un de nos voisins de table, qui devait travailler dans un parti ou un ministère, me fixait comme une limace ; je lui ai lancé : « Occupez-vous plutôt de votre pizza, hein ? »

Mon fils s'est refermé encore davantage ; il détestait toute manifestation de désaccord.

Il restait tout de même un gamin de onze ans ; une fois dehors, comme nous avions marché un moment en silence et que je lui avais dit trois ou quatre fois de suite que cela me contrariait, il a fini par se détendre et même par sourire, et il m'a demandé si je pouvais lui acheter un jeu vidéo plein de poursuites et de meurtres qu'il avait vu chez un camarade.

Je me suis éloigné du portail qui avait aussi été le mien avec son adieu distrait dans les yeux, et ses chaussures de toile et de caoutchouc aux semelles énormes ; j'ai longé le trottoir avec un mélange fluctuant de tristesse et d'impatience, de sentiment de culpabilité et d'envie de changer, et aussi d'envie que tout se fige. Je me demandais quels effets à long terme peut produire un père instable sur un fils ; si l'instabilité a une composante créative pour celui qui la subit, ou seulement pour celui de qui elle émane.

J'ai retraversé le fleuve pour prendre la voiture, et j'ai roulé jusqu'à l'adresse que m'avait donnée Alberta au téléphone, dans l'antique quartier de maisons basses serrées entre le fleuve et un flanc de colline. L'adresse se situait presque au bout d'une étroite rue pavée, où le rez-de-chaussée des maisons était occupé par des petits garages et des ateliers d'ébénistes ; quand je suis descendu de voiture, des bruits de coups et de vibrations se mêlaient au grondement continu de la circulation sur le quai, derrière moi.

J'ai cherché sur l'interphone le sigle H_2O que m'avait indiqué Alberta, et je l'ai trouvé, mais je n'ai pas sonné. J'avais le cœur plein d'incertitude, et des sentiments contradictoires me parcouraient tout entier. J'ai levé les yeux : j'ai regardé la façade rougeâtre du petit immeuble de trois étages, les volets ouverts et ceux qui étaient fermés, le cadre des fenêtres, les reflets sur les vitres. Je me sentais comme quelqu'un privé des instruments nécessaires au moment où ils lui seraient le plus indispensables, après avoir perdu le bagage qu'il s'était constitué au fil des ans, au gré des équivoques et des déceptions ; j'avais les épaules et les pieds pesants, et des idées pesantes dans la tête, inutiles.

Je suis allé à pas lents jusqu'au bout de la rue ; j'écoutais les sons, je respirais l'odeur des pavés, du linge mouillé et de l'urine de chat. J'avais vraiment l'impression d'être dans un vieux village, englobé dans la ville ; la colline, tout au fond, s'élevait dans un fouillis d'arbres et de buissons sauvages grâce à la bienheureuse négligence de l'administration des parcs et jardins. Je me suis souvenu d'un soir, bien des années auparavant, où j'étais venu dans cette même rue ou une rue parallèle, survolté et déguisé en guerrier ninja avec une fille vêtue en femme touareg pour une fête costumée, dans une maison pleine de musique, de lumières et de gens frénétiques que je ne connaissais pas. Je me demandais comment j'avais pu trouver la clé pour me mouvoir facilement dans le monde, et puis la jeter, et atterrir ici, maintenant, incapable même de comprendre l'insistance floue que je ressentais en moi. Il m'en est venu de la rage contre moi-même, l'envie de forcer les rythmes : je suis retourné à la petite porte de l'immeuble d'Alberta, et j'ai sonné à l'interphone sans plus penser à rien.

Aucun son ne m'est parvenu en réponse, par la petite grille en métal oxydé. Rien ni personne ne bougeait dans la rue ; je n'entendais que des coups de marteau, le bruit d'une scie à ruban, et la circulation lointaine. J'ai sonné une nouvelle fois, même si cela me paraissait un exercice inutile; la rage envers moi-même s'était déjà muée en peur du vide.

Puis l'interphone s'est soudain animé, une voix qui ne semblait pas être celle d'Alberta a dit : « Qui est-ce ?

— Luca.

— Qu'est-ce que tu veux ? » La voix était chargée de hâte, d'autres pensées qui l'entraînaient ailleurs.

« Alberta est là ? » J'ai posé la question, mais j'aurais voulu ne plus rien dire, avoir déjà fait volte-face, en route vers ma voiture.

« Pourquoi ? » Elle semblait sur le point de s'en aller, elle aussi.

« J'avais rendez-vous », ai-je répondu, dans un flot machinal d'explications. « Je suis un de ses amis. Nous devions nous voir. »

La voix dans l'interphone a dit : « Monte », sans la moindre trace d'encouragement ; l'ouverture de la porte s'est déclenchée.

Et je n'avais plus aucune envie de monter ni de rien attendre de personne, mais la porte était ouverte et je suis entré, je me suis engagé dans un escalier de pierre entre des murs blancs crépis. Je regardais toutes les portes pour voir laquelle était la bonne ; j'espérais monter jusqu'au dernier étage sans trouver de signes révélateurs et redescendre dans la rue pour m'en aller, laisser tomber.

Seulement au troisième étage, il y avait une porte entrouverte par où s'échappait de la musique : de la guitare électrique sur une longue traînée d'orgue

Hammond. J'ai sonné, même si personne ne pouvait m'entendre ; je suis entré et je suis tombé sur le terrier Speke qui aboyait et courait en tous sens dans un petit séjour inondé de musique ; il y avait aussi une fille qui n'était pas Alberta, à genoux près d'un canapé bleu, et surtout il y avait Alberta étendue à plat ventre sur le plancher, avec les bras et les jambes disposées comme si elle nageait le crawl, et tellement immobile que mon cœur s'est bloqué.

J'ai dit : « Que s'est-il passé ? » ou je n'ai rien dit, dans la musique qui saturait toutes les fréquences y compris celle du chien, la plus aiguë ; j'avançais vers le canapé comme au cœur d'une question prolongée.

La fille à genoux a levé les yeux, il m'a semblé la reconnaître mais je n'aurais pas su dire où ni quand je l'avais vue : elle avait les cheveux courts, couleur de blé, des yeux peut-être comme ceux d'Alberta mais plus gris. Il m'a semblé qu'elle disait : « Elle ne bouge plus » mais je n'en étais pas sûr ; je cherchais à déchiffrer le mouvement de ses lèvres et en même temps à déchiffrer Alberta couchée à plat ventre par terre, et à déchiffrer la pièce et les objets épars ; je n'arrivais pas à fixer mon regard ni mon attention sur un seul élément de la scène.

J'ai répété : « Que s'est-il passé ? » dans la masse en mouvement de la musique. Je me suis accroupi et j'ai essayé de retourner Alberta mais elle était lourde et difficile à manœuvrer, en outre mon poignet gauche ne m'aidait guère ; le chien Speke aboyait de plus en plus convulsivement, il tournait sur lui-même en traçant des huit.

La fille aux cheveux courts a dit : « Elle était comme ça », ou « Elle était là » ; elle continuait à fixer Alberta sous le même angle rapproché. « Il y a cinq minutes », ou « Il y a trois minutes ». Je distinguais deux panneaux de toile orange et bleu tendus en biais derrière elle, du plafond au plancher ; et un piano droit en noyer.

J'ai dit : « La musique ? » parce que la musique m'engloutissait la tête et engloutissait la pièce, elle secouait mes images et mes gestes éventuels et me les mélangeait en vrac sous les yeux.

La fille n'a pas compris ; elle effleurait de la main une tempe d'Alberta, elle lui a touché le cou.

J'ai crié : « La musique ! »

Elle m'a regardé, les lèvres tremblantes. Même le tracé de ses sourcils ressemblait à celui d'Alberta, mais dans l'ensemble elle était composée de traits plus précis et plus fins, et elle se mouvait avec un équilibre plus léger. Elle est allée éteindre la chaîne hi-fi : la musique s'est retirée du séjour en un instant, a libéré l'espace. La surprise a paralysé le chien Speke, il ne vibrait plus qu'à peine sur ses pattes. Elle a paralysé aussi la fille aux cheveux courts, à cinq pas de moi. Je la regardais et je regardais Alberta dans sa posture de nageuse d'océan surprise par la marée basse ; j'avais cette lointaine notion que tout pourrait revenir à la normale si nous attendions là sans bouger ni rien faire.

Puis la scène a repris de la vitesse et même trop, le

moindre regard, geste ou souffle si vite enfui qu'il n'y avait pas moyen de le retenir mais seulement d'essayer de le suivre sans réfléchir. J'ai ôté mon blouson et je l'ai posé par terre, j'ai retourné Alberta sur le dos et je lui ai soutenu la nuque pour essayer de la faire asseoir, il m'est venu un élancement dans l'épaule gauche mais je n'avais pas la place d'en tenir compte, j'ai approché mon oreille de sa bouche et elle respirait, mais à peine, j'ai dit « Respire », la fille aux cheveux courts s'est accroupie à côté de moi, elle a dit : « Elle va mal. » J'ai dit : « Tu es sa sœur ?

— Oui.

— Que s'est-il passé ?

— Qu'est-ce qu'on fait ?

— Comment ?

— Elle ne répondait pas.

— Quand ?

— Tombée.

— Pourquoi ?

— Comprimés.

— Lesquels ?

— Je le savais.

— Quoi ?

— Je le savais. Je le savais. »

La sœur d'Alberta s'est relevée d'un bond, s'est mise à faire les cent pas dans le séjour, sans but ; j'ai regardé ses pieds nus, j'ai regardé ses fesses dans son jean gris, j'ai regardé encore ses yeux pleins d'effroi quand elle s'est retournée, j'ai regardé Alberta sur le plancher sans parvenir à croire qu'elle puisse être aussi inerte avec toutes les images d'elle en mouvement que j'avais en tête, j'ai encore essayé de la soulever ; je me rappelais comme elle allait et venait dans sa désormais ex-maison de campagne à sa façon d'oursonne blonde, j'ai réussi à la redresser en position assise, sa sœur s'est rapprochée et j'ai dit : « Il faut la faire vomir. » J'ai dit : « Il faut la faire marcher » ; à nous deux nous n'arrivions pas à la mettre debout, elle continuait à nous glisser entre les mains, j'ai essayé de lui prendre le pouls mais je ne trouvais pas l'endroit, je songeais à son poids actif contre moi dans le baiser inattendu et inexpliqué que nous avions échangé, et qui était maintenant un poids passif à l'abandon, j'aurais voulu être utile et efficace mais l'utilité et l'efficacité me glissaient entre les mains comme le temps et comme le sens des choses dans l'accélération et l'accumulation croissantes. La sœur d'Alberta a dit : « Il faut appeler quelqu'un », le contact épaule contre épaule et genou contre genou m'a propulsé sur le côté, j'ai regardé son cou presque aussi blanc que celui de sa sœur, j'ai dit : « Une ambulance », le chien Speke faisait des bonds, les pattes raidies, je me demandais où était le petit Arturo, la sœur d'Alberta a dit : « Téléphone » ; j'ai songé que j'aurais dû téléphoner à Anna, j'ai songé au ton d'Alberta au téléphone ; sa sœur était debout, j'ai regardé ses pieds ; aucun de nous deux n'arrivait à rien faire d'utile ; le chien Speke aboyait par rafales ininterrompues, Ouah ! Ouah ! chaque aboiement provoquait une secousse en arrière comme le recul d'un tout petit canon sur des roues ; j'ai regardé ma montre, je n'arrivais pas à lire l'heure ; j'avais la tête pleine des regards d'Anna avec les mains posées sur les hanches dans une pose interrogative, dans une pose furieuse, dans une pose désespérée ; je me demandais si j'avais une sorte de responsabilité grave envers Alberta aussi ; sa sœur est revenue, elle a essayé de la secouer, elle disait : « Betta ! » elle disait : « Hé ! » ; j'ai encore tâté le pouls d'Alberta, je lui ai tâté le côté du cou, j'ai dit : « Du calme » ; sa sœur avait les pupilles dilatées d'un noir profond dans le bleu-gris, elle est ressortie du séjour en courant, je cherchais à me rappeler mes notions de secourisme mais c'étaient des notions pour fractures et traumatismes de chute, je ne savais rien sur les auto-empoisonnements ; j'ai essayé de bouger les bras d'Alberta, je songeais au combat de cerfs entre elle et son ex-mari devant son ex-maison, je songeais à l'écume blanche qu'il avait d'un côté de la bouche tandis qu'il essayait de me tirer hors de la fourgonnette rouge ; je songeais au visage de mon fils dans la pizzeria, je songeais à la porte d'entrée qui se refermait devant moi, je songeais à Anna qui parlait de quintaux de ciment et de briques creuses comme de vie ou de mort ; j'ai entendu zic, un élancement dans la cheville droite, le chien Speke attaché, avec ses petites dents pointues de chasseur détrousseur de terriers, sautait et aboyait déjà dans un autre coin du séjour ; la sœur d'Alberta a dit : « Ils arrivent », elle a dit : « L'ambulance » ; elle n'était plus nu-pieds, elle avait enfilé des sortes de ballerines noires, et sa silhouette en mouvement avait quelque chose de surprenant ; elle a dit : « Elle a pris celles-ci », elle tenait à la main un flacon vide, elle a dit : « Toutes », le flacon lui est tombé des mains, a rebondi sur le plancher ; il m'a semblé entendre Alberta respirer plus profondément, sa sœur allait et venait du divan bleu à la fenêtre, ses ballerines sur le bois donnaient l'impression de faire entre elles une course de décoordination et de provocation, je remuais les bras de sa sœur, elle regardait dehors par la fenêtre, elle a dit : « Quand ? » ; le chien Speke faisait Ouah ! Ouah ! Ouah ! en traçant des huit à reculons en zigzag, il semblait sur le point de brûler ses circuits internes ; ma cheville me faisait mal à l'endroit de la bride, c'était juste un élément de plus dans l'accumulation frénétique, scandée, rebattue, accélérée, bloquée ; la sœur d'Alberta a dit : « Les voilà ! » Fini la fenêtre, fini le plancher, tous les deux vers la porte avec Alberta au milieu.

SIX

Nous sommes restés sans parler ni bouger pendant un temps indéfini, assis sur deux banquettes à angle droit dans une petite salle de ce vert écœurant des hôpitaux, dans le silence traversé de souffles d'air et de gargouillements de tuyauteries, de grincements d'ascenseurs, de crissements de portes et de chariots lointains, de voix au fond de corridors.

Cela me faisait un drôle d'effet d'être là pour deux personnes que je ne connaissais pour ainsi dire pas, et cependant je ne pouvais pas imaginer être ailleurs. À la vérité, je me demandais s'il y avait quelqu'un que je connaisse vraiment, si, comme je l'avais dit à mon fils, bien connaître quelqu'un signifiait avoir vu certains traits suffisamment confirmés pour pouvoir se sentir à l'abri des surprises. Je songeais que bien connaître Anna ne m'avait pas du tout mis à l'abri de la surprise de ne plus éprouver aucun intérêt pour elle ni pour ce que nous faisions ensemble ; je songeais que je me sentais tout à fait inconnu à moi-même.

La sœur d'Alberta a sorti de son sac une blague de tabac hollandais et des feuilles de papier noir avant de se rouler une cigarette très fine ; quand elle a vu que je la fixais, elle m'a regardé avec une lueur de défi dans les yeux.

Je me suis levé, j'ai fait quelques pas le long de la ligne de jonction des carreaux blancs et noirs du dallage ; je humais des relents de désinfectant et de lointaines soupes de légumes, puis la fumée aromatique, quand elle a allumé sa cigarette, et cela ne semblait pas être seulement du tabac. De temps en temps je lui lançais un coup d'œil oblique : mon besoin de communication était encore plus désespéré que le matin même, quand j'avais quitté le centre d'équitation, mais l'idée de prononcer une parole me causait une fatigue absurde. Je continuais à m'imaginer des remarques possibles ; j'ai fini par dire : « Je n'avais pas vu un médecin depuis vingt ans, et voilà la deuxième fois en quelques jours que je me retrouve à l'hôpital ! »

Penchée en avant, les coudes sur les genoux, la sœur d'Alberta a tiré sur sa mince cigarette ; elle ne semblait pas avoir enregistré mes paroles.

J'ai continué : « Je crois qu'il y a un nom pour ce genre de choses, en mathématiques ou en statistiques. »

Elle a soufflé la fumée, elle fixait un point indéfini sur le carrelage.

J'ai dit : « Ça m'ennuie, merde. » Je me demandais encore ce qu'avait signifié le baiser que j'avais échangé avec sa sœur : était-ce une tentative de communication, un appel au secours réciproque ou un simple effet de la proximité physique ?

« Oui. Moi aussi. » Elle a allongé les jambes et appuyé sa tête au mur. Ses proportions avaient un point d'équilibre en dehors des catégories du long, du court, du petit et du grand : elle était légère mais également solide, délicate et pourtant dotée de formes.

Je songeais que j'aurais peut-être dû me taire et la laisser tranquille, mais je n'y arrivais pas. « Et le petit Arturo ?

— Il est avec son père. » Elle avait une voix légèrement rauque ; elle continuait à ne pas me regarder.

« Ils ont encore eu une dispute homérique ? »

Elle a secoué la tête. « Je les ai regardés par la fenêtre quand il est venu chercher Arturo, ils paraissaient plutôt calmes. »

Je me suis assis sur un autre banc en face d'elle. Il me semblait enregistrer avec une précision trop insistante ses yeux, sa bouche, son nez et son expression pendant qu'elle ne me regardait pas ; je me suis levé, j'ai fait encore quelques pas entre les carreaux blancs et noirs, je suis revenu vers elle. « Je m'appelle Luca. » J'étais à la limite d'un pas de plus pour aller lui serrer la main.

Elle a dit : « Maria Chiara. » Son regard était plus timide qu'il ne m'avait paru ; il s'est arrêté sur le mien juste un instant, mais il brillait d'un éclat qui me mettait en péril.

Je me suis rassis sur la banquette à angle droit avec la sienne. Il y avait Alberta dans l'air entre nous : ses façons de sourire et de gesticuler, de se tenir légèrement penchée en avant comme si elle était toujours sur le point de soulever ou de poser quelque chose ; et l'étrange absence de mouvement quand elle était allongée à plat ventre, l'absence de couleur. J'ai dit à Maria Chiara : « Tu sais pourquoi elle a fait ça ? »

Elle a soufflé la fumée de sa cigarette. « C'est la deuxième fois. La troisième si tu comptes quand elle avait quinze ans et qu'elle s'est tailladé les poignets avec un couteau suisse.

— Mais pourquoi ? » Je songeais à Alberta quand elle débouchait le vin dans son ex-cuisine ; quand elle donnait des instructions à l'enfant et au chien ; quand elle me parlait chargée d'énergie à l'état brut. « Elle paraissait tellement positive.

— Elle l'est.

— Tellement indestructible. »

Elle m'a regardé dans les yeux, et de nouveau j'ai ressenti une petite oscillation intérieure. J'étais continuellement surpris par ses mouvements et par son immobilité, et je ne voulais même pas y songer, je voulais rester uniquement concentré dans la contrariété et l'anxiété tendue de la situation. « Et alors ?

— Ça a toujours été son drame, d'avoir l'air indestructible. Ça a toujours donné envie à quelqu'un de la détruire.

— Par exemple ?

— Il y a toujours eu quelqu'un. Même quand nous étions enfants. Elle avait un tel air d'angelot potelé et joufflu, elle semblait sortie tout droit d'une publicité pour des biscuits. Et elle était tellement expansive et communicative, sans filtres.

— Sans filtres. » C'était exactement ce qui m'avait traversé l'esprit.

« Oui, a-t-elle dit, avec à peine un rapide coup d'œil. Un jour, une autre petite fille l'a jetée à bas du socle d'une statue sur laquelle nous grimpions pour jouer, dans un jardin. Par pure jalousie, froidement, sans autre raison. Il a fallu lui faire je ne sais combien de points de suture, mais une semaine plus tard nous étions de nouveau tous là à la considérer comme indestructible. Et elle aussi.

— Et puis ? » J'aimais l'entendre parler, je n'y pouvais rien : j'aimais le timbre de sa voix et le mode de raisonnement qu'il y avait derrière, l'angle précis et mouvant de son point de vue.

« Et puis il s'est toujours trouvé quelqu'un pour la pousser et la faire tomber. Toujours pour les mêmes raisons. Ou plutôt c'était elle qui se jetait de son propre chef, mais toujours de manière à mal tomber.

— Moi j'étais convaincu de savoir comment faire pour ne jamais mal tomber. »

Elle s'est détournée pour me regarder : il m'a semblé voir trembler un petit sourire sur ses lèvres.

Je n'ai rien dit de plus, je n'avais nullement l'intention de parler de moi.

Maria Chiara a éteint ce qui restait de sa maigre cigarette, avec une emphase silencieuse comme si c'était un geste contre la désolation de la salle d'attente, de l'hôpital tout entier et de la vie en général, mais quand j'ai vu ses yeux, ils étaient pleins de larmes.

J'ai été tenté d'aller m'asseoir à côté d'elle et de lui mettre une main sur l'épaule, de lui dire quelque chose d'une voix réconfortante, mais le chagrin et le silence de cette pièce me paralysaient, je n'arrivais pas à me lever de mon banc. Au prix d'un effort violent, j'ai dit : « Tu verras qu'elle va se rétablir très vite. J'en suis sûr. » Je me demandais si c'était vrai car j'avais dans les bras un souvenir très précis de son poids inerte.

Maria Chiara a fait oui de la tête, mais elle ne semblait pas m'avoir vraiment écouté. Puis tout à coup elle m'a demandé : « Tu connais quelqu'un qui soit heureux, toi ? »

J'ai secoué la tête, je n'arrivais pas à croire qu'elle m'ait posé cette question. « Je ne sais pas. » Puis : « Je ne crois pas. » Puis je me suis éclairci la gorge. « Ceux qui me viennent à l'esprit sont convaincus d'être heureux, plus qu'autre chose.

— Ou bien heureux pour de fausses raisons ?

— Aussi. Ou heureux pour des choses qui rendent malheureux d'autres gens.

— Et les autres ?

— Les autres sont malheureux.

— Et puis il y a ceux qui font semblant, non ? Qui jouent un rôle.

— Aussi. » Mon cœur battait irrégulièrement. « Tu en connais ?

— Quelques-uns. » On a entendu deux voix au bout du couloir, aussitôt étouffées. Nous sommes restés sans prononcer un seul mot, chacun sur ses positions. On entendait un robinet qui coulait, un ventilateur qui tournait. Maria Chiara a demandé : « Qu'est-ce que tu entends par être heureux ?

— Je ne sais pas. » Je sentais un courant me traverser de bas en haut, il me montait à la tête. « Être comme on voudrait, avec qui on voudrait et où on voudrait. » Puis : « N'avoir besoin de rien d'autre au monde. »

Je la regardais pour comprendre si elle était d'accord, mais elle se taisait. À la fin elle a dit : « Et toi ?

— Moi quoi ? » Je n'étais pas du tout préparé à un revirement aussi frontal de la perspective, et pourtant j'étais déjà dedans.

« Tu es heureux ? Ou tu l'as été, je ne sais pas ?

— Non. » J'ai changé de position, mais il m'aurait fallu bien autre chose : me déplacer dans la pièce, tourner sur moi-même, m'asseoir à côté d'elle, me jeter par terre dans un angle reculé. « Non.

— Jamais ? » Elle me regardait droit dans les yeux, je lui rendais son regard ; cela ressemblait à un jeu dangereux, terriblement grave.

« Non. » Je secouais la tête.

« Même pas enfant ?

— J'étais un enfant totalement malheureux. Malheureux d'être comme j'étais, d'être avec qui j'étais, d'être où j'étais.

— Et adulte ? » Il y avait quelque chose de rare dans

son attention : dans l'intensité brûlante et en même temps fragile qui émanait de sa voix et de son regard, en quête de vérité.

« Adulte, c'est plutôt pire. » J'ai été pris d'une brusque envie de rire. « Même les fois où j'ai eu l'impression d'avoir de la chance et d'avoir presque tout pour être heureux, il manquait toujours un des trois éléments fondamentaux. Et je n'étais pas sûr de savoir lequel des trois c'était, ni de savoir où le trouver.

— Alors tu ne l'as jamais cherché ?

— Oh que si, je l'ai cherché ! Même si ce n'était pas de manière systématique, ni toujours avec la même intensité. » Et puis il m'a semblé que ce n'était pas tout à fait vrai, à bien y réfléchir, là, maintenant, avec elle devant moi : il m'a semblé que j'avais oublié de le chercher pendant de très longues périodes, que je m'étais longtemps contenté de ce qu'il y avait sans vraiment m'en contenter, que j'avais fait l'habitant de pays neutre, l'animal dans son terrier. « À certains moments, j'ai oublié. Puis ça me revenait brusquement à l'esprit, et je me remettais à chercher.

— Et tu ne l'as jamais trouvé ?

— À une époque j'ai même eu l'impression que ce n'était pas réellement indispensable. J'ai cru avoir réuni dans une disposition différente les éléments nécessaires. J'en ai longtemps été convaincu, j'aurais pu le jurer.

— Et puis ? » Elle a posé la question d'un ton qui avait la même fréquence extrême que son regard.

« Et puis je suis mal tombé. »

Elle a soupiré, elle a tourné la tête pour regarder le corridor : il m'a semblé entendre l'énergie vitale qui la parcourait affluer dans les diverses parties de son être.

J'aurais voulu de la place pour d'autres questions et d'autres réponses, d'autres regards et d'autres changements de position, avec les pendules invisibles qui faisaient cliqueter le temps, avec Alberta invisible qui se rétablissait et Anna invisible qui travaillait au centre d'équitation, trop occupée pour s'apercevoir de mon absence. Il m'a semblé que les dégâts de ma chute s'étaient encore aggravés, mais ce n'était pas une sensation déplaisante, même si je ne comprenais pas pourquoi.

J'ai dit : « Et toi ? »

Maria Chiara a remué les lèvres, mais au lieu de me répondre elle s'est brusquement mise debout, avec une rapidité à laquelle je ne m'attendais pas, elle a bloqué la route du jeune médecin qui avait pris Alberta en charge lorsque nous avions débarqué en courant derrière la civière et les ambulanciers dans une panique totale. « Comment va-t-elle ? »

Le jeune médecin a répondu : « Elle est hors de danger », tout en continuant de marcher. « Nous l'avons rattrapée à temps.

— Mais comment va-t-elle ? » a insisté Maria Chiara. Elle lui bloquait le couloir.

« Comptez un peu vous-même », a poursuivi le jeune médecin avec son petit minois arrogant, comme s'il avait voulu lui attribuer une part de responsabilité. « Une fille qui s'envoie un flacon entier de Palfyx avec un demi-litre de vodka. Il y a des gens qui y laissent leur peau pour la moitié de ça.

— Mais elle va mieux ?

— Vu les circonstances, oui. » Il était très soigné, avec des cheveux blonds bien peignés et une voix de tête. « Nous avons réussi à lui faire un lavage d'estomac avant qu'il soit trop tard. À vue de nez, il ne semble pas y avoir de dommage d'organes. Je dirais qu'elle s'en tire drôlement bien.

— Où est-elle ? Je veux la voir.

— Pour le moment c'est impossible. » Il y avait une trace de suffisance dans son regard. « De toute façon elle dort. Il n'y a pas grand-chose à voir.

— Et quand pourra-t-on lui rendre visite ? » a demandé Maria Chiara. Je sentais sa façon de se tendre face à la provocation, les techniques de défense qu'elle avait développées pour se mouvoir dans le monde, s'en tirer seule, étant femme, aller de l'avant.

« Demain matin. » Il a regardé vers moi qui lui fermais la route de l'autre côté. « Aux heures de visite.

— Moi, je veux la voir maintenant. »

Le jeune médecin a secoué la tête ; mais elle l'intriguait par l'intensité non codifiée de ses manières, il pressait ses pouces contre le bord des poches de sa blouse. Il a fini par dire : « Juste cinq minutes », comme s'il faisait une concession extraordinaire.

Il a rebroussé chemin dans le corridor avec nous deux sur ses talons, de temps en temps il se retournait pour regarder Maria Chiara et lancer une petite plaisanterie idiote sur l'impatience des femmes, sur les affinités entre sœurs, et sur les méthodes efficaces comparées aux méthodes théâtrales pour se suicider. Maria Chiara ne l'écoutait même pas ; je marchais à côté d'elle avec la même sensibilité diffuse que j'avais éprouvée avant que nous ne commencions à parler ensemble.

Alberta était sur un lit à roulettes dans une salle de réanimation : un peu moins pâle que quand nous l'avions quittée mais avec les traits relâchés et bouffis, les paupières baissées même si elle ne semblait qu'à moitié endormie.

Maria Chiara s'est approchée d'elle, sous mes yeux, ceux du jeune médecin et d'une infirmière. Elle s'est penchée pour lui caresser les cheveux, elle a dit : « Alors, ma foldingue ? » d'une voix douce et enfantine comme l'écho d'une cantilène.

Alberta a grogné quelque chose et s'est retournée sur le flanc, elle a tiré le drap par-dessus sa tête.

Maria Chiara a essayé de lui parler encore tout bas, mais sans obtenir de réactions ; puis le jeune médecin et l'infirmière ont commencé à faire mine de nous pousser dehors.

Dans le couloir nous sommes restés muets, les yeux fixés sur le bout de nos chaussures, le sol et les murs ; nous nous sommes mis en mouvement presque en même temps. Nous avons marché toujours sans rien dire le long du couloir, dans l'escalier, et dans l'autre corridor qui menait à la sortie, j'étais plein de nostalgie pour l'espace renfermé de la petite salle d'attente. Je voyais fuir sous mes yeux la perspective qui s'était soudain ouverte et prolongée, la lumière des néons rendait le parcours glissant comme de la glace ; je n'arrivais plus à trouver le moyen de traduire en mots ce que j'avais en moi.

Dehors il faisait humide et la nuit était déjà quasiment tombée, animée par le bruit de la circulation le long du fleuve. Nous avons fait quelques pas, tous deux sur la défensive, tête basse et mains dans les poches. Je me sentais à l'extrême bord de quelque chose, sans savoir de quoi.

Maria Chiara s'est détournée pour regarder l'hôpital ; elle s'est retournée pour regarder l'espace encombré et vibrant devant nous. Elle a dit : « Bon, ça va », d'une voix à peine audible, déjà presque partie, même si ses pieds n'avaient pas encore bougé.

« Où vas-tu ? » ai-je demandé avec brusquerie pour chasser l'idée d'Alberta dans son lit à roulettes, l'idée d'Anna furieuse et inquiète à la campagne, l'idée du chemin qui me ramènerait à cette vie qui ne m'intéressait plus.

« Je ne sais pas. » Elle regardait la circulation. « Et toi ? »

Son intonation n'avait rien d'une invitation ou d'une proposition, mais le fait qu'elle n'ait pas à suivre un parcours déjà défini m'a causé une angoisse aiguë. « Je dois rentrer chez moi, je pense. » J'ai ajouté : « En dehors de Rome », avec un geste pour désigner le dehors de

Rome. « Je travaille avec des chevaux. » Puis : « Un centre d'équitation naturelle. » Puis : « Pas un club de chasse à courre ou un truc pour des cow-boys à la con. » Ça me pesait, je changeais de position plus que je n'aurais voulu. « Et voilà que j'ai fait une mauvaise chute. »

Elle faisait oui de la tête ; je pouvais encore percevoir son attention inégale, mais au travers de subtils diaphragmes de distance, de tristesse et de méfiance, d'autres préoccupations.

J'ai souri. Ça ne venait pas bien ; j'ai ouvert les mains et je les ai laissées retomber. Je me sentais broyé, avec un besoin inexplicable de l'enlacer ou au moins de poser mon front sur son épaule et de sentir la consistance de son manteau trois quarts en laine grise, d'absorber la chaleur de son corps et de ne pas relever les yeux pendant des minutes entières.

Elle a remué les lèvres, elle a ébauché un pas en arrière.

J'ai ébauché un pas en avant, plein de questions et d'explications sans fin, je ne pensais que perdue perdue perdue.

Elle a dit : « Alors bonne route.

— Merci. » J'étais bloqué dans l'impulsion initiale d'un élan qui m'aurait permis de l'étreindre vraiment. « Espérons qu'Alberta ira mieux demain.

— Oui. » Elle a fait encore un pas en arrière. Le vacarme mécanique était sans forme, sans mesure.

« Oui. » Je restais immobile à la contempler et à contempler la circulation, la tête et le corps traversés de dizaines de gestes apparemment irréalisables.

Elle a dit : « Bon, salut », encore miraculeusement là.

J'ai dit : « Attends », comme quelqu'un qui tente de s'arracher à une colle très forte. La communication semblait sur le point d'être dépassée, les positions de nos corps étaient indéfendables. « Je n'ai rien réussi à te demander.

— À quel sujet ? » Il n'y avait plus moyen de s'attarder là bien longtemps : l'effort nous usait tous les deux.

« Tout. » J'avais une intonation sans fioritures, difficile à utiliser. Je songeais qu'en cinq ans de campagne et de chevaux, j'avais perdu jusqu'à la capacité de transformer pensées, sentiments et intentions en sons qu'en face on pût interpréter clairement. Je songeais que j'étais devenu nul en communication, sorti d'un cadre en bois où bloquer mon interlocuteur. « La prochaine fois. »

Maria Chiara a laissé passer quelques secondes ; elle a dit : « La prochaine fois.

— La prochaine fois », ai-je répété, même si l'instinct et l'expérience me soufflaient clairement qu'il n'y aurait pas de prochaine fois.

Elle a encore hésité, et le temps l'entraînait comme un tapis roulant. J'ai dit : « Salut ! », avec une légère ombre d'incertitude dans la voix, infime réserve de possibilités surprenantes à caler entre les roues du temps et les choses qui se produisent.

« Salut ! » Je regardais un de ces grands autocars qui déferlaient rageusement le long du fleuve.

Maria Chiara m'a fait un signe et s'est détournée,

nous ne nous étions même pas serré la main, et elle s'est éloignée sans que j'aie réussi à bouger.

Je suis resté planté là à la regarder s'éloigner et l'espace entre nous s'accroissait, s'accroissait, laissant toujours plus de bruit, de mouvement, de voitures, de personnes et de constructions s'interposer entre nous ; je songeais que j'avais perdu jusqu'à la maîtrise de mes sensations, en même temps que la capacité d'interpréter des signaux et de transmettre des messages. Je n'aurais pas su définir ce que j'éprouvais : je n'avais plus d'unités de mesure, tout me semblait immense et réduit à rien. Je regardais Maria Chiara marcher, vers l'autre côté de l'avenue puis le long du trottoir, sa frêle silhouette s'estompant dans la circulation qui tirait des rideaux frénétiques entre nous, et soudain il m'a semblé que toute la lumière, toute la chaleur et tout le sens du monde s'en allaient avec elle.

Aussitôt après, la scène est devenue trop vaste, trop encombrée, trop étourdissante pour que je puisse la tenir du regard, Maria Chiara s'y est engloutie, et mon sentiment de perte est devenu tellement incontrôlable qu'il m'a arraché à la glu qui m'immobilisait. Je suis descendu du trottoir d'un pas incohérent et me suis mis à courir à travers l'avenue, sans presque regarder les voitures, les motos, les vespas, les autobus et les camions qui se ruaient pour dévorer l'espace.

J'avais la tête pleine de phrases et de mots isolés, de tons et d'intonations, de regards et de battements de cœur accélérés qui les propulsaient en avant : « Maria Chiara ? » et « Eh, Maria Chiara ? » et « Je ne voudrais pas t'ennuyer mais » et « Ça ne t'ennuie pas si » et « On pourrait peut-être faire un bout de chemin ensemble ? » J'avais tout un éventail de réactions possibles de sa part, sur le même rythme essoufflé et haletant : elle qui se retournait et souriait, elle qui me regardait d'un air traqué, elle qui disait : « Laisse-moi tranquille », elle qui ne se retournait même pas et filait tout droit. Déséquilibré par les dégâts de ma chute, je courais contre la distance que j'avais laissée s'accroître et contre le regret des choses que je faisais encore une semaine plus tôt pour couper la route à un cheval.

Malheureusement, quand je suis arrivé de l'autre côté de l'avenue entre les crissements de freins, les coups de klaxon et les vociférations grossières des conducteurs, Maria Chiara avait disparu. Il n'y avait que des troncs de platanes et des silhouettes qui marchaient le long du petit mur de remblai, des dos, des manteaux et des têtes intolérablement étrangers à mesure que je les rattrapais, les heurtais et les dépassais. J'ai couru jusqu'au carrefour, où les voitures, les deux-roues et les piétons se divisaient et se multipliaient vers deux avenues, un pont, un tunnel et quatre trottoirs ; j'ai hésité entre les directions possibles, et de toute façon les probabilités de réussir à reconnaître une allure et un ensemble spécifique de traits dans un espace aussi vaste et aussi confus se réduisaient autour de moi à un rythme vertigineux.

J'ai couru au trot oblique sur le pont, comme un chien qui a perdu la trace, le terrain et son maître ; je suis arrivé au milieu et j'ai rebroussé chemin, puis j'ai encore changé de direction, j'ai couru jusqu'à l'autre rive du fleuve, où les possibilités se multipliaient de manière encore plus incontrôlable. Je me suis arrêté pour tenter de distinguer quelque chose parmi la circulation, les piétons, puis j'ai retraversé le pont sans même plus regarder.

J'avais l'impression d'être rejeté dans une version de moi que j'avais crue enfermée au fin fond d'une phase lointaine, faite d'élans bloqués et de retards irrémédiables, de paysages extraordinaires à peine entrevus et déjà enfuis, tous voués à me convaincre que les moments auxquels ils appartenaient reviendraient une deuxième fois, rapportés par quelque miraculeux convoyeur elliptique. Je songeais qu'ils n'étaient jamais revenus, bien au contraire ; que l'ensemble de circonstances rares que je n'avais pas réussi à arrêter s'était perdu dans la trame infinie des circonstances ordinaires dont sont tissés la répétition, l'ennui et la désillusion. Je songeais que, sur le territoire protégé du centre d'équitation, je m'étais convaincu d'être un homme qui appréhende les situations au point de considérer avec suffisance ce que j'avais été, et que j'étais maintenant revenu au même point. Je me faisais toutes ces observations dans le vacarme, la fumée, le mouvement mécanique surmultiplié, et elles me déprimaient tellement que j'aurais pu me jeter sous le premier car rugissant qui passait ; seule une distance infime séparait la pensée du fait, et j'avais le pied gauche à l'extrême bord du trottoir.

Puis sans raison j'ai levé les yeux et j'ai vu Maria Chiara qui marchait vers moi d'un air absorbé. Il m'est venu un éclair de soulagement si violent que j'ai failli glisser sur le côté à l'instant où elle passait ; mais j'ai réussi à lui toucher le bras au dernier moment, et j'ai dit : « Hé ! ».

Elle a sursauté, s'est arrêtée, a fait demi-tour et a reculé avec effroi.

« Je ne voulais pas t'effrayer », ai-je dit d'une voix presque inaudible ; l'incrédulité me paralysait tous les muscles du visage, je n'arrivais même pas à sourire.

Nous sommes restés immobiles dans l'air troublé, j'étais quasiment sur le point de la laisser partir une deuxième fois. J'ai réagi en un millième de seconde : « Ce n'est pas incroyable ? Dans tout ce cirque ? » Je gesticulais de la main droite, et je me tenais en mouvement sur mes jambes pour métaboliser la surprise, ne pas retomber dans la glu intolérable des pensées tordues, des sensations dédoublées et des doutes sur moi-même fondus tous ensemble.

Je lui ai dit : « J'allais rentrer chez moi », presque sur un ton de justification ; elle regardait passer les voitures.

Il m'a fallu un effort encore plus intense pour ajouter : « Si tu veux, je te raccompagne », sans écouter cette partie de moi qui ne voulait rien demander ni suggérer, ni se mettre en situation de se voir opposer un non.

« Si tu veux. » Elle ne semblait ni contente ni particulièrement contrariée, elle s'était déjà remise en marche vers le côté du fleuve où nous nous étions quittés.

J'ai marché à son côté ; je m'efforçais d'ignorer les signes négatifs, de ne pas les enregistrer. Je songeais comme j'avais été gâté, de me mouvoir sur un terrain d'offres et de demandes préadressées au centre d'équitation, où d'un simple geste ou d'un mouvement du corps j'obtenais plus d'effets que par un ensemble complexe de paroles. À présent les paroles m'apparaissaient au contraire comme les seules ailes susceptibles de me maintenir en vol, et je devais les agiter de toutes mes forces si je ne voulais pas rester à terre.

J'ai dit : « J'avais renoncé.

— À quoi ? » Elle marchait du même pas rapide et léger que quand elle s'en était allée.

« À te trouver. » Je n'arrivais pas à déchiffrer ses expressions : je suivais son profil et j'accélérais l'allure, j'essayais de parler plus vite que mes pensées. « J'étais assez désemparé quand je me suis retrouvé seul. Assez ravagé, en fait.

— Je sais. On se demande si on n'aurait pas pu faire mieux, avant.

— Oui », ai-je répondu, mais ses paroles m'étonnaient. « J'avais l'impression de ne savoir nager que dans les eaux stagnantes de l'après, comme une grenouille froussarde. »

Elle m'a lancé un rapide coup d'œil. « Pourtant avec Alberta c'est toujours comme ça. Il n'y a pas moyen de rien prévoir. C'est elle qui ne te laisse pas agir. »

Je ne pensais pas du tout à Alberta quand je me disais désemparé et ravagé, mais il me paraissait impossible de le lui avouer. J'ai dit : « Elle ne te laisse même pas comprendre. » Deux ou trois images d'Alberta m'ont passé par la tête : des souvenirs tactiles de notre brève distance zéro.

Nous avons traversé le carrefour compliqué, au bout du pont, nous sommes descendus par une contre-allée, un peu en contrebas du quai, où un mur sur la gauche formait un écran partiel contre le bruit de la circulation. J'ai commencé à redouter que l'air soudain moins saturé ne nous laisse trop à découvert. « N'est-ce pas absurde, quand on y pense ? Leur façon de considérer ce qu'a fait Alberta ? Comme si c'était juste un gâchis, moitié pathétique et moitié irritant, dans un mécanisme parfait ? »

Maria Chiara a tourné la tête ; la lumière dans ses yeux m'a poussé à continuer sans trier mes paroles.

« Nous arrivons d'on ne sait où dans ces corps, et on nous fait apprendre et mémoriser des codes comme si nous devions les utiliser pour toujours, alors qu'au contraire nous sommes complètement provisoires. Mais personne ne nous l'explique, nous le découvrons seuls et presque toujours quand il est trop tard. »

Elle avait ralenti le pas, de sorte que j'arrivais à la précéder légèrement et à voir son visage de temps en temps, mais pas à comprendre ce qu'elle pensait.

« Une personne se construit une façon d'être et tout le monde fait semblant que ce soit sa forme définitive, garantie sans limite de kilométrage. » Je parlais par approximation, au hasard, comme quand on tend les mains dans le noir en espérant attraper quelque chose.

Maria Chiara ne disait rien, mais elle me regardait.

« Il y a cette éternité artificielle. Cette extension factice des horizons, pour nous faire croire que nous naviguons vers un futur infini alors qu'en réalité nous sommes dans un étang à l'arrière-plan peint. »

Je ne comprenais pas si elle était d'accord ou si au contraire mes paroles l'irritaient, ou encore si elle pensait à Alberta sans m'écouter.

« Une personne est amoureuse, et tout le monde semble lui donner à croire qu'elle le restera indéfiniment. Puis tout à coup elle ne l'est plus, et on a l'impression que c'est uniquement sa faute ou son erreur. Une personne vit, et puis elle s'aperçoit que sa vie est déjà consumée d'un quart, ou d'un tiers, ou de la moitié, et tout le monde lui sourit en disant que c'est juste une pensée inutile et dangereuse. Comme un obstacle sur l'autoroute, à écarter du milieu pour continuer éternellement à être tel qu'on a toujours été. »

Elle avait les mains dans les poches de son manteau, elle regardait droit devant elle ; ce n'était pas une vraie conversation. Je marchais à son côté et je continuais à parler, comme si je n'avais eu aucune limite de temps, d'énergie ou d'attention. Et pourtant je savais que j'étais restreint : cette certitude devenait plus aiguë à mesure que nous approchions de chez elle. « Nous n'imaginons pas à quel point le temps est un bien périssable. À quel point les choses nous glissent entre les mains pour ne plus se laisser reprendre, si l'on n'arrive pas à les saisir tout de suite, fermement. »

Nous sommes arrivés à l'angle de la petite rue, et j'avais la sensation que tout allait me glisser entre les mains : les mots, la rue, les dernières lueurs du soir, et elle. À quelques pas du petit portail où j'étais venu sonner l'après-midi, je me suis arrêté et j'ai demandé : « Et maintenant ? »

Elle s'est arrêtée un mètre plus loin ; elle était dans l'ombre et moi pas. « Maintenant quoi ? »

J'ai essayé de sourire, mais je n'y arrivais pas ; mon cœur battait mal.

Elle a incliné la tête, elle a regardé le bout de sa chaussure, elle s'est déplacée vers la lumière ; une vespa est passée au bout de l'avenue, avec un bruit de gros insecte fou.

« Chacun rentre chez soi et c'est tout ? Terminé ? »

Elle m'a regardé ; il y avait une tension sur ses traits qui ne se décidait pas à devenir une expression. « Je sais seulement que j'ai besoin d'eau.

— Moi aussi », ai-je dit, avec une sorte de soulagement encore plus intense qu'à l'instant où je l'avais revue sur le pont. « Il y a un café, là, sur l'avenue.

— Je ne parlais pas de boire. » Elle s'est tournée vers sa maison, elle s'est tournée vers moi. « J'ai besoin de me débarrasser de tout ça. » Elle a fait un petit geste des deux mains, de haut en bas, pour désigner ses vêtements, ou sa personne, ou tout ce qui était arrivé pendant l'après-midi.

Du coup je me suis rendu compte de la fatigue que cela représentait pour elle de rester debout et de garder une expression, un timbre de voix ; j'aurais voulu lui tendre un bras pour qu'elle s'y appuie. J'ai dit : « Bien sûr », même si je ne comprenais pas ce qu'elle voulait dire exactement, ni qui elle était exactement.

Elle a ajouté : « Je parlais de nager », sans un geste de plus.

De nouveau nous sommes restés sur le pavé irrégulier, avec des gestes, des mouvements et des paroles bloqués d'emblée ; chacun de nous aurait pu dire ou faire n'importe quoi, ou rien du tout. Elle a dit : « Bon, eh bien », et moi : « Attends » presque au même instant — nous voguions sur la superposition des sons.

« Je ne peux pas t'accompagner ? »

Elle a réfléchi une ou deux secondes.

« Si tu veux », m'a-t-elle concédé comme si elle avait préservé une distance de sécurité avec l'idée, sans paraître remarquer mon intonation de mendiant à un feu rouge. Elle a fait un geste vers chez elle. « Je monte deux minutes et je reviens. »

Je l'ai suivie jusque devant sa porte et je l'ai vue disparaître à l'intérieur ; je suis resté dehors, seul, tellement secoué que mes jambes tremblaient. Je n'arrivais pas à comprendre ce qui me poussait si fort à rester avec elle loin d'Anna et de ma vie connue, mais j'avais une perception aiguë du moment qui avait commencé là des heures auparavant et qui nous englobait encore.

Je marchais dans la rue étroite, en me retournant

souvent pour voir si elle était redescendue ; j'ai regardé la façade de sa maison et il n'y avait aucune fenêtre éclairée, je n'étais même plus sûr qu'elle m'ait dit de l'attendre. L'ombre du soir absorbait le contour des choses, elle rendait floue toute tentative d'évaluation. En revanche, mon ouïe s'était affinée : j'avais les oreilles pleines de pas lointains, de souffles de chats dissimulés et de sons de téléviseurs à travers les murs, il me semblait que j'aurais même pu entendre Maria Chiara descendre l'escalier mais je ne l'entendais pas.

Puis, alors que j'étais désormais convaincu qu'elle ne descendrait plus, je l'ai vue debout devant la porte avec sa petite sacoche sur l'épaule ; elle n'avait fait aucun bruit. Je l'ai rejointe ; elle a dit : « On y va ? »

Nous avons marché en silence dans d'autres rues, animés de la même rapidité, assortis. De temps à autre nous nous effleurions à un angle imprévu, bras contre bras, ou flanc contre flanc pendant une fraction de seconde ; mais nous regardions en avant. Je n'avais plus aucun enchaînement improvisé de mots à faire vibrer dans l'air, aucune pensée anxieuse à utiliser comme sonde ou comme liaison. Nous marchions ensemble et cela me semblait déjà beaucoup, le long d'un parcours en marge de la circulation et des rythmes normaux de la ville. De rares sons arrivaient de loin et passaient aussitôt, et de rares mouvements étaient amortis par l'obscurité croissante où s'allumaient des lumières.

Maria Chiara a fini par s'arrêter devant une porte percée dans un mur antique. Nous sommes entrés ; à l'intérieur, il y avait une grosse femme en blouse bleu ciel, elle a dit : « Salut Mari' » et lui a fait signe de passer. Nous sommes allés jusqu'au bout d'un corridor voûté, pour ressortir dans une sorte de jardin clos où il y avait un grand figuier et un pavillon vitré avec un bassin d'eau verte illuminée à l'intérieur. Maria Chiara m'a lancé : « Je reviens tout de suite » et elle a disparu avant que j'aie pu comprendre par où.

Je suis entré dans le pavillon vitré, saturé d'un air chaud et dense de serre ; j'ai ôté mon blouson, et je me suis assis sur un banc de bois, à une extrémité du bassin. Je respirais lentement, tel l'un des premiers amphibies sur l'échelle de l'évolution, sans images ni pensées ; j'absorbais simplement les sensations du lieu.

Après un temps difficile à mesurer, Maria Chiara est revenue, vêtue d'un maillot de bain noir qui la faisait paraître très blanche par contraste, avec une serviette verte sur les épaules. Elle a dit, en indiquant l'eau : « Tu ne veux pas ? »

Oh si, j'aurais bien voulu, mais je n'avais ni maillot ni serviette, et je me sentais trop cabossé par ma chute pour pouvoir nager librement suivant l'esprit amphibie qui m'imprégnait. J'ai secoué la tête : « Je reste ici. »

Elle n'a pas insisté ; elle s'est dégagée de la serviette, a couru quelques pas et a plongé.

Je l'ai regardée nager sous l'eau, longue et souple jusqu'au fond du bassin. Elle a émergé pour respirer ; quand elle était habillée et debout, sur la défensive par rapport au monde, son expression différait totalement :

à présent, ses traits semblaient détendus par une sérénité originelle. Elle est retournée sous l'eau, elle a parcouru tout le bassin avec un élan régulier des bras et des jambes. J'entendais son souffle entre les parois de verre, par moments détaché comme un mot dans une langue lointaine. Je regardais les friselis à la surface de l'eau, et sa silhouette qui repartait en arrière sous les remous qu'elle avait créés. J'avais encore chaud mais je n'aurais pas su en déceler l'origine, il ne me restait plus aucune référence de base à laquelle mesurer quoi que ce soit.

Maria Chiara a continué à nager sous l'eau puis elle a nagé en surface, la brasse, le crawl, le dos crawlé, la brasse indienne, mais toujours avec la même avidité joyeuse et désespérée, comme si elle atteignait à une nourriture essentielle et qu'elle s'y consumait. Elle soufflait et reprenait haleine, elle descendait à la verticale jusqu'à ce que seuls ses pieds restent hors de l'eau, et puis une nouvelle saccade les faisait disparaître eux aussi ; sa silhouette glissait au ras du fond dans la transparence mobile. Chacun de ses mouvements me semblait une question, trop simple et trop complexe pour être formulée ; et le mouvement qui suivait aussitôt me semblait une réponse. Je la regardais depuis le banc, au bord du bassin ; je pensais alors à tout le mal idiot que je m'étais donné pour tenir ensemble les morceaux de ma vie. Et j'étais sûr qu'il y avait un secret dans chaque image filante qui me passait sous les yeux, dans chaque son ruisselant qui m'arrivait aux tympans.

Elle a fini par s'agripper au bord et jaillir d'un coup de reins hors de l'eau, et elle a pris la serviette si vite que j'ai à peine réussi à la voir ; elle s'est vigoureusement frotté le corps et les cheveux, comme si cela faisait partie d'un rituel nécessaire. J'absorbais la vibration qu'elle produisait et j'absorbais sa respiration, avec une attention tellement concentrée que j'en avais des frissons jusque dans les os.

Elle s'est enveloppée dans la serviette et m'a frôlé, presque sans me regarder mais avec l'ombre d'un sourire sur les lèvres. Je me suis retourné avec plusieurs secondes de retard : elle était déjà sortie du pavillon vitré, je l'ai vue s'éloigner dans le corridor voûté.

Je suis resté à l'attendre près du bassin, et j'avais l'impression que l'eau conservait un souvenir chimique ou électrique de son passage, et de l'énergie vitale qu'elle y avait libérée. Puis je suis sorti dans le corridor et je l'ai attendue, adossé au mur, avec mon blouson sous le bras. Je n'étais pas pressé, j'aurais pu rester là à l'attendre toute la nuit.

Quand elle a finalement reparu, elle avait les joues colorées par le mouvement, et ses cheveux courts formaient encore des mèches mouillées. Elle m'a regardé et s'est dirigée vers la sortie, je l'ai suivie de la même manière silencieuse. Dehors il faisait plus froid et plus sombre que lorsque nous étions entrés, mais nous avions une telle réserve de chaleur et de lumière que nous marchions dans les rues comme des visiteurs d'une autre planète protégés par des écrans invisibles. Nous avons refait en sens inverse le trajet par lequel nous étions venus, puis elle a changé de direction, sans un mot. J'ai songé à une phrase possible sur l'eau et sur sa façon de nager, mais celles qui me venaient à l'esprit avaient quelque chose de fruste, comme de mauvaises traductions ; j'y ai renoncé et je me suis replongé dans le dialogue sans paroles entre nos profils et nos pas.

Nous avons traversé une place animée de lumières, de cafés, de restaurants, de gens qui s'éparpillaient et se coagulaient en petits groupes ; les voix, les rires et les bruits de moteurs glissaient tout autour de nous comme de lointains signaux. Je me demandais combien de temps encore pourrait durer notre communication silencieuse ; et dans combien de temps l'écran du moment se romprait brutalement pour nous laisser exposés et contraints de nous séparer, ou du moins donner et demander des explications.

Nous avons grimpé à flanc de colline entre de grandes bâtisses endormies et continué en gravissant les marches blanches d'un escalier qui débouchait sur une place ornée d'une grande fontaine illuminée ; par-dessus un petit mur, on voyait les lumières de la ville dans le grondement lointain de la circulation. Maria Chiara se retournait, regardait de côté, marchait à reculons, comme si elle avait eu un filet mental assez fin et assez vaste pour recueillir les détails les plus infimes sans avoir besoin de s'arrêter ni même de ralentir. Je faisais comme elle : je nageais dans le paysage et dans la nuit, dans la sollicitation continue de sa présence à mon côté. Je ne cherchais pas à interpréter mes sensations, je n'anticipais aucun développement possible ; j'étais contaminé par sa proximité, toutes mes cellules saturées.

Nous sommes redescendus le long d'une rue qui rejoignait la ville par en bas grâce à un raccourci de terre battue qui coupait à travers les virages... de nouveau sur l'asphalte... sur les marches de pierre... sur des pavés irréguliers... nous avions apparemment une infinie variété de sols et d'inclinaisons sur lesquels marcher ensemble en silence.

Puis presque sans préavis ni période d'adaptation, nous nous sommes retrouvés dans la rue étroite, devant le petit portail. Nous nous sommes regardés en face pour la première fois depuis très longtemps, et cela m'a fait un curieux effet d'avoir une vision directe de son visage au lieu d'un profil en mouvement à enregistrer dans son sillage : je me suis senti en difficulté, dépourvu de point d'appui.

« Bon », ai-je dit en premier ; je n'étais préparé à aucun type de développement.

Elle a fouillé au fond de sa sacoche, elle en a tiré des clefs. Elle a dit : « Tu veux monter ? » ou peut-être n'a-t-elle pas ouvert la bouche.

J'étais en retard sur le sens de sa question, en admettant qu'il y en ait eu un ; je l'ai suivie pour la seule raison qu'elle avait ouvert la porte et me regardait, dans l'expectative.

Je l'ai suivie dans l'escalier que j'avais gravi l'après-midi même, sans savoir qu'elle existait. J'avais un point de vue qui oscillait entre ses pieds et les miens, se perdait dans le crépi des murs, et me laissait trois marches en arrière.

Nous sommes entrés dans le petit séjour où des heures auparavant nous nous étions agités convulsivement et en vain autour d'Alberta étendue à plat ventre : à présent la pièce paraissait vide et inerte. Maria Chiara a ôté ses chaussures tout en marchant sur le bois clair et les a jetées dans un coin, elle a ouvert une porte et a disparu. Le chien Speke a jailli dans la pièce en aboyant, en grondant et en sautant tout autour de moi ; il me montrait les crocs, comme s'il me jugeait responsable de la disparition de sa maîtresse. J'ai tenté de le calmer avec des intonations apaisantes mais ça ne marchait pas, et je l'ai donc entraîné jusqu'à la cuisine, d'où je suis ressorti d'un bond, et je l'ai enfermé.

J'ai fait les cent pas dans le séjour, j'aurais bien voulu ôter mes chaussures moi aussi et tourner en rond avec les bras écartés ; j'ai tourné en rond, mais sur un parcours étroit parce que les poutres du plafond descendaient assez brusquement et que mes douleurs à l'épaule, dans les côtes et à la hanche limitaient mes mouvements avec une parcimonie ridicule. J'ai songé que, pendant ma longue marche au côté de Maria Chiara, je les avais complètement oubliées.

Je regardais le plancher à côté du canapé bleu, là où il y avait eu Alberta, immobile comme une ancienne nageuse d'océan : il n'en restait aucune trace. Les seuls indices de ce qui s'était passé apparaissaient par soustraction, dans le silence à peine entamé par les aboiements du chien derrière la porte de la cuisine. Je cherchais à ne pas me laisser engloutir : je suis allé au piano et j'ai fait quelques gammes de blues. Il était légèrement désaccordé, mais sa tonalité était douce et pleine.

Je me suis assis, j'ai joué le début de *Time Passes Slowly* de Dylan. Je n'avais pas touché un piano depuis cinq ans et je n'arrivais plus à jouer qu'avec le pouce et l'auriculaire de la main gauche, mais je l'avais dans la tête et dans les doigts de manière très surprenante, survivant tout entière à un espace infini de non-musique. J'ai continué, en fredonnant les paroles ; puis j'ai déplacé mon regard et j'ai vu Maria Chiara immobile sur le seuil, pieds nus, les mains dans les poches de son pantalon. Je me suis aussitôt interrompu pour me lever d'un bond. J'ai dit : « Il a une belle tonalité », en montrant le piano.

Elle n'a pas bougé, elle continuait à me dévisager.

Les muscles de mon épaule gauche me faisaient mal, je ne savais pas comment bouger.

Maria Chiara m'a demandé : « Comment tu la connais ?

— Comme ça. Je voulais juste essayer le piano.

— Pourquoi justement celle-là ?

— Elle m'est venue à l'esprit. » J'étais dans un état de fibrillation.

« C'est une de mes deux chansons préférées au monde, a-t-elle dit.

— C'est une des deux miennes ! »

Nous nous tenions peut-être à quatre mètres de

distance, et il semblait que nous avancions l'un vers l'autre comme deux ciels voguant à la rencontre l'un de l'autre, même si en réalité nous ne bougions pas, et pourtant je percevais la force du déplacement : des nuages, des gestes et des paroles qui passaient au-dessus de nos têtes.

« De toutes celles que tu pouvais jouer ! » s'est-elle exclamée.

J'ai songé qu'à d'autres moments de ma vie je n'aurais eu aucune difficulté à m'approcher, mais maintenant je n'y arrivais pas.

Elle souriait à peine.

« Je peux retirer mes chaussures ?

— Vas-y. » Puis elle s'est éloignée, et j'aurais voulu qu'au moins elle reste là où elle était.

J'ai ôté mes chaussures et mes chaussettes, et je les ai mises dans un coin.

Maria Chiara s'est approchée d'une table près de la fenêtre, elle a appuyé sur la touche du répondeur téléphonique : il en est sorti un souffle et un frottement de bande magnétique ; une voix d'homme qui disait : « Alberta ? Alberta ? » et ce devait être Riccardo ; puis une autre voix d'homme : « Alberta ? C'est Gino, pour la table » ; encore la voix de Riccardo : « Alberta ? Mais où es-tu donc ? » ; une autre voix d'homme : « Alberta ? Je suis à Rome » ; encore la voix de Riccardo : « Alberta ? Alberta ? » ; et la voix d'avant : « Maria Chiara, c'est moi. » Elle pressait la touche EFFACER avant que chaque message soit terminé, bip bip bip, une voix après l'autre ; puis elle a soupiré, avec un petit geste de soulagement.

Cependant, les voix enregistrées sont restées dans l'air comme une barrière mobile entre nous, et la dernière plus que les autres, avec son ombre de familiarité telle une liqueur vieillie en cave. Je suis allé regarder par la fenêtre : le toit et la façade de la maison d'en face, la ruelle noire éclairée de loin en loin par de rares réverbères. J'ai songé à Anna, dans sa campagne, qui devait être hors d'elle, folle de rage et sans doute aussi d'inquiétude, à présent ; j'ai songé que j'aurais dû rentrer, ou au moins téléphoner, lui dire quelque chose. J'étais en suspens, je n'arrivais pas à comprendre dans quelle direction aller.

Maria Chiara a mis un disque : *Visions of Johanna* a rempli la pièce, telle une marée d'images et de sensations.

J'ai dit : « Et voilà la deuxième ! » ou je l'ai seulement pensé ; je n'arrivais pas à y croire, j'avais le pas ondulant comme si je marchais sur du caoutchouc.

Maria Chiara a souri, et il m'a semblé connaître depuis toujours le pli de sa bouche et sa façon de bouger ; elle s'est assise sur le canapé bleu, et s'est mise à rouler une de ses petites cigarettes.

Je la regardais et je regardais ailleurs ; avec une oscillation de près/de loin dans chaque regard, qui me provoquait une étrange douleur dans la région du cœur. J'allais et venais dans le séjour plein de musique et de visions liquides et électriques, je cherchais à retracer l'histoire derrière la forme de chaque objet : des jumelles avec une vieille lanière de cuir, deux masques animaux peut-être sud-américains taillés dans un bois léger, un petit tableau qui représentait une femme avec une vraie plume de pintade sur la tête. J'effleurais tout de mes doigts mais je les ôtais aussitôt pour ne pas subir trop de coups d'épingle de réminiscences.

Je suis revenu vers Maria Chiara ; elle m'a tendu sa petite cigarette sans rien dire. J'en ai tiré deux bouffées, et cela non plus je ne le faisais plus depuis des années : ma perception du temps s'est encore dilatée.

« C'était fantastique de te voir nager, tout à l'heure ! » Ce n'était pas ce que je voulais dire, mais nous avions marché en silence et avec une autre forme de communication pendant si longtemps que j'avais du mal à m'exprimer verbalement.

« C'était bizarre de te voir assis là ! » Elle a tiré sur la cigarette.

« Pour moi aussi.

— J'avais honte.

— Moi aussi », ai-je admis, avec une petite onde de reflux qui me reportait en arrière.

« C'est vrai ? » Ses yeux riaient, tout son corps palpitait de curiosité et d'incertitude.

« Oui. » J'ai pris encore une bouffée : nos mains se sont effleurées. « Mais seulement au début. Ensuite j'étais là et c'est tout. »

Elle regardait le plancher. « Je n'avais pas l'habitude.

— Moi non plus. » Je regardais ses cheveux, ses mains, ses pieds nus ; je n'arrivais pas à imaginer que nous ayons pu être ailleurs que là, dans la même pièce, isolés par des dizaines de kilomètres de nuit vide et noire. Il m'est venu un sentiment de totale précarité ; je me suis assis à l'autre extrémité du canapé, et j'ai dit : « C'est qu'en vérité je ne suis plus habitué à rien, en ce moment précis. »

Elle a ri ; et j'aimais le dessin de ses lèvres, la forme de ses yeux, la ligne de son nez. J'aimais tout ce que je pouvais imaginer d'elle, et le peu que je savais : sa façon d'être vive, attentive, en mouvement.

Nous nous sommes tus, nous nous passions la cigarette comme nous aurions pu le faire sur le pont d'un navire, et nous regardions devant nous, même s'il n'y avait rien à regarder. La cigarette ne facilitait pas la situation : elle la rendait au contraire plus dense, plus lente.

« Tu penses que j'ai une quelconque responsabilité dans ce qu'a fait Alberta ? »

Elle s'est retournée, avec les sourcils froncés de telle manière que j'avais envie de rire, même si j'étais terriblement sérieux. « Pourquoi ?

— Comme ça. Je ne sais pas. » J'avais la langue épaisse, je sentais une résistance même pour bouger simplement les mains. « Nous nous sommes vus deux fois en tout. La première, nous ne nous sommes pratiquement pas parlé, j'étais à moitié mort.

— Et la seconde ?

— La seconde fois, nous nous sommes parlé. » J'avais tellement mal à l'épaule gauche que je n'arrivais pas à rester adossé. « Nous nous sommes embrassés aussi. »

J'avais besoin d'éclairer les zones d'ombre avant qu'elle puisse y parvenir d'elle-même, de lui expliquer aussi ma situation avec Anna, d'étaler pour elle ma vie entière comme une carte simplifiée, facile à déchiffrer.

Elle a souri imperceptiblement, et j'ai détourné les yeux.

« Mais c'était juste comme ça. Une chose qui arrive entre deux personnes qui se trouvent l'une près de l'autre et c'est tout. » Maintenant j'ouvrais trop la bouche, dans mon anxiété explicative, les vocales se dilataient comme des portes et laissaient passer toutes sortes de significations incontrôlées. « C'était juste un baiser.

— Écoute, tu n'as rien à m'expliquer. » Elle avait les mains sur les genoux, nerveuse.

« Si, au contraire. » Mais j'aurais voulu retourner quelques minutes en arrière et ne rien dire, ne pas bouger.

« Ce n'est pas la peine. » Elle s'est pliée en avant pour prendre ses chevilles entre ses mains, et elle s'est balancée deux ou trois fois. « De toute façon, ça n'a rien à voir avec ce qu'a fait Alberta. Elle l'a fait à cause d'une affaire délirante qui dure depuis six mois, avec un salopard prétentieux qui la veut sans la vouloir.

— Ça va. Je ne cherchais pas à être rassuré. » Je n'étais pas rassuré : j'avais peur de la voir partir, emportée par un courant de choses non dites, non comprises.

Elle s'est levée, et j'essayais de comprendre pourquoi je trouvais surprenante sa façon de se lever, de s'asseoir et de se mouvoir en général, comme s'il lui suffisait d'imaginer une nouvelle position dans l'espace pour la prendre un instant plus tard. Elle a traversé le séjour, et ouvert la porte de la cuisine ; le chien Speke a jailli dans une nouvelle frénésie de bonds et d'aboiements.

Je l'ai suivie, avec le chien qui me tournait autour en grognant. « Ce n'est pas que j'aie l'habitude d'embrasser les inconnues que je croise en chemin.

— Non ? » Elle a regardé dans le réfrigérateur, mais il ne devait pas y avoir grand-chose d'intéressant à voir car elle l'a aussitôt refermé.

Il me semblait que de toute façon je ne pourrais rien lui expliquer ; je n'avais pas assez confiance en mes instruments de communication. J'ai fait quelques pas le long d'un mur ; j'ai dit au chien : « Hé, Speke ! » Sur la porte du réfrigérateur étaient posées des petites cartes magnétiques de mots qui, mis ensemble, formaient des poèmes ; l'une disait :

tu
me
demandes
de
remplir
le
vide
je
l'arrache

Maria Chiara a vu que je le regardais. « Ceux-là aussi viennent comme ça. Un peu comme un baiser entre deux personnes qui se trouvent soudain très rapprochées. » Elle a pris une petite boîte transparente sur une étagère et me l'a montrée : c'était plein de petits mots magnétiques. « C'est un ami qui me l'a offerte. Il s'agit de choisir les mots, sans vraiment les choisir. Ils doivent te tomber entre les mains. Ce n'est pas comme de les penser et de les écrire. Ce n'est pas comme de décider et tout contrôler. Il y a une marge qui ne dépend pas de toi. » Elle a posé la boîte, ébauché un geste pour réduire ce qu'elle avait dit, ne pas lui donner trop d'importance statique.

Moi j'étais séduit ; je n'arrivais pas à détacher mes yeux du réfrigérateur.

Un autre poème disait :

j'aime
notre
ombre
énorme

Je voulais savoir l'ombre de qui, le nom de l'ami qui lui avait offert la boîte de mots, et ce qu'elle entendait par ami ; dans quel esprit elle les avait assemblés, à quelle heure, quand ; ce qu'elle avait fait juste après, juste avant.

Puis sans que je me rende compte du changement, elle avait pris un pot de miel et deux cuillères et s'était attablée, j'en avais fait autant, et nous mangions du miel à la lumière chaude de la lampe orangée. C'était du miel de châtaignier, épais et foncé : nous le regardions couler lentement de la cuillère dans le pot de verre et nous pressions la cuillère entre langue et palais, absorbant la saveur sucrée avec son arrière-goût d'amertume. Nous gardions le silence, assis aux angles de la table avec une jambe en dehors ; nous avions des regards périphériques qui longeaient les contours et glissaient le long des meubles et de l'encadrement de la fenêtre qui donnait sur une petite terrasse. Le temps était encore plus dilaté : il effaçait les confins des gestes, les muait en longs traits de peinture.

Maria Chiara s'est levée et a pris un carton de lait dans le réfrigérateur, puis deux verres. J'étais plein d'admiration pour son équilibre et pour l'énergie qui l'animait, mais incertain quant au développement de chaque mouvement, en équilibre instable entre naturel et tension, entre l'envie de rester niché dans les sensations et le besoin de me lever d'un bond et de lui dire tout ce que j'éprouvais, de la serrer dans mes bras.

Elle a posé le carton de lait sur la table, elle me regardait. C'est moi qui l'ai versé dans les deux verres avec un soin extrême, comme si la moindre goutte risquait d'endommager irrémédiablement la situation. Elle s'en rendait compte, elle suivait avec un regard de laboratoire mes gestes pour arriver à un doigt du bord dans chaque verre. Nous nous sommes mis à rire de la même façon, traversés d'un même courant.

J'ai dit : « Bon Dieu, j'avais oublié à quel point je peux être mal dans ma peau. »

Elle riait, et elle me regardait, la tête penchée.

J'ai continué : « Tu sais, quand on a l'impression de

se tromper de gestes, de se tromper de voix, de se tromper de tête ? Comme dans des vêtements achetés sans être vraiment choisis, qui sont trop amples ou trop serrés, qui te pèsent et te brident tout le temps, sans te laisser bouger comme tu voudrais, et qui te donnent envie de les arracher ? » Je ne me préoccupais pas de paraître cassé et fragile par rapport au monde ; je n'arrivais même pas à imaginer que je pouvais reprendre mon discours sur la force pratique et la résistance à l'adversité qui m'avait si bien réussi jusqu'à ma chute.

« Moi non plus je n'ai jamais eu les vêtements qu'il me fallait. » Elle a fait un geste pour désigner son chandail gris... jusqu'à ses mains que j'avais l'impression de connaître depuis toujours.

« Pourtant je n'ai jamais vu personne qui ait une élégance plus naturelle que la tienne. Tu pourrais te mettre un sac de jute sur le dos, ça t'irait parfaitement. » Mais je ne voulais pas lui faire de compliments, et ce n'était pas de vrais vêtements que nous parlions.

Elle s'est mis une main sur le front. « C'était exactement ce que me disait ma mère quand j'étais petite, quand elle me passait les vêtements usagés de mon frère.

— Et ça ne te plaisait pas ? » J'avais deux ou trois images plausibles d'elle enfant, vêtue en garçon.

« Pas du tout », m'a-t-elle répondu, comme si elle parlait d'une chose encore trop proche. « Je marchais dans la rue et j'aurais voulu disparaître, tellement je me sentais gauche et mal attifée. J'allais à l'école, et il y avait toutes mes camarades avec leurs petits cols et leurs jupes parfaites, je me sentais comme une pauvre malheureuse.

— Je sais ce que tu veux dire. » Je riais. Je n'arrivais pas à croire qu'elle puisse m'être aussi semblable, aussi proche : une personne du sexe opposé et d'aspect aussi différent, qui avait grandi, vécu et parcouru le monde suivant des voies dont j'ignorais tout. Je n'arrivais pas à croire que nous puissions parler aussi facilement, quand il y avait tant de complications juste en dessous. J'ai compris que c'était pour ça que j'avais embrassé Alberta, parce qu'elle brillait comme un pâle petit reflet de sa sœur. « Et quand tu as grandi ?

— J'ai cherché à me rattraper. Quand j'ai gagné mon premier salaire, dans mon premier emploi, je suis allée m'acheter un chapeau de paille à large bord avec un ruban, que j'avais envié pendant des mois à une fille que je connaissais. Je l'ai porté pendant un an d'affilée, même si c'était un chapeau de soleil.

— Mais il t'allait bien », ai-je dit, parce que j'avais des images très précises d'elle avec le chapeau, qui me plaisaient tout en m'emplissant d'effroi.

« J'étais ridicule.

— Et ensuite ? » Mes yeux suivaient les traits de son visage et s'y perdaient, je sentais que nous aurions pu utiliser des paroles complètement différentes pour nous communiquer rigoureusement les mêmes choses.

« Puis j'ai eu d'autres vêtements. Mais même quand ils m'allaient bien, c'étaient toujours ceux de quelqu'un d'autre. » Elle a repoussé le pot de miel. « J'ai essayé des styles variés, pourtant. Très variés, même. Mais ce n'était jamais mon style. »

Elle s'est levée pour aller laver sa cuillère dans l'évier et se rincer les mains. Les vêtements qu'elle portait semblaient être bien à elle, en revanche ; mais je l'avais vue nager dans le bassin d'eau verte, je comprenais ce qu'elle voulait dire.

Je me suis levé aussi. « Tu crois qu'il n'y a rien à faire ?

— Non. » Elle secouait la tête. « Il y a des gens qui n'arrivent jamais à trouver leurs vêtements, nulle part. »

J'ai ri, et pourtant je me rendais compte que je l'écoutais avec une appréhension croissante, comme si j'avais eu peur d'être trompé par ce qu'elle disait, dans un espace de temps trop bref pour réagir.

Elle s'est retournée. « C'était gentil de venir à l'hôpital et tout.

— Je ne l'ai pas fait par gentillesse. » J'avais l'impression de ne pas pouvoir tenir debout, de pencher d'un côté sous l'effet d'une contracture de muscles ou de sentiments. « Il n'y avait pas d'alternative possible. » Je m'efforçais de rester droit.

« J'ai trouvé cela très gentil. » Même ces paroles-là auraient pu être remplacées par d'autres : seul le flux aller-retour comptait.

J'ai dit : « C'est toi qui es unique.

— Toi aussi. »

C'était terrible de prononcer ces choses à deux mètres de distance et de ne pas réussir à se rapprocher, de rester pris dans les mots comme des poissons dans un filet. Je me demandais si cela venait de ce qui était arrivé à Alberta, de ma perte de familiarité avec les femmes, des conséquences de ma chute, de l'idée d'Anna à l'arrière-plan de mes pensées ou de raisons plus simples ou plus vastes.

Maria Chiara est sortie de la cuisine sans rien dire, mais avec un regard qui m'attirait dans son sillage.

Je l'ai suivie dans le séjour, et je ne concevais pas de m'en aller, mais je ne pouvais pas rester non plus. Le volume de la pièce semblait trop vaste par rapport à notre chaleur corporelle, les cloisons trop lointaines par rapport à l'étendue de nos gestes ; nous étions fatigués et secoués, dépaysés de la même façon.

Puis elle s'est assise au piano, légèrement de biais et tête baissée, ses doigts circonspects sur les touches. Elle a joué une petite mélodie lente, et malgré la timidité de son jeu c'était un distillat en forme de musique de ce que j'avais vu, entendu et imaginé en elle depuis le début de l'après-midi. Elle a cessé presque aussitôt. « Ça suffit !

— Pourquoi ? » Je la regardais, adossé au mur, et je n'arrivais pas à bouger. « Continue.

— Tout est là. Je ne sais rien faire d'autre. C'était le piano de ma mère.

— Alors rejoue-le. » Je me suis approché de quelques pas, mais à grand-peine. « S'il te plaît.

— Allons donc ! » Elle remuait les jambes, assise sur le tabouret. « Je n'y arriverai pas si tu me regardes comme ça.

— Je ne te regarde pas. Je ferme les yeux. » Je me suis

accroupi sur le plancher, à un mètre et demi du piano. « Je ne les rouvrirai pas avant que tu aies fini, c'est juré. » J'avais mal à la hanche gauche, mais cela contribuait à me rendre plus réceptif : je pouvais entendre sa respiration et le bruissement de l'étoffe de ses vêtements, tel un souffle tiède caressant mes paupières closes et le dos de mes mains.

Elle a rejoué la cadence lointaine qui m'arrivait au cœur et au cerveau ; elle a fait une fausse note, a dit : « Ouffa ! » puis elle a recommencé depuis le début. Je sentais le mouvement de ses doigts et de ses poignets, la tension dans ses jambes, le jeu des marteaux dans le mécanisme intérieur du piano, le défilé des notes à travers sa mémoire, le léger ébrouement à l'instant où elle a terminé.

J'ai rouvert les yeux : elle avait fait demi-tour sur le tabouret, les joues colorées par l'embarras et la nervosité. « C'est un petit morceau de Bach. Je l'ai entendu dans un film, ça me plaisait tellement que je me le suis fait enseigner.

— Formidable. » Et je ne voulais même pas penser à la personne qui le lui avait enseigné ni quand ; je voulais rester fixé ici et maintenant, sans aucune excursion vers l'avant ni l'après ni l'ailleurs. « Joue quelque chose d'autre, s'il te plaît.

— C'est le seul morceau que je sache jouer.

— Ce n'est pas possible. Je ne te crois pas. »

Elle s'est mis une main sur le cou. « J'en connais encore un autre, mais je n'y arrive pas bien.

— Joue-le. S'il te plaît. »

Elle a joué *She's Like a Rainbow* des Rolling Stones, avec une ou deux fausses notes et un rythme irrégulier, mais c'était aussi magique que le morceau de Bach, et ça lui correspondait tout autant.

Je n'ai plus fermé les yeux, j'étais debout à côté d'elle ; quand elle a eu fini et qu'elle s'est levée d'un bond, nous nous sommes regardés, à cinquante centimètres de distance, avec une sorte d'émotion incontrôlable. J'aurais voulu tendre la main pour lui toucher la tempe ; j'ai imaginé qu'elle resterait un instant immobile et puis qu'elle appuierait son front contre mon épaule, exactement comme j'aurais voulu le faire avec elle en sortant de l'hôpital.

Nous sommes simplement restés à nous regarder et ne pas nous regarder de tout près, avec de graves difficultés à trouver une position ou une expression stable. Je suis allé à la fenêtre et elle est retournée s'asseoir sur le canapé ; je suis retourné vers le canapé et elle s'est levée pour aller fermer le piano. Je me suis assis, relevé ; elle a fait une lente volte-face.

J'ai failli dire : « Tu es peut-être fatiguée ? »

« Tu es fatigué ? m'a-t-elle demandé.

— Oui. » En réalité, j'étais au-delà de la fatigue et de la non-fatigue, au-delà du périmètre des sensations normales. J'ai regardé mon blouson posé sur le dossier d'une chaise, j'ai regardé la porte d'entrée. « Maintenant je vais m'en aller. » J'ai repris mes chaussures et mes chaussettes, je les ai enfilés avec un soin méticuleux, un trop grand nombre de gestes ; et quand j'ai voulu faire un pas, il m'a semblé qu'elles pesaient un quintal.

« Tu as encore toute cette route à parcourir jusqu'à ta campagne.

— Ce n'est pas grave », ai-je dit, bien que cela me parût une forme terrible d'autodéportation. Je pensais à la route dans la nuit, à Anna dans le chalet, au temps inexpliqué qui continuait à s'élargir entre elle et moi. Pourtant c'étaient des pensées opaques, elles n'arrivaient pas à prendre la forme d'images définies comme celles que j'avais devant les yeux. Je regardais Maria Chiara, et je ne savais pas si je devais lui dire au revoir tout de suite ou d'abord mettre mon blouson ; ou bien attendre encore. « On se voit demain de bonne heure à l'hôpital, avec Alberta ? Dès qu'on a le droit d'entrer ?

— Oui. » Elle ne bougeait pas ; le voile qui drapait le moment persistait à ne pas se déchirer.

Je suis allé prendre mon blouson sur la chaise où je l'avais posé ; je ne pensais pas être capable de sortir pour de bon, je ne pensais pas être capable de descendre l'escalier, marche après marche, d'aller dehors pour récupérer ma voiture, et de parcourir la distance au volant dans la nuit.

Maria Chiara a dit : « À quelle heure a-t-on le droit d'entrer ? » Elle se mordillait les lèvres. « Tu le sais ?

— Non. » J'ai fait un pas vers elle. « Je viendrai à six heures. Comme ça nous serons sûrs d'arriver à l'hôpital dès l'ouverture des portes. » J'avais l'impression au contraire qu'il n'y aurait plus rien de sûr si je m'en allais ; tous mes sentiments étaient tirés comme des élastiques.

Elle a fait oui de la tête ; elle semblait pâle et épouvantée, pas du tout quelqu'un à laisser seule pour la nuit.

J'ai pensé encore à Anna et au centre d'équitation, des regards et des paroles qui me passaient dans la tête et ne parvenaient qu'à rendre encore moins naturelle l'idée de m'en aller. J'ai enfilé mon blouson, et ça m'a fait l'effet d'être écrasé à terre, comme une armure inutile et avilissante.

Elle a dit : « Ciao », avec un geste comme pour se retourner et s'en aller vers un autre endroit de la maison.

J'ai répondu : « Ciao » et j'ai fait un geste analogue. Mais ça ne suffisait pas, même de loin ; je suis allé vers elle avec le cœur qui battait à grands coups, et des anticipations de coups bien pires. J'ai posé une main sur son épaule, et elle s'est jetée contre moi : nous nous sommes longuement enlacés avec la force d'un spasme total fait de besoin, de reconnaissance et de soulagement à l'état pur. C'était une étreinte où perdre tous les ordres et les repères et ne plus les retrouver ; une élasticité infinie qui partait de nos régions les plus intimes pour traverser une strate après l'autre jusqu'à affleurer à la surface des muscles et de la peau, et retourner en arrière avec un frisson qui se brisait en spasmes plus brefs, comme les secousses intermittentes d'un sanglot très éloigné. C'était une étreinte qui ne ressemblait à aucune autre étreinte de ma vie, même si j'avais pu me forcer à m'en souvenir, comme un étouffement de tout l'air respirable du monde, un tremblement de terre, un raz de marée, qui dérobait le sol sous nos pieds et nous submergeait, qui nous soulevait très haut, nous projetait très bas et nous laissait où nous étions.

J'ai essayé de reculer un peu la tête pour la regarder en face, mais elle avait les yeux fermés et continuait à me serrer contre elle, et la distance s'est comprimée par la simple force de la gravité et de nos inclinaisons. Il semblait que nous ne puissions plus nous détacher, que nous ne puissions plus cesser de sentir nos poids et nos consistances fusionnés, un sentiment de découverte et de refuge, d'île et de maison, de danger mortel esquivé.

Puis j'ai ôté mon blouson parce qu'il me pesait trop, et peu à peu j'ai senti la forme de Maria Chiara émerger de l'absence de forme dans laquelle nous nous étions perdus, et j'ai senti l'idée spécifique d'être enlacé avec elle émerger de l'universalité de notre étreinte ; j'ai commencé à récupérer des petites distances sur notre absence de distance, à capter des détails rapprochés de sa personne et de son visage. J'ai glissé mes mains le long de son dos pour sentir sa taille et ses reins, je lui ai posé un baiser sur le cou, sur une tempe et sur le front pour me rapprocher encore plus que nous ne l'étions déjà ; je l'ai embrassée sur les lèvres. A surgi en moi un désir précis de prendre et d'avoir, de donner des contours à l'indistinct, de tracer des parcours, d'écrire des noms et de trouver une issue et même une fin possible à la tension qui nous parcourait, et de tirer par-dessus tout un réseau de gestes accomplis.

Je l'ai embrassée de nouveau sur la bouche et je lui ai ouvert les lèvres avec ma langue ; à travers mon corps et mes mains qui la serraient et la pressaient, j'ai senti un tremblement différent qui la parcourait ; j'ai reculé la tête, je l'ai regardée en face et j'ai vu qu'elle pleurait.

Je me suis écarté. « Qu'est-ce qu'il y a ? Qu'est-ce que tu as ? » Mon sang s'est brusquement glacé.

« Rien », mais elle continuait à trembler et à sangloter, elle n'arrivait pas à s'arrêter.

« Allons, allons », et je lui ai caressé la tête. « Calme-toi », je faisais des gestes désespérés qui auraient dû paraître rassurants. Mon élan vers elle avait de nouveau perdu toute spécificité, l'effroi m'envahissait. « Viens t'asseoir un peu. » J'ai cherché à l'entraîner vers le canapé mais je n'y parvenais pas, je l'ai laissée glisser loin de moi.

Elle est allée à la fenêtre et a pressé son front contre la vitre.

Je suis allé poser une main sur son épaule et lui parler à l'oreille. « Maria Chiara ? »

Elle est restée immobile, sans cesser de pleurer ni chercher à se dégager de ma main.

« Qu'y a-t-il ? » Je regardais ses cheveux, sa nuque, ses épaules ; j'étais dans un état de déconnexion totale, je ne savais pas quoi faire. « Si c'est quelque chose que j'ai fait, je suis désolé. »

Elle s'est retournée pour me regarder, elle avait les

yeux et les cils trempés ; elle a essayé de sourire, mais elle n'y arrivait pas.

« C'est à cause d'Alberta ? » ai-je dit, avec une crevasse qui me déchirait le cœur ; je ne comprenais pas.

Elle s'est détournée à nouveau vers la vitre, elle paraissait démolie au-delà de toute possibilité de récupération.

Et j'aurais pu descendre une dose de comprimés et de vodka double de celle d'Alberta, tellement la pièce débordait de souffrance et d'incompréhension, après avoir été emplie quelques instants plus tôt d'une joie sans limites. L'idée m'est venue de crier comme je l'avais fait un jour avec un cheval, je n'arrivais absolument pas à communiquer : le même manque de ressources arrivé au diapason. J'ai crié plus fort, au centre de la pièce, tandis que Maria Chiara sanglotait à la fenêtre, j'ai hurlé : « Eeeeeeeeeeeh ! » au point de sentir la vibration se réverbérer sur les murs et les vitres. Je n'avais plus aucune confiance dans les mots ni dans les gestes que je connaissais ; j'ai frappé dans mes mains jusqu'à me faire mal, avec cette intensité originelle et sans espoir de salut qui prétend accomplir un miracle contre des forces trop complexes pour ses ressources.

Puis j'ai regardé de nouveau Maria Chiara, et elle avait une expression effarée à laquelle je ne m'attendais pas.

« Il ne faut pas. Je t'en prie.

— Et pourquoi ? » Elle a essuyé ses larmes avec le dos de sa main, elle me regardait.

« Parce que nous sommes ici ensemble. Parce que, il y a cinq minutes, nous étions heureux. » Je n'arrivais pas à parler calmement, ni à la regarder calmement ; je scrutais ses traits en quête de suggestions, d'explications.

Incrédule, fatiguée, elle a hoché la tête. « Heureux ?

— Oui. Moi, en tout cas. Je n'aurais voulu être personne d'autre au monde, ni avec personne d'autre au monde, ni en aucun autre endroit au monde. »

Elle me regardait, la tête inclinée, et elle respirait tout doucement.

Et j'avais envie de l'étreindre encore, mais je redoutais de rompre son équilibre, comme auparavant ; j'ai répété : « Personne.

— Parce que nous nous sommes brusquement trouvés tout près l'un de l'autre ? Comme avec Alberta ?

— Non. » Les larmes me sont montées aux yeux, à cause de l'effort de communication, des développements et des chevauchements d'explications. « Avec Alberta, c'était juste un reflet de toi. Je m'en suis rendu compte dès que je t'ai vue. »

Elle est allée prendre une boîte de mouchoirs en papier sur la table et s'est mouchée. Elle est retournée s'asseoir sur le canapé bleu, et elle s'est mise à manipuler ses feuilles de papier pour se rouler une nouvelle cigarette.

De nouveau j'étais sous le charme de ses gestes, de ce qu'ils contenaient, révélaient et protégeaient. Mais j'éprouvais une extrême circonspection à son égard, je m'efforçais de ne pas lui envoyer le moindre signal d'alarme. Je me suis assis sur le plancher, à peut-être un mètre et demi d'elle, jusqu'à ce qu'elle ait allumé sa cigarette, inhalé deux ou trois bouffées, et m'ait demandé : « Tu en veux ? »

Nous avons fumé en silence, moi assis par terre et elle sur le canapé ; nous devions nous pencher à chaque changement et c'était à chaque fois un petit geste de rapprochement, mais aussitôt après nous retournions à une distance rassurante.

Je me suis alors souvenu de la conversation avec Alberta, lorsqu'elle me citait les paroles de sa sœur, sur les hommes et les femmes qui sont des animaux d'espèces différentes, qui s'envoient des signaux et les interprètent suivant des codes différents. Je ne comprenais pas si cela se rapportait à ses larmes ni comment.

Me venait à l'esprit une quantité de messages envoyés et reçus en dehors du temps et hors concours ; des tentatives de dialogue tombées dans le vide et répétées selon des variantes totalement erronées, des équivoques, des déceptions, des attentes inutiles.

Maria Chiara me regardait, triste mais ouverte, sans murs.

Nous nous guettions par des coups d'œil ; le seul fait d'être proches nous occupait aussi intensément que des activités physiques. Je n'arrivais pas à comprendre si j'aurais dû me montrer plus actif dans cette situation ou la laisser tranquille, et voir comment évoluaient les choses. Je n'arrivais pas à comprendre si j'avais le temps ; ou si j'allais devoir retourner prendre mon blouson, avoir une idée, dire quelque chose.

« Les chevaux sont très différents entre eux ? De caractère ?

— Incroyablement différents. Comme les gens, plus ou moins. » Son imprévisible curiosité m'emplissait de reconnaissance ; je me sentais plus léger, parcouru d'une nouvelle électricité. « Ils n'ont qu'un seul code, et assez fort, mais dès que tu regardes au-dessous de la surface, il y a une complication surprenante de rapports et d'associations.

— Oui ? » La clarté de son regard me faisait presque mal.

— Oui. » Je n'étais même pas sûr que ça l'intéresse vraiment, mais je poursuivais quand même. « Tu t'en aperçois quand tu dois les mettre ensemble dans un enclos. Et quand tu dois chercher à les accoupler, ce n'est même pas la peine d'en parler. » J'avais l'impression d'avancer en terrain miné, où un seul pas, un seul mot pouvait se révéler fatal ; mais c'était aussi un terrain doux, qui invitait à la traversée. « Ils ont une variété extraordinaire de raisons caractérielles et physiques pour se plaire ou se déplaire. Ce peut être la couleur du pelage, la rapidité ou la lenteur, l'attache de la queue ou encore la façon de s'approcher de l'eau, de baisser la tête, je ne sais pas. Ça suffit pour en faire des ennemis irréconciliables, ou les attirer avec une telle fougue que tu n'arrives plus à les séparer.

— C'est vrai ? » Elle paraissait stupéfaite de ma façon de parler, et peut-être aussi du sens de mes paroles.

« Oui. Ils deviennent fous, si seulement tu essaies de

les séparer. Ils se mettent à courir tout autour de l'enclos en hennissant, avec la tête haute, les oreilles dressées et les naseaux dilatés ; ils sont capables de sauter n'importe quelle clôture. Et même de la démolir. De l'extérieur, si tu n'y connais rien, tu croirais qu'un cheval est un cheval, plus ou moins pareil, et que pour eux aussi ce devrait être plus ou moins la même chose, quand au contraire il y a mille motifs follement intenses et subtils qui font la différence entre l'un et l'autre.

— Et tu parviens à les discerner ? m'a-t-elle demandé, les yeux rivés sur moi.

— Certaines fois j'arrive à les deviner. Mais pas toujours. Ce ne sont pas des choses évidentes, si tu n'es pas ce cheval ou cette jument-là en particulier. »

Puis brusquement nous étions tous deux à bout de ressources : nos yeux se fermaient, nous n'arrivions même plus à tenir assis. L'énergie qui nous avait attirés et éloignés par vagues violentes, qui nous avait fait bouger, parler, écouter avec toute l'intensité du monde, s'était retirée d'une seconde à l'autre, nous laissant si faibles et vides que nous aurions pu tomber en arrière. Maria Chiara a dit : « Bon, je vais me coucher.

— Moi aussi. » Seulement je ne voyais pas comment j'aurais pu me mettre en route pour regagner la campagne.

« Si tu veux dormir ici. » Elle a désigné le canapé.

« Merci. » Une couverture à même le plancher aurait tout aussi bien fait mon affaire.

En revanche, à trois heures et demie du matin j'étais réveillé, la fatigue et l'agitation me contractaient les muscles dans un étau permanent. Je n'avais même pas pensé à fermer les stores, la lumière des réverbères entrait dans la pièce et badigeonnait de la même poudre laiteuse les vides et les pleins, comme dans une boîte d'illusions spatiales. Je m'imaginais Maria Chiara dans sa chambre au bout du petit corridor : c'était étrange de nous trouver dans la même maison, séparés par des diaphragmes de murs et de portes, peut-être éveillés de la même façon.

Je me suis assis sur le canapé, j'avais du mal à respirer. J'avais dans le corps un souvenir de notre étreinte, du reflux aussitôt après, d'une telle proximité juste avant, et ces trois moments se surimposaient en moi comme une pression continue sur mes côtes. Je me demandais si j'étais vraiment revenu à une phase de la vie où ma capacité d'interprétation était incertaine et dépourvue de confirmations, ou au contraire si j'étais parvenu au stade où je ne savais plus lire aucun signe pour ce qu'il était, sans le voir éclater en milliards de facettes incontrôlables.

J'ai imaginé que j'allais dans la chambre de Maria Chiara, je traversais le couloir, je posais une main sur la poignée. Je l'ai imaginée sous les couvertures ou peut-être assise, j'ai imaginé son éventuel regard, les paroles et les silences possibles entre nous, les gestes possibles. Ces pensées avaient alors le même esprit contradictoire que les regards, les gestes et les paroles qu'il y avait eus entre nous : elles avançaient par saccades et reculaient, elles me bloquaient au bord du canapé, le souffle court et le cœur battant.

Je m'efforçais de mieux respirer ; ma vie connue continuait à fuir sous moi, toujours plus lointaine et méconnaissable ; je ne voyais pas comment cette nuit aurait pu être une nuit de sommeil.

SEPT

J'ai été réveillé par une explosion qui a fait trembler les murs, le toit et les vitres ; j'ai fait un bond, le cœur battant, en rejetant la couverture, mais il s'agissait juste d'un écho de vibrations dans l'air et la pièce n'était pas démolie ; de plus, je ne me trouvais pas dans ma chambre du chalet avec Anna mais dans une petite salle de séjour inconnue, et je n'étais pas dans mon lit mais sur un canapé légèrement incliné à la base du dossier. Une lueur grise venait de la fenêtre, menaçante. Il m'a fallu un moment pour reconstruire où j'étais et pourquoi, et encore un moment pour calmer les battements de mon cœur. Il ne me semblait pas avoir beaucoup dormi ni m'être reposé ; j'avais le souvenir de m'être tourné et retourné sans fin, avec des éclats de mots et de regards à chaque changement de position, des élans et des questions, des peurs et des souffrances renouvelées en chaque point du corps.

Je me suis laissé retomber en arrière sur le coussin, et j'ai refermé les yeux. Aussitôt des images d'Anna et du centre d'équitation m'ont traversé l'esprit ainsi que mille questions en suspens, chacune à une distance distincte mais toutes dans le même halo de dommage irrévocable : des demandes impérieuses d'explications, des chevaux, des tas de foin et des sacs de ciment, des ouvriers et des clients qui m'attendaient, des expressions de reproche et de rage, un chagrin inutile. C'était une guerre latente et j'avais l'impression de l'entendre enfler dans le silence qui continuait à se dilater, jusqu'au moment où il s'est brisé lors d'une autre explosion terrible qui a fait trembler la maison.

J'ai encore fait un bond dans le frémissement des vitres, avec le cœur qui battait à nouveau sauvagement. Maria Chiara était dans le séjour à quelques pas de moi, en jean et T-shirt, nu-pieds ; elle a dit : « Tu as entendu ?

— Oui. » Je m'étais réfugié sous la légère protection de la couverture, à nouveau plongé dans l'incrédulité à la pensée de me trouver là.

Elle est allée à la fenêtre, mi-épouvantée mi-curieuse, à l'abri dans sa maison mais timide sous mon regard ; elle a dit : « On dirait un ouragan. »

J'ai enfilé mon pantalon et ma chemise en un instant, soudain le vent dehors s'est mis à souffler et la pluie à battre les vitres ; un autre coup de tonnerre a retenti, plus éloigné. Je l'ai rejointe près de la fenêtre, la tête pleine de toits qui fuyaient, de fourrage trempé et de chevaux terrorisés, de routes défoncées et impraticables, de lignes téléphoniques coupées et de dégâts causés par la foudre.

« Il n'y a rien qui puisse être endommagé ou détruit, ici ? »

Maria Chiara a secoué la tête, une lueur interrogative dans les yeux. « Je ne crois pas. »

Nous allions et venions dans la pièce comme dans un enclos, et à moins de changer de position, de nous arrêter et de regarder ailleurs, il était difficile de faire comme si de rien n'était.

J'ai plié la couverture ; elle cherchait quelque chose sur la table à côté de la fenêtre fouettée par la pluie et le vent. « Nous avons oublié de fermer les volets, hier soir.

— Oui, mais j'ai quand même très bien dormi », ai-je répondu, d'une voix si peu convaincante que je me suis mis à rire ; quand j'ai levé les yeux, elle riait aussi.

Je suis allé dans la salle de bains et, vue de la fenêtre, la tempête semblait croître en intensité. Je ne me suis pas rasé car je n'avais pas de rasoir ; j'ai fermé les yeux devant le miroir, parce que je ne voulais pas avoir une idée trop précise de la manière dont Maria Chiara pouvait me voir. Je me demandais si nous étions encore tous les deux à l'intérieur de ce moment qui avait commencé la veille dans l'après-midi ; si l'un de nous deux allait en sortir délibérément ; ou si le moment allait s'arrêter indépendamment de nous. Je me demandais s'il allait faiblir peu à peu comme une lumière qui s'évanouit, ou se rompre d'un instant à l'autre avec la violence d'un de ces coups de tonnerre qui continuaient à faire frémir la maison ; si nous allions nous retrouver dehors sans presque nous en apercevoir, ou échoués sur la rive comme deux naufragés d'un navire détruit. Ma vie connue retournait battre à la fenêtre, en quête de réponse, et m'étreignait le cœur ; je suis retourné dans le séjour.

Maria Chiara n'y était plus, il n'y avait que le bruit du vent et de la pluie qui emplissaient la maison, et sur le plancher le cliquetis des pattes raidies du chien Speke qui tremblait de nervosité et gémissait tout bas, soumis. Je suis allé à la cuisine : Maria Chiara était en train de mettre la cafetière sur le feu ; elle a dit : « Ohé ! » Elle avait enfilé un chandail bleu à grosses mailles, et à la lumière froide de la porte-fenêtre elle avait l'air de n'avoir pratiquement pas dormi non plus.

J'ai regardé la petite terrasse où l'eau coulait à torrents, et il m'est venu un frisson d'incertitude.

« J'ai appelé l'hôpital, ils ouvrent dans une demi-heure. J'ai demandé des nouvelles d'Alberta, mais il y avait ce type odieux qui m'a soutenu qu'il ne pouvait donner aucun renseignement par téléphone.

— Allons-y vite. » L'impatience et la nervosité de sa voix m'inquiétaient ; j'aurais voulu qu'elle redevienne comme quand nous étions rentrés la veille au soir, sans aucune urgence de choses à faire. « Tu verras qu'elle va bien.

— Tu as froid ?

— Un peu. » J'étais stupéfait qu'elle s'en rende compte, et stupéfait aussi d'avoir froid et de l'admettre. Il ne me semblait pas avoir eu froid depuis des années, et encore moins l'avoir admis, même pendant les pires nuits d'hiver, lorsque Anna me réveillait pour me demander d'aller remplir encore le poêle, et je le faisais uniquement pour la contenter en songeant que c'étaient des fantaisies de citadine au caractère mal trempé. Le centre d'équitation m'est revenu à l'esprit, sous la pluie dévastatrice, avec Anna pleine d'angoisse et de rage, en difficulté face aux événements. J'ai envisagé de lui téléphoner, de lui dire au moins où j'étais et de lui demander quelle était la situation ; mais je n'avais aucune envie de mettre ma vie connue en contact avec le moment, au risque de le détruire et de finir noyé dans la tempête.

Maria Chiara est passée tout près de moi, nous nous sommes effleurés, comme deux personnes qui ont passé la moitié de la nuit à se parler et l'autre moitié à ne pas dormir et qui traversent indéfiniment une bande de familiarité et de non-familiarité magnétisant chacun de leurs mouvements.

Je me suis assis sur un tabouret et je l'ai regardée sortir du lait avec deux tasses et des cuillères, plier deux serviettes en papier. Je lui ai proposé mon aide. Elle a fait non de la tête, dans le vacarme de la tempête et le temps en réduction constante qui nous séparait de l'ouverture de l'hôpital. Nous aurions pu être au sommet d'une colline, transformée par l'inondation en une île de plus en plus réduite ; nous aurions pu être les deux seuls survivants au monde, et elle aurait eu la même indépendance essentielle vis-à-vis des circonstances.

Elle a versé le café et le lait dans les deux tasses sans rien me demander, et m'en a tendu une. Je l'ai approchée de mes lèvres ; elle a dit : « Attends. » Elle souriait. « Ça brûle. »

J'ai fait oui de la tête, j'ai fermé à demi les yeux.

« Je savais qu'il devait pleuvoir, mais je ne pensais vraiment pas que ce serait une tempête, m'a-t-elle annoncé.

— Comment le savais-tu ? » Elle me donnait l'impression de réussir à transmettre des images sans l'intervention de paroles : il lui suffisait de bouger une main, ou de tourner la tête.

« Comme ça. » Elle a posé un paquet de biscuits sur la table. « Je le sentais. »

Nous nous sommes assis sur les chaises de paille, et la pluie crépitait sur le toit, cinglait la porte-fenêtre, inondait la terrasse. J'attendais qu'elle fasse le premier geste : à peine a-t-elle bu une gorgée de café au lait que j'ai bu aussi, et j'y ai trempé un biscuit avec une extrême avidité.

Elle a dit : « Tu as faim ? » Elle riait.

« Oui. » En vérité, je mourais de faim et je ne le ressentais pas vraiment ; il me semblait que manger ses biscuits et boire son café au lait étaient le moyen d'acquérir au moins une petite partie d'elle, de me l'approprier.

Il y avait très peu de biscuits dans le paquet ; nous les avons tous mangés sans un mot, absorbés et soudain pressés, perdus. Je ne doutais pas un instant de ressentir tout ce qu'elle ressentait : il me semblait être dans la plante de ses pieds nus sur le carrelage et dans ses mains qui prenaient et lâchaient des objets de poids divers, dans ses lèvres au bord de la tasse, dans sa gorge qui déglutissait le café au lait trop chaud, dans les muscles de son cou lorsqu'elle tournait la tête pour regarder vers la porte-fenêtre, dans ses yeux qui me fixaient et se détournaient précipitamment. J'avais la vue, l'ouïe et le toucher tellement sur le qui-vive qu'ils me faisaient mal ; je pouvais saisir un souffle ou un battement de cils avec une fraction de seconde d'avance sur sa manifestation.

Maria Chiara a regardé la pendule sur une étagère : « Il faut y aller. » Elle s'est levée, avec une fraction de seconde de retard sur mon anticipation.

« Bien sûr. » Pourtant j'aurais voulu qu'Alberta n'existe même pas, qu'il n'existe personne au monde susceptible de produire une interférence entre nous. Je l'ai regardée sortir de la cuisine pour aller mettre des chaussures ; je ne comprenais pas comment nous pouvions nous jeter dehors dans cet ouragan, pour aller où que ce fût. Le chien Speke paraissait également perplexe, il nous a suivis dans le séjour en émettant des gémissements comme des grincements de porte.

Nous sommes entrés dans l'hôpital sous un déluge d'eau qui tombait de la marquise, avec des sacs en plastique sur la tête, trempés de part en part pour avoir couru en rasant les murs. J'ai regardé Maria Chiara tandis que nous traversions le hall dont le dallage avait été saupoudré de sciure, et l'appréhension que me causait sa sœur ne suffisait pas à contrebalancer la joie d'être trempé, hors d'haleine et en mouvement, exactement comme elle. Nous avons parcouru les corridors d'un pas rapide, flanc contre flanc comme la veille au soir, et nous produisions de l'électricité à chaque frôlement. Les regards des parents en visite et des malades en robe de chambre, des infirmières et des médecins me paraissaient autant de confirmations muettes de ce qui nous arrivait, comme si une auréole de néon coloré nous suivait, visible aux yeux de tous. J'aurais voulu marcher avec elle dans un labyrinthe sans issue de corridors et d'escaliers, ne jamais atteindre le point d'arrivée.

Nous avons finalement atteint le service où était hospitalisée Alberta ; une infirmière nous a dirigés vers une porte. Nous sommes entrés ensemble, avec la même conscience aiguë des risques que nous courions, me semble-t-il. Alberta était couchée près de la fenêtre dans une chambre pour quatre où il y avait un lit vide, un autre occupé par une dame très âgée, et le dernier par une adolescente obèse. Adossée à deux gros oreillers, elle nous a regardés, avec un visage pâle de grande enfant, sa natte dénouée, les cheveux tirés en arrière moins fort que d'habitude. À peine Maria Chiara s'était-elle approchée qu'elle a demandé : « Arturo ?

— Sois tranquille, il est avec Riccardo », a dit Maria Chiara, du ton protecteur qu'elle avait avec sa sœur. La pluie crépitait sur la fenêtre, sans donner aucun signe de devoir se calmer.

Je me tenais en retrait d'un mètre ou deux, pour ne pas confirmer les équivoques possibles de notre baiser et ne rien révéler de ce que j'éprouvais pour Maria Chiara. J'étais très triste pour elle, pour tout ce qui allait mal dans sa vie, et pour les torts qu'elle avait subis dans son enfance, mais maintenant que je la voyais hors de danger et en possession de ses moyens, j'avais envie de repartir avec Maria Chiara, de me replonger dans notre concentration face à face avant qu'il ne soit trop tard. J'ai fait un pas en avant. « Tu as déjà une autre tête.

— J'ai l'impression d'avoir du coton plein l'estomac et la langue en papier de verre. »

Elle semblait avoir aussi une sorte d'imperméabilité aux considérations difficiles, et une nature qui la distrayait par un continuel aller-retour dans des parcours secondaires. C'étaient deux sœurs tellement différentes que j'étais impressionné de les voir côte à côte.

Maria Chiara lui a caressé les cheveux. « Alors, grande sotte, qu'est-ce que tu nous fais ? »

J'étais ému par leur familiarité, et jaloux de leur façon de communiquer sans paroles, sur la base de simples messages corporels.

« Et Speke ?

— Il va très bien, ai-je répondu. Les réflexes toujours aussi vifs. » Je songeais qu'elle avait en quelque sorte été la messagère de sa sœur et je lui en étais reconnaissant, quoi qu'il puisse advenir entre Maria Chiara et moi.

Maria Chiara a ajouté : « Ils vont tous très bien. Ne t'inquiète pour personne. Occupe-toi uniquement de te remettre sur pied.

— Je suis déjà remise », a dit Alberta ; j'étais frappé de la voir jouer le rôle de la benjamine. Elle a désigné une infirmière qui entrait au même instant : « Dites-le-leur vous aussi que je peux rentrer à la maison. »

Néanmoins elle ne semblait pas tellement rétablie, et je n'avais aucune envie qu'elle rentre tout de suite à la maison, pour absorber toute l'attention de sa sœur et fausser par sa présence l'équilibre du moment. « Ne serait-il pas plus prudent que tu restes encore un peu ici ?

— Pour quoi faire ? » a dit Alberta, avec une fureur à peine atténuée par sa difficulté à s'exprimer. En effet, elle semblait parfaitement capable de rejeter draps et couvertures pour sauter à bas du lit sans l'autorisation de personne, et se diriger vers la porte avant que nous puissions rien faire.

Maria Chiara a parlé avec l'infirmière, et d'après celle-ci il fallait d'autres contrôles et analyses avant qu'on puisse laisser Alberta rentrer chez elle. Maria Chiara a insisté pour voir un médecin, exactement comme la veille au soir. L'infirmière a tenté de dresser une barrière de flou, mais ses gestes prolongés montraient qu'elle était en difficulté.

Je regardais la pluie sur les vitres et j'entendais le bruit de la tempête au-dehors, et cela éveillait de nouvelles images catastrophiques d'Anna au centre d'équitation. J'étais ballotté entre cette angoisse-là et celle de m'éloigner même brièvement de Maria Chiara ; je ne savais pas comment faire. Je promenais mon regard entre Alberta dans son lit et Maria Chiara qui parlait avec l'infirmière près de la porte ; l'agitation me faisait mal à la tête et aux muscles des jambes. À un moment donné, l'infirmière est allée appeler le médecin et Maria Chiara est retournée auprès de sa sœur ; j'ai dit : « Je sors une minute. Je passe un coup de fil et je reviens. » Maria Chiara a acquiescé de la tête ; je me suis retourné avant d'avoir déchiffré vraiment son regard, l'anxiété me devenait intolérable.

Je me suis élancé dans le corridor, je me suis renseigné auprès d'une infirmière qui poussait un chariot, puis d'un malade en pyjama, puis d'une femme en ciré de marin norvégien ; j'ai grimpé un escalier quatre à quatre, j'ai couru dans des effluves d'ammoniaque jusqu'à une salle où des malades et des parents de malades s'agglutinaient autour de deux cabines téléphoniques orange. La pluie crépitait sur une lucarne, et je pouvais voir le gris sombre du ciel et la lueur des éclairs tandis que je faisais les cent pas, la tête pleine d'un tourbillon de pensées centrées sur Maria Chiara à l'étage au-dessous, et sur Anna à des dizaines de kilomètres. Cela m'exaspérait que ma vie connue continue d'offrir beaucoup plus de garanties extérieures que tout le reste, malgré la distance et les sentiments en jeu, et en dépit de ce que moi je voulais.

Enfin j'ai réussi à m'emparer d'un des deux téléphones avant un couple père-fils qui avaient exactement la même tête de mouton, j'ai glissé quatre pièces de deux cents lires et composé le numéro; la pression des raisons, des impulsions et des explications à donner avait pris une telle force en moi que j'ai dit : « Anna? Allô ? » au premier grésillement sur la ligne.

Cependant Anna n'est pas venue répondre, alors que mes tympans vibraient déjà de deux ou trois intonations possibles. Le répondeur ne s'est pas déclenché non plus, avec ma voix qui expliquait les horaires d'ouverture du centre d'équitation et la route à prendre depuis Rome : le courant avait dû sauter comme cela arrivait même lors d'orages beaucoup moins violents que celui-ci. J'ai essayé de rappeler, mais Anna continuait à ne pas décrocher, le répondeur à ne pas se déclencher, et la pluie à ruisseler sur la vitre de la lucarne; la lumière du jour était réduite à rien en comparaison de celle, vénéneuse, du néon. Le père à tête de mouton s'est encore rapproché, pour me dire : « Vous ne trouvez personne? » épaulé par son fils.

Je lui ai passé le combiné en disant : « Tenez, à vous. » J'ai parcouru au pas de course le corridor, l'escalier et le corridor de l'étage au-dessous en sens inverse, comme si la question d'Anna et de ma vie connue avait été résolue ou tout au moins mise de côté. Je n'avais ni l'envie, ni le temps, ni l'attention, ni l'énergie requis pour les devoirs et les engagements moraux, pour les gestes corrects et les considérations mûries : je ne voulais que la proximité continue, les sensations ininterrompues.

Devant la chambre d'Alberta, j'ai croisé le jeune médecin de la veille au soir qui sortait suivi de Maria

Chiara et lui disait : « C'est mieux pour tout le monde » de sa voix superficielle et arrogante.

Maria Chiara m'a fait un signe de tête. « Apparemment il vaut mieux qu'elle reste jusqu'à demain matin. »

J'ai levé les mains, que j'avais le long du corps ; je n'arrivais même pas à éprouver un soulagement, j'étais trop concentré sur ses traits.

Elle est rentrée dans la chambre d'Alberta, et je l'ai suivie avant que la porte ne se referme. Alberta était encore assise dans son lit à côté de la fenêtre, l'air extrêmement contrarié. « J'en ai par-dessus la tête.

— Écoute, ils ont peut-être raison. » Maria Chiara ne s'est pas tournée vers moi, elle ne m'a pas demandé ce que j'en pensais ; il me semblait au contraire qu'elle voulait m'exclure délibérément de son champ visuel. « Tu es encore d'une pâleur à faire peur. »

Je me suis approché, j'essayais de la voir au moins de profil.

« Qu'est-ce que ça me fiche, d'être pâle. Je ne vais pas à une fête, à ce que je sache.

— Tu es presque verte », a dit Maria Chiara.

Je me demandais si elle le disait au moins en partie parce qu'elle avait envie de repartir avec moi, ou si elle n'y pensait plus et s'inquiétait uniquement pour sa sœur.

Alberta a poussé un soupir, mais elle se laissait persuader.

Maria Chiara lui a caressé la tête. « Plus qu'un jour. Ça passe vite.

— Moins de vingt-quatre heures », ai-je ajouté.

Alberta a fini par faire oui de la tête, même si elle n'était pas contente du tout. Maria Chiara l'a embrassée sur le front et s'est éloignée vers le milieu de la chambre. Je me suis approché aussi d'Alberta et je lui ai effleuré l'épaule, en disant : « Soigne-toi bien » ; avant qu'elle ait pu changer d'avis, j'étais déjà détourné et en mouvement, vers Maria Chiara et vers la porte.

Dehors, nous sommes restés sous la marquise au milieu d'une foule serrée qui cherchait à s'y abriter, avec la pluie qui redoublait de violence, le vent qui la poussait en rafales obliques et la circulation pratiquement bloquée sur le quai inondé, dans la fumée et le tintamarre. Nous avons regardé autour de nous, en quête de gestes ou de paroles presque comme la veille au soir ; j'ai eu peur que la situation ne se reproduise d'elle-même pour nous écraser encore et nous entraîner dans des directions opposées avant même que nous ne nous en rendions compte. Je ne l'ai pas laissé faire : j'ai pris Maria Chiara par le bras tellement à l'improviste que je m'en suis effrayé autant qu'elle, les gens serrés autour de nous se sont retournés avec leurs imperméables, leurs parapluies et leurs chapeaux. J'ai dit : « On y va ? » Elle m'a regardé dans les yeux, a pris sa respiration et m'a entraîné à découvert sous la pluie.

Nous avons traversé en courant les torrents qui s'étaient formés entre les trottoirs, la rue, les coffres des voitures, leurs flancs et leurs tuyaux d'échappement, l'eau tombait sur nous comme une douche ininterrompue. Nous poussions des cris, nous tapions des pieds, les yeux mi-clos, nous forcions nos jambes contre le poids accru de nos vêtements et de nos chaussures, nous faisions « Aaaaaaaaaah ! » comme deux enfants complètement hors de contrôle.

Lorsque nous sommes arrivés devant chez Maria Chiara, nous étions trempés et hors d'haleine, nous riions et regardions autour de nous dans la rue inondée, nous regardions en l'air toute l'eau qui continuait à nous tomber dessus. J'avais envie que ça ne s'arrête pas, encore plus que de remonter à l'abri là-haut ; je voulais rester avec elle sous la pluie, dans l'excitation et la déraison. J'ai dit : « Qu'est-ce que tu fais, maintenant ?

— Et toi ? » Nous criions, pour combattre le vacarme de la tempête et le froid, et le poids de nos vêtements saturés d'eau.

J'ai crié : « C'est moi qui te l'ai demandé en premier ! » Une cascade tombait de la gouttière, et le bruit qu'elle faisait sur les vieux pavés et entre les murs voisins dominait toute tentative d'intonation.

Elle a crié : « J'ai une course à faire ! » Nous nous tenions tous deux avec les bras le long du corps à cause du poids de nos manches trempées, nous nous regardions et nous hurlions sous la pluie furieuse.

J'ai crié : « Je viens avec toi ! »

Elle a réfléchi, et ce n'était pas une plage de temps vide mais un espace traversé verticalement par l'eau dans chaque millimètre disponible ; elle a fait oui de la tête.

Nous nous sommes dirigés vers la fourgonnette rouge garée le long du mur ; elle a ouvert et m'a fait entrer, elle est montée après moi. Nous nous sommes glissés sur les sièges en vieux similicuir avec nos vêtements mouillés qui frottaient et ripaient, la pluie qui tambourinait sur le toit et faisait résonner l'habitacle comme un bidon en fer-blanc. Les vitres se sont embuées presque aussitôt à cause de toute l'eau dont nous étions imbibés et de nos haleines devenues plus chaudes que l'air ; il y avait encore de l'eau qui coulait par les garnitures des portières et des fenêtres, et même qui suintait du sol. J'ai dit à Maria Chiara : « Tu n'auras peut-être pas besoin d'aller nager, aujourd'hui ?

— Non. » Elle riait.

« Où allons-nous ? » Je regardais son visage et ses cheveux trempés qui paraissaient plus foncés, je remuais les pieds dans mes galoches de campagne inondées comme des barques.

« Je dois aller porter des trucs à un endroit. » Elle s'est retournée pour regarder dans l'espace entre les sièges et le sol : un coffret fermé en bois clair qu'elle avait dû laisser là depuis la veille.

J'ai envisagé de lui demander quels trucs et à quel endroit ; mais il me semblait que tous mes récepteurs étaient occupés, sans aucune niche libre pour des informations extérieures à notre contact le plus direct. « Allons-y. »

Maria Chiara a tourné la clé de contact : le démarreur a gémi, à vide.

Il semblait très improbable que la voiture parvienne à démarrer avec toute l'eau qui lui tombait dessus, mais j'avais peur des pensées fixes, je voulais rester en mouvement, démarrer. J'ai passé une manche trempée sur le pare-brise embué. « Essaye encore, va. »

Maria Chiara m'a lancé un coup d'œil incertain et a réessayé : le démarreur a tourné à vide, longtemps, longtemps, mais elle a fini par réussir à lancer le moteur, dans une succession de cahots et de soubresauts. Maria Chiara a appuyé sur l'accélérateur ; nous nous sommes regardés dans le grondement métallique qui tentait de couvrir le vacarme de la tempête.

« Ne restons pas plantés là. Vas-y. »

Elle a braqué le volant et manœuvré, elle a remonté la rue tout droit et en a pris une autre, transformée en grand torrent, elle a suivi un parcours tout en angles pour éviter l'embouteillage du quai. Elle avait une façon impatiente de conduire, encore plus impulsive que sa sœur : elle tirait sur le levier de vitesses comme si elle était à chaque fois exaspérée par sa dureté, elle accélérait à fond et ne freinait qu'au dernier instant possible, elle approchait son visage du pare-brise pour voir la rue à travers le mouvement dérisoire des essuie-glaces. Lorsque nous avons atteint une avenue paralysée par la circulation, elle a commencé à zigzaguer dans les espaces libres, à changer de voie sans préavis, à rouler avec deux roues sur le trottoir. À un moment, elle s'est aperçue que je pressais le pied au sol et que je m'agrippais à la poignée. « Tu n'as pas confiance ?

— Mais si.

— Mais tu préférerais conduire toi-même, non ?

— Ce n'est pas vrai », ai-je dit, sans même comprendre si elle cherchait à me taquiner. Je remuais les doigts de pieds dans le marécage de mes chaussures, et j'étais heureux d'avoir cet indice pour mesurer à quel point nous étions trempés tous les deux.

« Menteur ! » Elle riait. J'aimais sa façon de tourner le volant et de choisir son chemin dans la circulation : je songeais qu'elle aurait pu appliquer son esprit à n'importe quelle autre activité, et que j'aurais été pareillement fasciné.

Puis nous nous sommes retrouvés hors de la ville en direction du sud-ouest, sous la pluie qui continuait à nous tomber dessus, inépuisable. La manette du chauffage était à fond sur le rouge et le ventilateur tournait au maximum : nous regardions devant nous dans le vent chaud artificiel qui sentait l'huile de moteur brûlée, nous sentions nos vêtements sécher sur nous malgré les torrents et les cascades qui continuaient à déferler.

« Et tes chevaux ?

— Quoi mes chevaux ? » ai-je dit, avec l'impulsion de tourner la tête pour voir les pensées de ma vie connue qui nous suivaient.

« Comment font-ils par ce temps-là ? Si tu n'y es pas ?

— Ils se débrouillent. » Je faisais barrage pour ne laisser passer aucune image du centre d'équitation ou d'Anna ; je voulais uniquement des images ayant une durée de vie de moins de vingt-quatre heures.

« Mais tu n'y travailles pas seul, non ? » Elle a entrepris

de doubler un camion, faisant gicler deux murailles d'éclaboussures qui nous ont empêchés de rien voir pendant plusieurs secondes.

J'ai pressé le pied au sol et serré la poignée encore plus fort, j'ai contracté mes épaules contre le dossier et j'ai dit : « Non. » J'avais déjà perçu deux ou trois images d'Anna désespérée dans la boue, malgré tous mes efforts pour les refouler. « Et toi ? Tu travailles seule ? »

Les roues se sont prises dans une flaque transformée en étang et le véhicule a dérapé, mais Maria Chiara est parvenue à reprendre le contrôle et à redresser presque sans ralentir. Elle s'est penchée en avant pour mieux voir. « Ça dépend.

— Et tu fais quoi ? » Je l'ai regretté aussitôt ; j'aurais voulu remettre à zéro mes paroles et l'imprudente curiosité qui les avait fait jaillir. Ma perception du moment était tellement vive et chargée d'appréhension, mais aussi d'incrédulité, que j'avais une peur constante d'outrepasser les limites et de retomber à l'extérieur.

Elle a souri. « Bon. Alors.

— Ne me le dis pas. » Un courant glacé me transperçait.

Perplexe, elle a tourné la tête pour me regarder.

« Ça n'a pas d'importance. Je ne veux rien savoir. » Et c'était bizarre parce que, au contraire, il y avait un milliard de choses que j'aurais voulu lui demander de me raconter : je brûlais du besoin de communiquer et de savoir. Seulement je ne voulais pas me retrouver brutalement coupé de sa vie ou entraîné dedans au point de m'y perdre complètement ; il me semblait que l'unique chose à faire était de m'en tenir à ce que je pouvais entendre et toucher, sans m'éloigner dans aucune direction. Je percevais son aura toute proche et son léger parfum naturel, je regardais la pluie qui effaçait la route, je laissais mes vêtements sécher sur moi, j'écoutais le bruit du ventilateur, du chauffage, du moteur, des roues dans l'eau et des éclaboussures sur les flancs ; cela me semblait déjà trop.

« Et avant de travailler avec des chevaux, qu'est-ce que tu faisais ?

— Avant ? » Depuis des jours et des jours les concepts de l'avant et de l'après se décalaient dans ma tête : je n'arrivais à penser qu'à avant et après la chute, avant et après ma rencontre avec elle.

« Peu importe. Je ne veux rien savoir. » Avec à peine un soupçon de sourire aux lèvres.

Je ne voulais pas non plus glisser dans un jeu cruel de ne-pas-dire et ne-pas-savoir, où nous aurions commencé tous les deux à étendre des ombres autour de l'avant et de l'après, où nous aurions feint d'être merveilleusement en suspens dans le présent tant qu'il aurait duré. J'avais l'impression qu'il n'existait pas de bonne façon d'affronter la situation, ou tout au moins que je ne la connaissais pas. « Je distribuais des films étrangers. » J'avais tendance à visualiser chaque mot de la manière la plus littérale, et les images qu'évoquait cette phrase étaient ridicules. « J'avais une société de distribution » ; et ce n'était pas mieux. « Avec un autre type, nous cherchions dans le monde entier des films de qualité, pas commerciaux, et nous les rapportions en Italie.

— Ah, c'est intéressant ! » Elle m'a lancé deux ou trois brefs coups d'œil ; je ne comprenais pas si c'était l'intérêt, ou l'incertitude, ou encore la distance qui commençait à s'accroître.

« Au début, très. » J'avais des problèmes avec tout le système des poids et valeurs de ma vie connue, si je devais lui en parler : je ne me rappelais plus rien qui m'ait occupé assez longtemps avec assez d'intensité, et qui me parût encore convaincant.

« Comment c'était ? » J'avais l'impression que le timbre de sa voix contenait déjà la réponse à n'importe quelle question, qu'il n'y avait rien de plus significatif que sa manière intrépide de tenir le volant avec le pied pressé à fond sur l'accélérateur.

« Quand nous avons commencé, c'était très artisanal. Nous avions un placard avec un téléphone. Nous nous tapions des journées entières de train pour assister aux plus obscurs festivals de cinéma, nous décryptions toutes les petites revues ronéotypées des cinéphiles les plus dingues pour avoir des options. » Je n'avais pas le sentiment de parler vraiment de moi ; j'avais quelqu'un d'autre en tête, avec une connaissance extrêmement précise de ce qu'il avait fait.

« Et vous trouviez de beaux films ?

— De temps en temps. » J'avais du mal à y réfléchir, mon attention continuait à se détacher pour retourner vers elle ; seul son regard parvenait à me faire encore retourner en arrière. « Au milieu de toutes les imitations, les simulations, les assemblages, les fourberies, les chantages et les petits exercices de style. De temps en temps il y avait quelque chose d'original, ayant une voix propre.

— Bah, c'est toujours comme ça, non ? Même avec les gens.

— Oui. Comme de voir brusquement un visage qui te regarde parmi mille autres visages qui ne te disent rien. »

Elle s'est tournée à nouveau ; son attention me pénétrait droit dans le sang. Je songeais qu'elle était l'une des choses que j'avais le plus cherchées sans jamais la trouver vraiment, sinon pour des périodes et des sujets limités : l'éveil continuel de la curiosité, de l'intelligence, de la participation et de l'esprit critique. « Et qui as-tu découvert ?

— Je ne sais pas. Shortmann, par exemple. Silié. Omar Aron. » Ce n'étaient que des noms, et quand je les prononçais avec elle à côté de moi tandis que nous roulions à travers le déluge sans rien voir, ils ne me faisaient pas l'effet de produire autre chose qu'un son.

« C'est toi qui as découvert Omar Aron ?

— Il était là. Il avait déjà fait son premier film. Simplement je l'ai vu et j'ai pensé à le diffuser en Italie, puisque aucun des distributeurs normaux ne s'y intéressait. »

Elle a hoché la tête, l'air impressionné.

Moi j'étais déconcerté à l'idée qu'un nom puisse

ouvrir entre nous de nouvelles lignes de communication, étendre les pensées et les sensations de manière encore plus difficile à contrôler. « Il y avait mon associé, aussi. Il s'occupait de toute la partie financière. Sans lui je n'aurais rien pu faire.

— Et que faisais-tu, exactement ? Qu'est-ce que ça veut dire, distribuer un film ? » La tension de sa voix était comme de l'oxygène pur pour quelqu'un qui respire au minimum de sa capacité pulmonaire depuis trop longtemps, et pourtant j'aurais voulu parler d'autre chose.

« Nous allions convaincre les exploitants de cinéma, un par un. Nous parcourions l'Italie avec les boîtes de films sous le bras et toutes les coupures de presse que nous avions pu trouver. » Je ne comprenais pas comment j'avais pu me donner autant de mal pour une chose aussi éloignée d'elle : parler, voyager, demander, convaincre, attendre, avec tant d'autres visages et d'autres parcours en tête, tant d'autres maisons, tant de rues, de quartiers et d'autres noms dans les oreilles.

— Et ensuite ?

— Ensuite, un ou deux films ont bien marché. Omar Amon a très bien marché. » J'essayais de donner un ordre chronologique aux événements, mais cela me paraissait un exercice aussi abstrait que lorsque j'étudiais l'histoire en classe. « Nous avons constitué un petit réseau de salles. Puis nous l'avons agrandi. » Je n'arrivais pas à sélectionner les images, de toute façon me revenaient à l'esprit mon ex-associé et mon ex-femme, mon fils tout petit, des regards, des coups de téléphone, des baby-sitters philippines, des pleurs, des explications, des voitures garées, des explosions d'enthousiasme, de frustration, des jouets, des journaux, des portes.

« Et vous êtes devenus riches ? » Elle a pris une de ses expressions amusantes. « Des grosses voitures américaines, des fausses blondes, des suites d'hôtel et tout ça ?

— Non », ai-je répondu, sans la moindre trace d'humour, comme si j'avais dû corriger ses visions imaginaires avant qu'elles ne se figent de manière permanente. « Mais c'était tout de même beaucoup plus que ce que nous avions imaginé. Et aussi que ce que nous voulions.

— Ah ?

— Nous avons ouvert un vrai bureau, nous avons engagé une secrétaire et des collaborateurs.

— Et ensuite ? » Son attention ne diminuait pas.

« Ensuite, c'est devenu juste un travail. Il y a eu un passage inévitable, où l'amusement, l'invention et la passion se sont évanouis, et à partir de là il n'y avait plus qu'à continuer sur le même chemin. »

Elle a fait un signe d'acquiescement ; je n'avais pas le moindre doute qu'elle comprenait ce que je voulais dire. « Et toi ?

— J'ai continué sur le même chemin. » Je regardais dehors dans la lumière gris-blanc à travers la pluie battante, maintenant j'avais chaud. J'ai retiré mon blouson, je l'ai jeté derrière. « Comme quelqu'un enfermé dans une boîte. Je ne me rappelais même plus pourquoi j'avais commencé, ce qu'il y avait eu à l'origine.

— Et l'envie t'est venue de sortir de la boîte ?

— Oui. Mais il y avait aussi mon associé et tous les autres, dans la boîte. Et ma femme et mon fils, avec eux non plus je ne me rappelais pas pourquoi j'avais commencé. Ça me paraissait un genre d'envie irréalisable. Comme l'envie de faire un voyage qui ne finirait jamais.

— Comme l'envie de vivre une journée qui durerait vingt-huit ou trente-deux heures.

— Oui.

— Avec la même incrédulité que pendant le dernier kilomètre avant la mer, quand il ne semble même plus sûr qu'on finisse par y arriver.

— Oui… Oui. » Même mon incrédulité d'être avec elle en voiture était sans fin : à quelques centimètres de distance et hors du monde, avec des millions de litres d'eau qui nous dégringolaient dessus sans plus nous mouiller.

« Comme de manger une chose que tu aimes et d'avoir toujours faim.

— D'écouter une musique nouvelle et ne pas manquer la surprise des premières notes.

— De ne manquer la surprise de rien. »

Nous nous sommes regardés, de cette façon fragmentée que nous avions. « D'être dans un moment et de ne plus jamais en sortir. »

Elle a ralenti parce qu'il y avait un vent latéral très fort qui nous déportait et que la route était de plus en plus difficile à voir. « Et ça te paraît une envie irréalisable ? m'a-t-elle demandé.

— Non. Mais ça requiert une série de coïncidences hautement improbables.

— C'est-à-dire ? » Elle me sondait du regard.

« Tout ce qui arrive aux gens est fonction de circonstances multiples. Nous les appelons des coïncidences, non ?

— Heu-heu… » Elle faisait oui de la tête.

« Pourtant ce sont presque toujours des choses qui arriveraient forcément, tôt ou tard. Je ne sais pas, deux personnes vivent dans le même pays, le même quartier ou le même immeuble, ou vont à la même école, travaillent dans le même bureau, et à un moment ils s'adressent la parole, se plaisent et se mettent ensemble.

— Oui. Mais il faut déjà beaucoup de coïncidences pour que cela arrive.

— Mais ce sont des coïncidences probables.

— Et quelles seraient des circonstances improbables ? » Elle a passé une main sur le pare-brise, on ne voyait pratiquement rien.

« Quand deux personnes se trouvent au même endroit par hasard et une seule fois, et pour une période très brève. Elles se croisent seulement, pour des raisons qui n'ont rien à voir avec une habitude ou avec des faits stables ou récurrents. Et s'il n'arrive rien entre eux à ce moment-là, ça n'arrivera plus jamais.

— Et d'après toi ça fait une différence ?

— Et comment ! C'est comme si le destin te donnait une seule chance et concentrait tout dans ce moment précis, en le faisant durer si peu que la plupart des gens ne s'en rendraient même pas compte, ou ne seraient pas prêts à réagir à temps.

— Et toi ? Tu t'en rends compte, d'habitude ?

— Il n'y a pas de "d'habitude". Ça n'arrive qu'une seule fois, si même ça arrive. »

Nous nous sommes tus. Je songeais que ces choses n'arrivent vraiment qu'une seule fois, et que ma théorie ne se fondait sur aucune expérience, par définition. Maria Chiara conduisait moins vite ; la pluie tombait dru comme dans un tunnel de lavage de voiture, le ventilateur soufflait à toute force, nous étions dans la chaleur artificielle et dans l'écho de nos paroles, dans l'électricité de notre proximité, et rien au monde ne me manquait. Je songeais aussi que je n'avais pas été tellement prêt à réagir, la veille au soir, devant l'hôpital ; que je parlais maintenant en dompteur de coïncidences hautement improbables parce que j'étais là avec elle, mais qu'avec autant de facilité j'aurais pu être seul et malheureux, plein de regrets à distance.

« De toute façon, tu as fini par y arriver, non ? À sortir de la boîte et à partir à la campagne avec les chevaux ?

— Oui. Mais tu n'y étais pas. »

Elle m'a regardé, et je me suis rendu compte trop tard de ce que j'avais dit : je me suis senti exposé à un danger, idiot de n'avoir rien voulu savoir d'elle et de m'être mis à parler tellement de moi ; j'aurais voulu comprendre ce qui lui passait par la tête.

Elle a freiné brusquement, elle s'est penchée pour distinguer quelque chose par ma fenêtre ; elle a dit : « Nous y sommes. » Puis : « Enfin, je crois », et elle a tourné à droite. Nous avons parcouru un chemin de terre qui ressemblait à un petit fleuve, et un instant plus tard nous étions arrêtés devant un hangar, hors du gris-blanc d'eau et de mouvement qui nous avait enveloppés jusqu'à présent.

Il m'a fallu plusieurs secondes pour m'habituer à la réduction inattendue des vibrations ; j'ai replié les jambes et je me suis redressé sur le siège avec un frisson de faiblesse intérieure.

Maria Chiara m'a regardé, elle semblait sur le point de parler. Pourtant elle s'est retournée pour prendre le coffret en bois derrière le siège, et elle a dû tirer fort pour le soulever. Elle a dit : « On y va ? » mais elle ne donnait toujours aucun signe de vouloir sortir. La pluie martelait la voiture et le ciment inondé tout autour ; nous regardions tous deux dehors avec la même forme de réticence.

Puis elle a ouvert brusquement la portière pour bondir au-dehors, et j'ai bondi aussitôt après elle ; nous avons sauté à grandes enjambées par-dessus les flaques et les rigoles qui couvraient les quelques mètres nous séparant du hangar, nous nous sommes agrippés à la poignée d'une grande porte à glissière et l'avons ouverte.

À l'intérieur il faisait chaud comme dans une énorme boulangerie, l'espace était occupé par de longs rayonnages superposés et des établis en bois épais ; la pluie martelait le toit en plastique ondulé, rendu opaque par la lumière, au fond le bruit se mêlait au souffle continu de plusieurs fours. Il y avait trois ou quatre ouvriers en tablier de travail qui allaient et venaient avec des plateaux en bois chargés de carrelages, de plats et de vases cuits ou à cuire ; le plus âgé, lorsqu'il a vu Maria Chiara, l'a saluée d'un grand geste.

Nous sommes restés un moment immobiles au chaud, et une minute plus tard a surgi de derrière les rayonnages une femme d'une soixantaine d'années en salopette de jean et en tablier comme les ouvriers. Elle s'est exclamée : « Mari ! » Elle et Maria Chiara se sont embrassées et regardées ; puis Maria Chiara a fait un geste vers moi en disant : « Luca, Elisa. » La femme qui s'appelait Elisa s'est essuyée sur sa blouse et m'a serré la main ; elle m'a fixé d'un regard si intense et si clair que j'en ai éprouvé une bizarre sensation de recul.

Maria Chiara a posé son coffret en bois sur l'un des établis et l'a ouvert ; elle en a tiré deux pots de laque bleu cobalt, et elle a dit : « La vraie d'Oconal. »

Mme Elisa en a pris un et l'a regardé par transparence ; elle paraissait contente mais de manière un peu abstraite ; elle a dit : « C'est beau. »

Maria Chiara l'observait de près. « C'était ça que tu cherchais, non ? » Elle n'en semblait pas sûre.

« Oui, oui », a dit Mme Elisa, et elle a posé le pot. « Merci. » Elle regardait déjà ailleurs.

Maria Chiara l'a contournée pour requérir son

attention, dans un élan nuancé de circonspection qui me donnait l'impression d'être exclu et éveillait en moi une forme incompréhensible de tendresse. Elle a demandé : « Comment ça marche ?

— Oh, bien », a répondu Mme Elisa avec un soupir. C'était une belle femme, grande, légèrement voûtée, mais bien équilibrée dans ses mouvements. Elle avait un air de spiritualité mais aussi quelque chose d'enfantin ; ses longs cheveux gris étaient rassemblés en chignon, elle portait des lunettes en demi-lune accrochées à un cordon rouge, et un chemisier blanc brodé sous sa salopette. L'extrême simplicité de ses manières était traversée d'une ligne exotique, d'exilée ou de missionnaire en terre lointaine, plutôt que d'artiste-artisan travaillant la céramique dans son four. Elle a dit : « Je vais vous faire voir les dauphins », et nous a fait signe de la suivre.

Maria Chiara lui a emboîté le pas, et moi le sien ; je cherchais à établir un contact visuel mais elle était trop absorbée pour s'occuper de moi. Mme Elisa s'est arrêtée devant des tréteaux sur lesquels étaient alignés des carreaux décorés de dauphins dans le style minoen. Maria Chiara s'est exclamée : « Qu'ils sont beaux ! » d'une voix très expressive, comme si elle parlait à une étrangère. Dans son enthousiasme, elle s'est tournée vers moi : « Ils te plaisent ?

— Beaucoup. » Je me demandais quel rapport il y avait entre elles : si elles s'étaient rencontrées par hasard ou pour le travail, si Maria Chiara avait assumé une mission de sponsor ou de disciple, de chercheuse de références.

Mme Elisa nous a fait voir d'autres carreaux, des jattes, des plats et des vases qui représentaient diverses figures de la mythologie grecque de l'eau, des Aphrodites et des tritons, des sirènes et des nymphes, des naïades, peintes de manière méticuleuse et ingénue qui correspondait à l'esprit dans lequel elle nous les montrait l'une après l'autre. Elle nous a fait voir une femme à la chevelure ondulée avec des ailes dans le dos et à ses sandales. « Voici Iris. » Elle nous regardait, Maria Chiara et moi. « Fille de Thaumas fils de Pontos, et d'Électre fille d'Océan. » Elle était passionnée par ses sujets, et surprise, comme si elle ne les avait pas peints elle-même mais qu'ils se soient trouvés là, devant elle, matérialisés par miracle.

Maria Chiara l'écoutait avec la même attention très concentrée qu'elle avait eue pour moi en voiture, quand je lui parlais de mon ancien métier : elle avait les yeux qui brillaient. Elle paraissait heureuse d'être là, après ce long trajet sous la pluie pour y parvenir; sa nervosité avait disparu. Le vieil homme qui l'avait saluée est venu l'étreindre de ses grosses mains d'artisan, la regarder et lui sourire d'un air protecteur; elle lui a posé des questions et l'a taquiné sur un ton de compagnonnage, jusqu'au moment où il a dû retourner au four.

L'air était si sec et si chaud que nos chaussures étaient déjà sèches; il me semblait entendre un effet similaire dans nos voix et nos gestes, et même nos pensées, comme si nous nous étions soudain trouvés dans un moment d'été torride qui nous eût déshydratés et surexposés.

Nous sommes retournés à la grande table sur laquelle Maria Chiara avait laissé son coffret de bois. Elle a dit à Mme Elisa : « Je t'avais apporté ces dessins. Mais on les regardera une autre fois.

— Non, non », a insisté Mme Elisa. Elle a chaussé ses lunettes en demi-lune : « Voyons-les », comme si elle avait été aussi près de les voir que de ne pas les voir, sans qu'aucune des deux possibilités l'ait particulièrement touchée.

Maria Chiara a tiré du coffret quelques feuillets et les a timidement posés sur la table. Mme Elisa a commencé à les faire glisser l'un par-dessus l'autre : des oiseaux, des fleurs et des arbres peints en détrempe ou à l'encre de Chine, d'un trait essentiel ; des dames habillées et chapeautées, debout de profil et alanguies dans des fauteuils, des messieurs en veston avec des cigarettes, peignés avec soin et prenant des poses ; des couples, des petits groupes, des enfants, des chiens. On aurait dit le monde vu par un habitant d'une autre planète, avec le plus curieux mélange d'aptitude à cueillir les détails significatifs et d'absence de familiarité, qui donnait à chaque scène une qualité d'observation lancinante.

Je les regardais par-dessus l'épaule de Mme Elisa, et j'ai demandé : « Qui les a faits, ceux-là ?

— Moi », a répondu Maria Chiara, à mi-voix, sans me regarder ; elle était entièrement concentrée sur les expressions de Mme Elisa qui les faisait glisser entre ses mains.

Mme Elisa ne semblait guère frappée par le talent de Maria Chiara ; elle regardait aussi ses dessins comme s'ils avaient résulté de circonstances extérieures surprenantes, indépendantes de la volonté ou de la capacité de quiconque. De temps en temps elle disait : « Regarde ça », ou « Tiens », ou « Oui ». Elle posait l'index sur un détail et éloignait le feuillet pour mieux voir, mais en général elle était perdue à un autre niveau de considérations, difficiles à percevoir.

Maria Chiara lui a fait réexaminer deux ou trois feuillets qui avaient glissé trop vite parmi les autres, elle a expliqué le portrait d'une grosse dame étendue, elle a mis dans l'ordre trois dessins qui faisaient partie d'une même série. Elle semblait attendre un jugement, un encouragement, ou au moins une observation technique ; elle changeait de position, son regard continuait à sonder.

J'aurais voulu lui dire l'effet qu'ils me faisaient à moi, mais elle ne s'intéressait qu'à ce qu'en pensait Mme Elisa, dans la chaleur pulsée du grand hangar de céramiques.

Mme Elisa a cessé de regarder, elle a posé le paquet de dessins sur la table et a dit : « Merci, Mari. » Elle a ôté ses lunettes et les a laissé pendre au bout de leur cordon rouge. Elle souriait, mais elle paraissait encore plus distante. « Bon, maintenant il faut que je me remette au travail, si je veux finir quelque chose pour ce soir. »

Je me suis demandé si c'était l'habitude ou son caractère qui l'empêchait d'être frappée par le talent de Maria Chiara, ou s'il n'y avait pas plutôt une fine trace de jalousie dans le flou de ses réactions.

Maria Chiara a dit : « Bien sûr », avec cette curieuse sollicitude qu'elle lui manifestait. Elle regardait ses dessins sur la table. « Je te les laisse là ? » mais il était clair qu'elle aurait voulu poser des questions beaucoup plus étendues.

« Oui, oui, a dit Mme Elisa. Ne t'inquiète pas, Mari », comme pour parler de la vie en général plutôt que de ses dessins. Elle a embrassé Maria Chiara, m'a serré la main, et aussitôt elle est allée expliquer quelque chose à l'un des ouvriers, on aurait dit qu'elle nous avait déjà complètement oubliés.

Maria Chiara et moi avons traversé l'été chaud et sec, sans un souffle d'air, du hangar, nous avons poussé la porte à glissière, nous nous sommes précipités dehors dans le mois de mars inondé de pluie, et nous avons couru jusqu'à la voiture.

Lorsque nous nous sommes retrouvés sur la route dans un interminable tunnel de pluie sans avoir même parlé de la direction à prendre, j'ai dit : « Quelle femme, hein ?

— Comment ça ? » Elle me regardait.

« Intéressante. » Mais je n'arrivais pas à être sincère, on

aurait dit que mes derniers filtres mentaux s'étaient dissous dans l'atmosphère du hangar. « Un curieux mélange d'excentrique fanatique, de noble exilée, et de vieille cloche illuminée, je ne sais pas. Et puis tellement lointaine. Tu lui apportes les dessins les plus spirituels, percutants et justes que j'aie vus de ma vie, et elle ne t'en dit à peu près rien.

— C'est ma mère.

— Je ne voulais pas dire cloche. » Je m'embrouillais. « Pas dans un sens offensant.

— Ne t'en fais pas. Je sais bien comment elle est.

— Mais illuminée. Elle a cette lumière dans le regard, non ? » Le fait de m'avoir emmené avec elle me paraissait à présent un geste incroyable de confiance.

« Oui. » Elle regardait devant elle.

J'essayais de comparer ses traits à ceux de sa mère, je regrettais de ne pas l'avoir fait quand nous étions dans le hangar. « Elle savait déjà, pour Alberta ?

— Non. » Il y avait une influence évidente du regard de sa mère dans le sien, mais mêlé à une composante plus terrestre, beaucoup plus présente, heureusement.

« Comment, non ? » Je ne comprenais pas.

« Non. Tu l'as vue. » Elle roulait vite à nouveau. « Elle est toujours comme ça.

— Comment, comme ça ?

— Comme ça. » Elle était sur la défensive. « Ce n'est pas le genre de personne que tu peux impliquer dans des situations pratiques en espérant qu'elle va t'aider. Même quand nous étions petites et que nous avions un problème, il ne nous serait jamais venu à l'esprit de lui en parler. Elle aurait tout dramatisé terriblement, ou bien déclaré que ça n'avait aucune importance.

— Et ce n'était pas difficile, pour toi et Alberta ? » J'avais une caméra mentale qui s'enfonçait à reculons dans les couloirs du temps pour fabriquer des images, sans avoir assez d'éléments pour qu'elles soient dignes de foi, mais j'arrivais tout de même à m'emplir d'inquiétude.

« Si, un peu. Dans toutes les petites choses qui, avec ma mère, étaient trop bizarres ou trop difficiles. » Elle a donné un coup de volant au dernier moment pour éviter une camionnette presque à l'arrêt sous la pluie ; nous avons fait une incursion sur l'autre voie puis nous avons regagné la nôtre sans réussir à déceler les vraies limites de la route. « Il lui arrivait d'être terriblement présente, mais tu ne savais jamais pour combien de temps. Elle nous apprenait à peindre, elle nous lisait des livres et nous emmenait voir les musées ou faire des excursions dans la nature. Elle était merveilleuse, et puis brusquement elle n'était plus là. Elle était partie, le regard transfiguré, et toute idée d'engagement quotidien lui paraissait absolument intolérable. Comme de nous préparer à manger, ou faire des courses, je ne sais pas. Quelquefois nous lui disions qu'il n'y avait plus rien dans le réfrigérateur, elle secouait la tête de l'air le plus désolé du monde et disait : "Comme vous êtes triviales." Et elle le pensait vraiment, elle en souffrait.

— Vous en souffriez aussi, j'imagine.

— Oui. » Elle se mordillait les lèvres. « Nous n'étions pas idiotes, ni insensibles. » Nous nous sommes engouffrés dans une flaque profonde comme un abîme, et nous avons soulevé des gerbes d'écume comme un hors-bord. « Et à bien y repenser maintenant, elle avait raison ; notre père s'était déchargé sur elle de la famille, sur cette femme intelligente, cette artiste, mais à l'époque nous avions du mal à le comprendre.

— Je l'imagine bien », ai-je dit, car c'était ce que je continuais à faire. « Et votre père, il était comment ?

— Notre père n'était pratiquement jamais là. » Elle a ralenti pour distinguer les panneaux d'un carrefour, puis accéléré à nouveau. « Il était presque toujours parti, à des congrès ou pour des recherches aux quatre coins du monde, pour ses plantes. Mais même à la maison, il était sans cesse débordé. Ça a toujours été sa façon de se soustraire à toutes les responsabilités en ce qui nous concernait.

— Quelles plantes ? » ai-je demandé, en retard sur le scénario qui continuait à se construire derrière elle, un fragment après l'autre.

« Il était botaniste. Et il l'est encore. Il est parti vivre à la montagne, tout seul, depuis plusieurs années.

— Et il ne s'occupait pas de vous ? Ni de votre mère ?

— Il s'occupait surtout de lui-même », a-t-elle dit, sans rancune, comme une constatation qui l'étonnait encore. « Mais naturellement, il s'attendait à ce que nous nous occupions de lui, notre mère et nous, et que nous y voyions là un grand privilège. »

J'avais des images assez précises d'elle petite, attentive, sensible, nerveuse comme elle l'était maintenant.

Elle a repris : « Quelquefois, quand il était parti, il nous envoyait de longues lettres pleines de détails, mais qui ne parlaient que de lui et des plantes. Quand il revenait, il demandait à ma mère de lui les rendre, pour les garder en vue d'une éventuelle publication. »

Dehors la pluie avait ralenti son rythme, mais le paysage bas était complètement noyé : vus de la fenêtre, les champs, les fossés et les canaux ressemblaient à des rizières en Chine.

« Tu ne m'en avais pas parlé.

— De quoi ? » Elle conduisait comme si elle cherchait à deviner le chemin sans vraiment le voir à travers l'eau.

« Tu ne m'avais même pas confié que tu dessinais. »

Elle m'a regardé brièvement à plusieurs reprises. « C'est toi qui ne voulais rien savoir sur moi.

— Je ne voulais pas dire rien. » Je songeais au stupide moyen d'autoprotection que cela avait été. « Je voulais dire rien de personnel.

— Pourquoi, mes dessins ne sont pas assez personnels ?

— Mais si. Je ne voulais pas dire ce genre de personnel-là. » Je songeais combien le peu que je savais d'elle à présent donnait à chacun de ses gestes, à chacun de ses regards, une légère coloration de douleur, une lassitude de choses obtenues peu à peu, au fil de parcours compliqués.

« Alors quel genre de "personnel" ?

— Personnel personnel. » Là encore, il me semblait n'avoir à ma disposition que des instruments trop standardisés pour lui dire ce que je voulais. « Je voulais dire intime.

— Et pourquoi ? » Elle me regardait.

J'ai mis les pieds sur le tableau de bord, je les ai remis par terre ; j'aurais voulu que la pluie reprenne avec sa furie d'ouragan, comme avant. « Par peur, je pense. »

Elle s'est mise à rire, à sa manière vive. « Tu es vraiment un type bizarre.

— Et pas toi ? » Parler à ce niveau de confiance ouverte me faisait battre le cœur ; j'ai regardé la pluie qui continuait à s'abattre au-dehors sur le paysage épuisé. « Tu n'es pas bizarre, toi ?

— Mais il n'y a pas de quoi se vanter, d'être bizarre, a-t-elle dit avec une petite crispation. C'est aussi une façon de se cacher. D'accomplir l'incompréhensible et l'inaccessible. C'est un moyen de fuir.

— Je ne fuyais pas. » Je la regardais de profil : il me semblait que si par hasard elle n'avait plus été là sur ma gauche, tout le reste se serait dissous en moi sans rien laisser. « Je ne fuis absolument pas. »

Il avait presque cessé de pleuvoir, et nous étions arrivés au bout de la route : il n'y avait plus rien, à part un terre-plein pour faire demi-tour, des panneaux publicitaires, des baraquements, la plage et la mer un peu plus loin, et une route défoncée qui longeait la côte sur la droite.

Maria Chiara a éteint le moteur. Nous sommes restés

immobiles et muets à regarder devant nous, à guetter nos profils et nos respirations de manière détournée. J'avais des questions en tête, mais tellement illimitées que je ne savais pas par quel bout les prendre. Maria Chiara a dit : « On marche un peu ? »

Elle a ouvert la portière et nous nous sommes glissés dehors, nous avons posé le pied sur l'asphalte couvert de flaques et de rigoles. Il avait cessé de pleuvoir, mais l'air était saturé d'eau pulvérisée, le ciel chargé de nuages sombres en mouvement sur des crevasses de lumière froide. Nous avons contourné les flaques les plus profondes avec circonspection, nous nous regardions sans rien laisser paraître. Il n'y avait personne dans les parages ; les baraques des bars et des petits restaurants de bord de mer étaient fermées, leurs tables en bois cadenassées.

Maria Chiara a escaladé un muret ; je l'ai suivie le long du mur d'enceinte d'un établissement balnéaire. Il y avait des rangées de cabines décolorées, des terrasses en ciment noyées, des balustrades en fer rouillées, des vieilles cannisses détrempées. Nous avons marché au-delà des dernières constructions, sur le sable foncé et lourd. Je ressentais une impression de participation extrême dans sa façon de regarder autour d'elle, de remuer les bras, de tourner la tête. J'ai essayé de lui laisser prendre un peu d'avance pour tester les limites maximales de la distance acceptable entre nous, et c'étaient des limites très basses : huit ou neuf mètres suffisaient à éveiller en moi l'impulsion désespérée de lui courir après.

Je lui ai couru après ; quand je l'ai rejointe, j'étais bien trop essoufflé pour la course que je venais de faire. « Maria Chiara...

— Quoi ? » Elle me regardait et elle regardait en direction de la mer.

J'ai regardé en l'air : la lumière et l'obscurité qui jouaient à travers le ciel offraient un spectacle incroyable et pourtant il ne m'intéressait que pour le jeu de lumière et d'obscurité dans ses yeux.

Nous avons continué à marcher jusqu'au bord de l'eau couleur de plomb harassée d'avoir été martelée pendant des heures par la pluie : elle ne parvenait à produire que des petites vagues muettes qui léchaient le sable et se retiraient aussitôt telles des langues épouvantées. Nous humions l'air saumâtre, nous serrions nos poings au fond de nos poches ; chaque pas devait vaincre la pente douce de la plage.

Nous étions timides, aussi, parce que nous nous connaissions à peine même si nous nous connaissions un peu, et que nous continuions à osciller entre ces deux conditions sans réussir à en faire prévaloir une. À un moment, nous nous sommes trouvés épaule contre épaule sur le remblai brise-lames, et il m'a semblé qu'il n'en aurait pas fallu beaucoup pour que je lui passe un bras autour des épaules et que je l'attire contre moi ; mais j'étais parcouru par trop de sensations de grandeur variable, et elle ne disait rien. J'ai fait un geste vers la mer et le ciel, j'ai dit : « Imagine de manquer tout ça.

Comme ça aurait été facile. Comme ça aurait été normal. »

Elle a fait oui de la tête, esquissé l'ombre d'un sourire. Mais c'était un genre de sourire triste, et j'étais mécontent de mon intonation comme si je l'avais écoutée au magnétophone ; j'ai dit : « Baaaaa baaaaa », juste pour rompre l'impression sonore. J'ai tiré du sable un morceau de racine tordue et je l'ai lancé dans la mer ; il a fait deux ou trois ricochets.

Nous avons marché plus haut, entre les morceaux de bois, les coquillages, les bidons cabossés en fer-blanc, les bombes d'insecticide, les jambes roses de poupées, les fragments blancs de polystyrène expansé et les vieux flacons en plastique jaune. Nous nous arrêtions et faisions volte-face, nous posions les pieds, levions les genoux et regardions par terre comme des échassiers en quête de nourriture ; j'étais à chaque pas plus étonné de la vigueur tenace du moment, et plus inquiet quant à la possibilité qu'il continue de se répandre autour de nous. Je songeais qu'il ne fallait pas y penser, si je voulais que ça dure, et pourtant je n'arrivais pas non plus à faire comme si c'était la chose la plus sûre et la plus durable du monde : j'allais et venais entre des sensations et des impressions, entre la densité des faits et la peur du vide.

Puis les nuages ont soudain refermé toutes les trouées en un front qui s'est renforcé jusqu'à devenir noir ; ils ont commencé à produire une vibration sourde et un souffle de vent croissant qui venait de l'intérieur des terres, apportant des sacs en plastique, des pages de journal trempées et des grosses gouttes dures ; le vent s'est mis à écailler la surface de la mer pour y semer une écume blanche jusqu'à l'horizon avec une furie qui consumait les distances à la vitesse de la lumière.

Maria Chiara m'a regardé, et sans rien dire nous nous sommes mis à courir vers les terres, contre le vent, la pluie, la pente de la plage et le poids du sable sous nos pieds. En quelques secondes, la pluie est devenue si crépitante, si serrée, si oblique, que toute tentative de s'en protéger ou d'en atténuer les effets eût été dérisoire, mais nous avons quand même continué à courir de toute la force de nos jambes, comme pour lutter contre le temps, contre l'inévitabilité des choses et leur tendance continuelle à la transformation. Les gouttes dures nous martelaient les yeux et le front, elles pénétraient nos cheveux, nos vêtements et nos chaussures, elles nous trempaient bien plus que lorsque nous étions sortis de l'hôpital en courant. C'était comme si la pluie avait relevé un défi, elle produisait un bruit furieux tandis que le vent la tirait à l'oblique depuis les nuages en mouvement au-dessus de nos têtes. Il me semblait avoir toutes les sensations du monde réunies sur ma peau, dans mes poumons, dans mon cœur et dans mes oreilles, et inversement je me voyais aussitôt après de loin comme un dérisoire élément du paysage : un minuscule point courant derrière un autre point entre la surface sombre du ciel et celle plus claire de la plage. L'idée de cette petitesse me faisait courir plus vite et plus précipitamment, comme une angoisse plus aiguë de rejoindre Maria Chiara et de supprimer la distance, de ne pas rester seul.

Nous sommes arrivés pliés en deux à la fourgonnette, rouge dans toute cette eau, qui n'est apparue que dans les derniers mètres. Maria Chiara a ouvert la portière et nous nous sommes précipités à l'intérieur l'un derrière l'autre, en nous poussant sur les sièges, et nous nous sommes regardés avec une soudaine euphorie de rescapés. Et là encore j'ai été sur le point de l'embrasser dans la confusion des mouvements et de l'essoufflement, dans le bruit de la pluie et les secousses latérales du vent, mais elle s'est glissée entre les deux sièges pour se mettre à l'arrière, elle a retiré ses chaussures pleines d'eau et son chapeau trempé, et elle s'est mise à fouiller dans deux grands sacs-poubelle en plastique gris.

« Qu'est-ce que c'est ? » J'avais une totale déformation de perspective.

« Des affaires d'Alberta. » Elle tenait à la main un pantalon de velours cramoisi. « À donner ou à vendre, à une boutique, ou sur un marché, je ne sais pas. » Elle fouillait dans les étoffes de toutes les couleurs, sous le toit de la fourgonnette un peu surélevé mais pas assez pour qu'elle puisse se tenir droite. Elle a commencé à ôter son jean gris trempé, en disant : « Ne regarde pas.

— Bon, bon. » Je me suis retourné de l'autre côté, mais trop tard pour ne pas voir ses jambes claires qui se dégageaient de la toile mouillée. J'ai ôté ma veste et mes chaussures ; nous étions trop trempés, embrouillés et hors d'haleine, l'un comme l'autre, pour pouvoir garder longtemps une position cohérente sur quoi que ce soit. Je me suis retourné vers elle ; elle avait enfilé le pantalon de velours cramoisi mais il était trop large et trop long d'au moins deux tailles et elle avait déjà commencé à le retirer, et je me suis mis à rire.

« Qu'est-ce qui te fait rire ? » Mais elle riait aussi, à moitié pliée en deux, avec ses cheveux trempés et le rouge du pantalon qui découvrait en partie la blancheur de ses jambes.

Je me suis faufilé à l'arrière aussi, mon sans-gêne étant neutralisé par l'état de mes vêtements, la furie de la pluie et les limites de l'habitacle qui ondulait et frémissait sous la pression du vent. « Il n'y a pas quelque chose pour moi aussi ? »

Elle a dit : « Je ne sais pas », sans vraiment me regarder en face. Comme elle continuait à fouiller dans le sac, je me suis mis à fouiller dans l'autre ; nous faisions voler des chemises, des chandails et des pantalons aux formes et aux couleurs les plus bizarres, nous nous heurtions, nous riions. Il y avait un châle à fleurs rouges et bleues, je l'ai ouvert en grand et j'ai essayé de l'en envelopper, et elle s'en est débarrassée pour me le jeter dessus ; je l'ai étendu au-dessus de nos têtes tandis que nous continuions à rire et à nous bousculer, tel un dais qui filtrait la lumière menaçante du dehors et la rendait chaude comme la lumière d'un feu ou d'une feuille, ou d'une carte de géographie, ou d'une habitation primitive vue par transparence. Et je l'ai embrassée sur une joue, mais cela faisait partie de notre bousculade et de nos rencontres tête contre tête, tempe contre tempe, épaule contre épaule sous l'étoffe colorée dans la fourgonnette qui nous abritait et qui résonnait tout autour de nous. Nous nous sommes encore heurtés, nous nous sommes touché les bras, les mains, les flancs, les jambes : les sensations nous traversaient sans noms, nous étions proximité, température, substance, peau, cheveux, étoffes, lumière rougeâtre-bleuâtre, traînées longues et courtes de regards, de contact et d'absence de contact. Nous continuions à rire, à reprendre notre souffle, à respirer l'un contre l'autre et à nous détacher, à perdre l'équilibre et le retrouver : nous étions simples et ahuris, en syntonie parfaite avec le moment.

Maria Chiara a pêché dans le tas d'étoffes un pantalon jaune et m'a dit : « Mets ça. » J'ai ôté le mien qui était trempé comme une chiffe visqueuse, et j'ai enfilé le jaune qui était trop serré, en équilibre instable sur un pied et sur l'autre et plié en avant pour ne pas me cogner la tête contre le toit, sans réussir à m'arrêter de la pousser un peu et d'essayer de lui prendre les vêtements qu'elle tentait de mettre tandis qu'elle me repoussait, se jetait sur moi, me regardait, regardait ses pieds, puis dans un sac et dans l'autre et en tirait encore de vieux habits. Le pantalon jaune était ridicule sur moi, telles des chausses de page médiéval, j'ai protesté : « Non, non », et Maria Chiara m'a affirmé : « Ça te va très bien », puis elle a ri encore plus fort et elle a enfilé un vieux jean à pattes d'éléphant, déteint en deux tons de bleu ciel ; je lui ai demandé : « Fais voir » et elle a tourné sur elle-même pour me faire voir, j'ai essayé de l'embrasser encore, et elle m'a passé un T-shirt avec un soleil dessus et une veste en coton écru qui me bridait aux épaules, qui me faisait mal et rire à la fois ; elle a mis un chandail à rayures jaunes et rouges comme une couverture de magazine des années soixante-dix, comme un panneau de signalisation, comme un néon clignotant dans une ville au crépuscule, et le châle-dais a glissé ; la lumière grise nous a éblouis, nous avons chancelé et nous nous sommes retrouvés étendus sur les tas de vieux vêtements à même le sol métallique, presque enlacés mais pas vraiment, dans un enchevêtrement de sensations électriques très diffuses et très localisées, et nous avons mis plusieurs longues minutes à nous redresser.

Maria Chiara a dit : « J'ai faim. » Je me suis rendu compte que j'avais faim aussi ; un genre de faim qui semblait provenir d'années entières passées sans manger ni même imaginer de manger.

« Mais tout est fermé ici. » Je regardais dehors par la fenêtre et je ne voyais que la pluie.

« Je connais un endroit. » Elle me regardait à sa manière obstinée et mystérieuse.

Nous sommes retournés à l'avant en nous glissant entre les sièges, liés par les vêtements que nous avions sur le dos. Maria Chiara a tourné la clé de contact, et cette fois encore il semblait très peu probable que la vieille fourgonnette réussisse à démarrer sous les tonnes de pluie qui tombaient, mais elle est partie : pieds nus, Maria Chiara a écrasé l'accélérateur. Nous avons pris le chemin de terre transformé en fleuve de boue, comme si c'était l'eau qui nous entraînait dans le courant et que nous soyons réduits à tourner le volant pour jouer, sans être réellement maîtres de la direction ni de la vitesse.

Nous avons tout de même continué à progresser, en alternant les regards vers l'avant et les regards entre nous, hilares et épouvantés à la fois, stupéfaits de chaque mètre que nous arrivions à parcourir sans que le moteur s'arrête ni que le courant nous balaye de la route pour nous envoyer bouler dans les fossés et les champs inondés.

Puis Maria Chiara a coupé le moteur ; nous étions devant une petite baraque de restaurant qui semblait fermée depuis des mois et pour encore des mois. Elle a klaxonné ; quelques secondes plus tard nous avons vu une femme derrière les vitres, qui faisait signe de la main.

Nous sommes descendus et nous avons couru tellement vite pour contourner le capot de la voiture, qu'en arrivant à l'intérieur nous n'étions mouillés que superficiellement, mais avec nos pieds nus couverts de boue.

À l'intérieur, il y avait une femme avec des cheveux poivre et sel si raides et coupés si court qu'ils lui donnaient l'air d'un gros porc-épic ; elle s'est exclamée : « Maria Chiara ! Qu'est-ce que tu fabriques ici, avec tout ce qui tombe ?

— Tu vois », a dit Maria Chiara en l'embrassant.

De l'arrière-salle est arrivée une femme plus maigre qui était tout aussi surprise, et elle l'a embrassée avec le même élan familier. Maria Chiara m'a présenté ; toutes deux m'ont serré la main et m'ont regardé comme pour se faire une idée de qui j'étais, seulement les vêtements que je portais ne m'avantageaient guère.

J'ai dit : « Ils ne sont pas à moi », mais mon geste s'est perdu dans leur jeu de regards et de positions, et ma voix dans le vacarme de la pluie sur le toit en tôle ondulée et la structure fragile des parois en bois.

Maria Chiara faisait un drôle d'effet aussi, maintenant que je la regardais dans une lumière neutre et à distance rapprochée : nous avions l'air de sortir tout droit de la pochette d'un disque de Jimi Hendrix, moi par contre j'étais ridicule tandis qu'elle ne perdait rien de son élégance naturelle.

La dame porc-épic a dit : « Alors, Mari ?

— Nous mourons de faim », a répondu Maria Chiara.

Et je m'émerveillais de l'entendre parler au pluriel, et de la voir aussi réaliste malgré tous les soubresauts mentaux qu'elle provoquait en moi. J'ai renchéri. La veste me serrait les côtes et l'épaule gauche, et le pantalon jaune limitait les mouvements de mes jambes.

La dame porc-épic m'a encore regardé ; et là encore il m'a paru qu'elle n'arrivait pas bien à me situer. « Mais nous n'avons rien, mon ange. Au maximum, je peux vous bricoler une omelette.

— N'importe quoi fera l'affaire », a dit Maria Chiara en traversant la salle au milieu des tables avec les chaises retournées dessus ; elle a disparu vers l'arrière, là où devaient être les toilettes, et m'a laissé seul et n'aspirant qu'au contact, dans mes vêtements ridicules.

La femme plus maigre a descendu les chaises d'une table près de la baie vitrée; la dame porc-épic m'a demandé : « Vous buvez du vin ?

— Oui. » Je cherchais à distendre le coton humide de la veste pour me sentir un peu moins à l'étroit. Toutefois je ne regrettais pas mes vêtements; cela accentuait la sensation d'avoir quitté ma vie connue et de me trouver en territoire neuf, sans cartes ni boussoles, sans bagages ni pendule, sans adresse où je puisse recevoir des appels téléphoniques ou du courrier. J'ai songé que les liens, les engagements et les préoccupations de ma version précédente ne me regardaient pas, que j'étais libre... ou presque.

La dame porc-épic a apporté une carafe de vin rouge; elle m'a demandé : « Tu ne t'assieds pas ? » Un instant plus tard Maria Chiara est revenue. Nous nous sommes assis, et je restais interdit devant sa nature tridimensionnelle : la voir vraiment là devant moi, solide et réelle, avec encore une trace des rires d'avant sur les lèvres et au coin de l'œil. J'ai versé le vin; il avait une couleur sombre et légèrement trouble de vin artisanal et non traité; j'ai fait tinter mon verre contre le sien avant même qu'elle ne le soulève, et j'ai bu une longue gorgée.

Elle a tenu son verre quelques instants dans sa main puis l'a vidé sans reprendre son souffle, avec la tête renversée en arrière de cette manière extrémiste qui commençait à m'être familière.

Il m'est venu à l'esprit combien Anna, au contraire, était contrôlée, fiable et prévisible dans sa nature parfaitement abstème : a défilé dans ma tête un petit catalogue de ses gestes secs, sans ombre. J'ai aussitôt tenté de couper court à ces images et à celles, plus angoissantes, qu'elles entraînaient, mais ce n'était pas facile car elles étaient très détaillées. J'ai bu d'un trait le vin qui me restait, et j'ai à nouveau rempli nos deux verres.

Nous nous regardions à brève distance en nous agitant vaguement sur nos chaises, nous déplacions nos mains et nos avant-bras, nous regardions les tables vides et la dame porc-épic qui nous tenait à l'œil. Nous avons bu encore du vin, et à mesure qu'il pénétrait mes fibres il élargissait mes sensations.

« Ces arbres, ces fleurs, ces animaux ! » Puis : « Ces hommes et ces femmes, ces chiens, ces enfants !

— Quoi ? » Elle était perplexe.

« Tes dessins.

— Oh ! » Mi-défensive et mi-curieuse, elle ne gardait jamais longtemps une expression ou une position fixe.

« Ils ont tout, dedans. » Je me suis encore versé du vin, à elle aussi, et je l'ai bu d'un trait ; il m'apparaissait comme un révélateur, il n'y avait rien qui n'ait déjà été là pour être tiré au jour.

Maria Chiara a souri. « Qu'est-ce que ça veut dire, tout ?

— Tout. L'esprit des choses, l'essentiel. » Je ne réfléchissais pas avant de parler, il y avait un flux continu entre mes sensations et les sons ; et les sons étaient pauvres en comparaison de ce qu'ils contenaient.

Elle a dit : « Arrête », mais je pouvais voir la lueur d'attente à peine retenue dans ses yeux.

« C'est vrai. Ils ont tout ce qui ne peut pas s'exprimer par des mots. Qu'on peut seulement sentir. Qu'on pourrait peut-être communiquer avec la musique, mais pas de manière aussi précise. » J'avais le corps entièrement magnétisé ; il me semblait que si nous nous étions effleurés du bout des doigts, nous aurions ressenti une secousse.

« Eh beh, dis donc ! » Elle ne me regardait pas.

J'ai repris : « Et ils m'ont paru tellement familiers, quand je les ai vus. Si intimement familiers.

— C'est la seule façon de dessiner que je connaisse. Quand j'étais au lycée artistique, j'ai essayé d'en apprendre d'autres, mais je n'y suis jamais arrivée. Les professeurs devenaient fous.

— Heureusement que tu n'y es pas arrivée, ai-je dit, envahi par un sentiment de perte irréparable.

— Le professeur de dessin d'après nature soutenait que j'avais l'air moderne et sophistiquée mais que, au contraire, j'avais un style primitif. Je le cite : "Mademoiselle, vous êtes d'un primitivisme inaltérable."

— Quel imbécile obtus ! » J'étais plein de nostalgie pour elle à l'école du dessin d'après nature, plein de rage inutile.

« Au contraire. Il était assez intelligent. J'aurais exaspéré n'importe qui, je crois.

— C'était un crétin. » Je le détestais, simplement parce qu'il l'avait connue avant moi. « Ton style n'a absolument rien de primitif. C'est le style le plus évolué qui soit.

— Et pourquoi ? a-t-elle demandé, un sourire ironique aux lèvres.

— Parce qu'il est plein de lumière. Parce qu'il est au-delà des noms qu'on donne aux choses, au-delà des dates, des numéros et des paroles qui ne servent à rien. »

Elle me regardait, la tête penchée, son verre de vin presque vide à la main. « Tu n'exagères pas un peu ? Tu les as à peine vus, mes dessins.

— Ça me suffit. » Je nous ai encore versé du vin. « Comme il m'a suffi de te voir pour comprendre qui tu étais. » J'avançais comme une voiture sans freins ; chaque mot me déséquilibrait davantage vers elle et augmentait l'excitation vibrante de l'impact. J'aurais juste voulu que la pluie continue à inonder le paysage jusqu'à détacher de la terre la baraque en bois et en tôle et la faire voguer, pour nous emporter à la dérive loin de tout.

« Et qui suis-je ? » a-t-elle dit, les pupilles dilatées par l'attention, les pommettes colorées par la proximité.

La dame porc-épic est arrivée avec une grande poêle en fonte noire, et dedans il y avait une omelette au persil, jaune et vert vif. « Je regrette beaucoup, mais plus que ça, c'était impossible.

— Elle est magnifique », ai-je dit, avec une véritable émotion dans la voix, à la vue de ce trésor inattendu, parfumé et plein de couleur. « C'est le plus riche cadeau du monde. »

Maria Chiara m'a regardé, et l'espace d'un instant j'ai eu peur qu'elle ne me voie comme un type porté à l'emphase systématique ou fortement altéré par la boisson. Mais elle a dit : « Merci, Magda », et j'ai vu qu'elle était aussi touchée que moi.

La dame porc-épic qui s'appelait Magda a ajouté : « Eh, pour une omelette ! » Puis elle a découpé des parts avec une soudaine dextérité professionnelle, et en a fait sauter deux dans nos assiettes. Son amie est arrivée avec une corbeille de pain. « Et voilà ! » Elles nous étudiaient de près toutes les deux ; et même si je regrettais de ne pas être seul avec Maria Chiara, j'étais content d'avoir ces deux témoins tandis qu'au-dehors la pluie continuait d'effacer le paysage. Nous avons mangé la première bouchée : elle renfermait un ensemble délicat et complexe de saveurs à me faire venir les larmes aux yeux.

J'ai dit : « Elle est fantastique, hein ? » avec une inflexion étirée qui me donnait presque une voix de sauvage. Les deux femmes avaient reculé entre les tables jusqu'au fond de la salle ; elles ont ri, comme si je parlais de Maria Chiara et non de leur omelette.

Maria Chiara mangeait avec une merveilleuse avidité naturelle : elle taillait des morceaux avec sa fourchette, les mettait dans sa bouche et les mastiquait, elle regardait dans son assiette et me regardait, elle prenait du pain dans la corbeille, elle buvait une gorgée de vin. Nous étions envahis par le même genre de joyeuse exubérance récupératrice, tels deux naufragés arrivés à bon port après avoir longtemps nagé au large ; et de nouveau les paroles semblaient dérisoires en regard de ce que nous éprouvions.

HUIT

Quand nous sommes arrivés à Rome, la pluie avait cessé mais les rues étaient inondées, les trottoirs couverts de branches cassées, et la lumière tellement brouillée qu'il était difficile de comprendre quelle heure il était. Nous nous sommes engagés dans la petite rue où se trouvait la maison de Maria Chiara et d'Alberta, nous avons garé la fourgonnette le long d'un mur et nous sommes descendus nu-pieds sur le pavé plein de flaques, dans les tenues absurdes que nous avions revêtues au bord de la mer, avec nos chaussures et nos vêtements trempés dans l'un des deux sacs en plastique. Nous nous sommes regardés devant la porte en bois, et nous n'aurions pu ni voulu nous séparer ; nous avons gravi l'escalier sans un mot.

La salle de séjour m'était familière, de même que le chien Speke, qui s'est mis à bondir tout autour de nous et à japper en agitant la queue jusqu'à en perdre l'équilibre. En allant d'un mur à l'autre, il m'a semblé retrouver dans l'air les sensations que j'avais éprouvées là, et qui étaient toutes dépassées par les faits. Maria Chiara a ôté le pantalon bicolore, elle l'a repoussé d'un coup de pied et elle a ri, avec les jambes nues et le T-shirt rayé jaune et rouge qui ressemblait à une robe pop très courte.

J'ai retiré la veste qui m'avait bridé aux épaules et serré les côtes comme une camisole de force ; j'ai remué les bras en traçant des cercles prudents, et je n'avais pratiquement plus mal. C'était vraiment bizarre de ne plus sentir la résistance de l'étoffe ni la douleur limiter mes mouvements, de ne plus sentir une pluie furieuse créer un écran de protection contre le monde. Le moment m'a paru de nouveau exposé à l'assaut du temps et des raisons mécaniques, au risque de rupture.

J'ai dit : « Bon alors ? » surtout pour meubler le silence ; Maria se dirigeait vers la cuisine, elle s'est retournée. Nous nous sommes regardés à quatre ou cinq mètres de distance, et il m'a semblé que nous tremblions tous deux dans cette absence soudaine de refuge, avec la même tension dans les muscles des lèvres, des yeux et des chevilles.

Elle a répété : « Bon alors ? » en haussant un sourcil de manière cocasse. Je n'ai pas répondu et elle a poursuivi son chemin vers la cuisine, avec le chien Speke qui la suivait à petits pas, le museau levé, dans l'attente de sa nourriture.

Je l'ai suivie aussi, traversant le territoire de confiance aucunement vérifiée qu'il y avait entre nous. Nous avions les pieds salis par la même boue, je regardais les siens pour en être bien sûr.

Elle a ouvert une boîte d'aliments pour chien et en a versé la moitié dans la gamelle de Speke ; elle s'est accroupie pour le regarder manger à rapides coups de museau, suivis de petits mouvements de retrait puis de nouveaux coups en avant. Elle riait. « C'est bon ? Hein, Speke ? »

Et j'étais jaloux de l'attention qu'elle lui portait ; de cette même qualité d'attention intense qu'elle avait eue pour moi, pour sa mère et pour Dieu sait encore combien de gens, de bêtes et de choses avant et ailleurs.

« Laisse-le manger tranquille.

— Ça m'amuse. » Elle riait. « Il est comme nous deux avec l'omelette de Magda. »

J'ai songé que c'était vrai, que son attention provenait de cette aptitude à cueillir l'esprit des choses, l'essentiel, qui m'avait tant frappé dans ses dessins ; que j'étais beaucoup plus rigide qu'elle, dans la mesure où il me semblait avoir changé depuis ma chute ; j'ai songé que même sans veste étriquée ni douleurs physiques, j'étais limité de tous côtés.

Elle m'a regardé par-dessous et a dit : « Mon Dieu, que tu es élégant ! » Elle riait.

J'ai ri aussi, mais je ne me sentais pas séduisant et je n'avais pas grand sens de l'humour ; j'ai pris une nappe indienne pliée sur une étagère et me la suis passée autour des épaules.

« Encore mieux. » Elle riait. « Tu ressembles à un habitant du Yukianda.

— Et où se trouve le Yukianda ? »

Elle s'est levée et a dit : « Nulle part » ; elle ne souriait plus.

J'ai esquissé un pas vers elle, mais elle a bougé avant et m'est passée devant pour retourner dans le séjour. J'ai posé la nappe et je l'ai suivie avec la sensation d'être du mauvais côté d'un déséquilibre. « Maria Chiara ? »

Elle s'est retournée, et nous sommes encore restés immobiles à nous regarder ; la distance paraissait insurmontable.

Alors nous avons bougé tous les deux, même si c'était avec la plus extrême lenteur, comme si le plancher avait eu une double pente montant vers le point de notre éventuelle rencontre. Nous avancions peu à peu et nous avons continué presque jusqu'à être en contact, puis nous nous sommes arrêtés dans un champ d'oscillation où nos sens recueillaient des signaux tellement amplifiés qu'ils étaient difficiles à déchiffrer.

Nous sommes restés en suspens dans cette perspective où le pli initial d'un sourire semblait le commencement d'une lame de l'océan, et puis l'instant suivant la distance qui restait entre nous s'est évanouie et nous sommes tombés l'un contre l'autre avec une force à rompre les filtres subtils de nos deux capacités distinctes à enregistrer les faits et à les élaborer. L'espace s'est refermé autour de nous jusqu'à nous écraser et s'est dilaté au point de mettre à l'épreuve la résistance de nos limites corporelles, mêlant les formes et les couleurs, les odeurs, les saveurs, les épaisseurs et les poids, les surfaces et les profondeurs avec une avidité insatiable du toucher, de la vue, de l'odorat, du goût et de l'ouïe portés à une vibration de diapason, et les dépassant.

Nous nous sommes glissés hors du séjour, du couloir, de la position debout, de nos vêtements ; nous nous sommes appuyés, agrippés, et avons roulé dans une élasticité horizontale qui s'enfonçait au-dessous de nous et qui nous soutenait. Nous étions deux chatons humides à peine nés, avec les yeux fermés ; et encore plus en arrière, deux lointains organismes à la respiration synchrone qui absorbaient à travers leur peau la chimie essentielle de la vie. Nous étions parcourus d'eau et de sang, d'une solution saline à trente-sept degrés qui nous traversait et nous faisait glisser comme si nous remontions le courant et le descendions en même temps. Nous flottions, coulions, refaisions surface ; nous nous emplissions de sensations et les relâchions avec une sensibilité cyclique que la répétition aiguisait ; chaque mouvement était une demande et un assouvissement qui ouvrait la voie à une demande plus impérieuse encore. Nous étions écrasés de stupeur et drogués de familiarité, privés de vue et tout en regards, absorbés dans les détails les plus infimes et infiniment distraits, lents et rapides, minuscules par rapport au moment et tellement grands que nous en touchions les confins avec la tête et la pointe des pieds si nous n'y prenions pas garde. Nous étions en un point indéfini de l'univers et nous étions dans la chambre à coucher au troisième étage de la maison à la façade rougeâtre dans la petite rue pavée ; nous étions uniquement nous deux, fous de nos noms et de nos corps spécifiques, et pourtant dépourvus de toute physionomie distincte. Nous avions tout le temps du monde quand la hâte la plus brûlante nous dévorait ; nous étions immobiles quand nous étions lancés sans freins dans une course inexorable. Nous ne disions rien ; nous suivions des souffles et des battements de cœur accélérés sur un rythme qui aurait pu durer toujours ou se briser d'un instant à l'autre et nous projeter en avant pour nous abandonner, perdus.

Nous nous sommes regardés à la faible lueur d'une petite lampe en verre bleu à côté du lit, j'étais tellement bouleversé et ahuri que je me suis mis à rire. Elle a ri aussi, lumineuse et limpide, apparemment aussi surprise que moi. J'ai tendu une main pour lui caresser les cheveux à travers le paysage encombré d'oreillers et de draps, et je n'étais pas sûr de connaître son nom mais elle je la connaissais, et je ne savais rien de l'histoire de sa chambre.

Je lui ai dit d'une voix rauque : « Qui es-tu ?

— Et toi ?

— Ça. » J'avais les yeux pleins de points lumineux, le corps plein d'aiguilles.

Elle s'est rapprochée de moi, mais je n'arrivais pas à bien focaliser, mon bras était l'unique pont sûr entre nos deux consistances à nouveau séparées. Je songeais que tout ce que j'avais cherché, expérimenté et rejeté avant ne visait qu'à aboutir ici maintenant, et pourtant j'avais peur.

J'ai dit : « Et toi ?

— Je ne pensais pas que ça puisse arriver.

— Pourquoi ? » Mon intonation était ridicule.

« Je n'y croyais plus.

— Quand ? » J'avais une perception du temps tout en courbes plutôt qu'en segments linéaires, mais je n'arrivais pas à comprendre où elles commençaient.

« Avant. » Et cela ne m'aidait pas non plus.

Je me suis retourné sur le dos. Je voulais fermer les yeux, me laisser flotter dans le présent avec le minimum de battements de pieds.

Un temps indétermine s'est écoulé : des pensées virevoltaient et se dissolvaient comme des silhouettes reflétées sur des bulles de savon.

La voix de Maria Chiara a dit : « Mais qu'est-ce qui s'est passé ? »

Je me suis retourné sur le flanc, redressé sur un coude. « Nous nous sommes rencontrés.

— Comment le sais-tu ?

— Je le sais. Je l'ai su dès que je t'ai vue. Dès que je suis entré ici, avant même de voir Alberta par terre. »

Elle a gardé le silence ; elle regardait au-delà de moi, vers le mur.

J'ai aussitôt regretté d'avoir parlé d'Alberta. « Et toi ?

— Quand tu as joué du piano. » Elle s'est penchée pour prendre les couvertures au pied du lit : sa souplesse était magique même au ralenti, ses formes claires et tendres m'abandonnaient en arrière.

« Et qu'est-ce que tu as pensé ? » Je n'arrivais pas à parler calmement, ni à réfléchir calmement ; c'était comme si j'avais découvert le trésor le plus extraordinaire du monde et que je me rende compte soudain que je n'avais aucune garantie qu'il m'appartienne, ni même de l'avoir vraiment découvert.

« Que c'était étrange. » Elle s'est passé une main dans les cheveux, son front était tendu dans une expression douce et cohérente.

« C'est très étrange. Mais nous voilà.

— Et alors ? a-t-elle dit d'une voix incertaine.

— Il n'y a pas d'alors. » J'ai repoussé les couvertures. « Nous avons attendu ce moment trop longtemps, ne le perdons plus jamais. Restons-y pour toujours. » J'aurais voulu rire ou faire un geste pour libérer l'énergie que j'avais en moi et la remettre en circuit entre nous, mais c'était comme si toutes mes paroles l'avaient déjà absorbée ; j'avais l'impression d'être heureux, et en même temps de glisser vers le territoire dur et froid de l'après sans pouvoir vraiment résister.

Maria Chiara a dit : « Où ça ? Dans le moment ? » comme si elle regardait les paroles par transparence pour découvrir ce qu'il y avait dedans.

« Oui », ai-je dit. Je sentais le sang me battre aux tempes.

« Mais le moment prend fin. Après quelque temps.

— Pas celui-ci. »

Elle s'est retournée pour me regarder, et je n'avais aucun doute que son regard contenait toute l'imagination, le divertissement et la passion que j'aurais pu souhaiter dans la vie.

Nous sommes restés immobiles ; il n'y avait pas le moindre son dans la maison ni au-dehors.

Maria Chiara a tendu une main et m'a touché le front du bout des doigts. Au lieu de me rasséréner, ce geste a aggravé de la façon la plus imprévue la sensation de danger que je percevais en moi, il a fait courir mes pensées en proie à la panique dans toutes les directions.

Elle a bougé, et j'ai cru qu'elle allait se redresser pour s'asseoir, devenir soudain rationnelle, mais elle est venue vers moi et m'a posé un baiser sur les lèvres ; le contact s'est alors répandu jusqu'au cœur de la moindre fibre, et en un instant nous n'avions plus un seul millimètre épargné.

Je n'avais pas imaginé qu'il puisse y avoir encore davantage après ce qu'il y avait déjà eu, que cela puisse devenir une perte totale d'intention, de direction et de perception, une essence autre, naviguant sur elle-même à une lenteur illimitée avec des accélérations internes continues. Je n'avais pas imaginé pouvoir rester dans le moment au point d'être le moment lui-même. J'avais des souvenirs de sensations au bout des doigts, de gestes dans les bras, d'images dans les yeux, et ils ne me servaient même plus de repères ; il y avait d'autres forces en jeu, infiniment profondes pour nous.

Nous nous sommes regardés, de bas en haut, renversés et épuisés comme nous l'étions ; il m'a fallu des minutes entières pour revenir au sens d'une expression ou d'une inflexion. J'ai dit : « Maria Chiara », émerveillé de pouvoir susciter un sourire en réponse.

Elle a répondu : « Luca », et la sonorité m'a paru tout aussi étrange.

Nous nous sommes donné des baisers légers, les yeux mi-clos : des baisers-confirmations et des baisers-implantations territoriales, pour savoir que c'était vraiment nous et vraiment ici. Nous étions incertains comme des convalescents, fragiles au point de ne pouvoir lever les yeux plus d'une seconde.

J'ai dit : « J'ai l'impression d'avoir toujours dormi. Comme si j'avais dû être réveillé un jour par quelqu'un.

— Et maintenant ?

— Je suis réveillé. Tout au moins je le crois. »

Elle a ri ; il y avait trop de détails que je voulais enregistrer, et ils changeaient sans cesse. « Et tu pensais qu'il t'arriverait quoi, une fois réveillé ?

— Que j'aurais ce que je voulais. Que je serais une personne meilleure, aussi. Oui, que j'aurais ce que je voulais et que je serais une personne meilleure. »

Elle a ri encore, mais moins ; j'étais épouvanté de songer combien elle m'avait manqué pendant tout ce temps où je ne la connaissais pas.

« Mais toi, tu as toujours été comme ça ?

— Comme quoi ? » Elle avait une drôle de façon d'incliner la tête et de la remuer imperceptiblement.

« Comme ça. Comme tu es maintenant.

— Je ne sais pas. J'ai essayé de changer. Plusieurs fois. » Et ce n'était pas ce que je voulais entendre, je voulais entendre qu'elle avait été une autre ou beaucoup d'autres et qu'elle n'était devenue celle de maintenant qu'après un long parcours tortueux, juste à temps pour me rencontrer.

« Et tu as réussi ? » ai-je dit, envahi d'images de ses diverses versions possibles : les cheveux coupés et coiffés différemment, des regards inquisiteurs, des vêtements achetés et portés, des chaussures, des démarches, des sourires, des façons de se mouvoir, des façons de se tenir assise et debout, des valises, des mains sur des portes, des querelles, des regards interrogateurs, des mains sur des téléphones, des courses, des fenêtres matinales, des façons de lire des livres, des maillots de bain, des façons d'être allongée, des gestes pour soutenir une conversation, des jus d'orange, des façons de manger, des tables, des regards attentifs, des lavabos, des pleurs, des plats, des genoux, des façons de croiser les jambes, des coussins, des lampes, des baisers envoyés de loin, des vrais baisers.

« Oui. Je crois bien. Mais à la fin j'en ai eu assez et je suis plus ou moins revenue à ce que j'étais originellement. »

J'étais jaloux d'elle, à présent : enragé d'un sentiment de possession frustrée. « Mais pourquoi as-tu essayé de changer, pour commencer ?

— Bah. Pour mieux correspondre au monde, je pense.

— Et mieux correspondre aux hommes ?

— Oui. » Et elle a fait oui de la tête aussi.

« Quels hommes ? » Un catalogue de détails extrêmement précis d'hommes possibles me courait dans la tête : des yeux, des vestes, des sourcils, des cheveux, des accents, des voitures, des comportements sexuels, de la distraction, la connaissance de détails, des façons d'être au restaurant, des portefeuilles, des façons d'être au cinéma et au théâtre, des gestes protecteurs, des gestes prévaricateurs, des horaires d'avion, de l'esprit d'aventure, des pantalons, des simulations de courage, des coups de téléphone, des télégrammes, de la fumée, des dîners, de l'alcool, des caleçons en coton, des bouquets de fleurs, des gestes de familiarité, de la gymnastique, des mains, des cartes de crédit, des petits déjeuners, des pieds, des chaussures. C'était une forme de jalousie incroyablement mesquine, faite de stéréotypes et d'instincts animaux non évolués, irrémédiable.

Elle a plaqué ses mains sur les côtés de son visage, et ses yeux se sont étirés, presque orientaux, comme ceux d'un lynx de Sibérie. « C'est une chose que font les femmes, pour essayer d'être comme les hommes les voudraient.

— Et elles y arrivent ?

— Parfois. Mieux que les hommes avec les femmes, en tout cas.

— Mais les hommes aussi s'efforcent de changer, non ? » Je me suis rappelé que j'en avais parlé avec sa sœur et quand je ne la connaissais pas encore.

Elle a dit : « Ils s'efforcent de faire le magnifique, plus qu'autre chose.

— Et les femmes ?

— Les femmes y croient. Puis les hommes se lassent, et les femmes ont changé pour rien.

— Et elles s'emplissent de rancœur ?

— De désillusion.

— Et de rage ? »

Elle a ri. « De désillusion, de rage et de rancœur.

— Et les hommes ?

— Les hommes ne s'en aperçoivent même pas. Ou bien ils s'en aperçoivent mais ça ne leur importe pas tellement. Ils s'attachent à la situation telle qu'elle est, même si c'est un échec. Il leur suffit de la connaître et de s'en sentir maîtres, de ne pas avoir à se donner de mal. Il leur suffit de pouvoir se lancer à nouveau dans l'exploration et la conquête du monde en sachant qu'ils ont un endroit où revenir.

— Mais ce n'est pas toujours comme ça, non ? » Je regardais sa gorge blanche, la ligne d'une épaule ; je ne me rappelais plus de quelle maison j'étais parti, comment j'étais arrivé jusqu'à elle. « Ça dépend aussi de quels hommes et quelles femmes, non ?

— Oui. » Elle s'est redressée en position assise, les genoux serrés entre ses bras.

« Tu n'as jamais pensé qu'il devait y avoir une surprise, quelque part ? Qui démentirait tout ce que tu savais ?

— Peut-être.

— Nous nous connaissons tellement, et nous ne savons presque rien.

— Pourquoi, il y a des choses moches à savoir ? a-t-elle dit, sur un ton qui oscillait entre plaisanterie et alarme.

— Non. » Une vague de violente anxiété envers Anna et le centre d'équitation m'a envahi, envers l'absence d'informations qui durait depuis Dieu sait combien d'heures ou de jours, à présent. L'envie m'a étreint de m'agripper au matelas pour ne pas me laisser traîner au loin. De tout dire à Maria Chiara, de lui demander un avis détaché ou un avis intéressé, de lui demander son aide.

« Alors voyons ! » Elle s'est roulée contre moi.

« Voyons quoi ? » Son sourire était celui que j'aurais voulu rencontrer quand j'avais cinq ans : j'allais à la maternelle et je me sentais perdu dans un monde insupportablement étranger.

« Voyons qui tu es, a-t-elle dit, avec un regard qui m'appuyait directement sur l'âme.

— Si tu le comprends, dis-le-moi. Parce que j'ai l'impression d'être un peu en retard sur les événements, ces derniers temps.

— Ah oui ? » Elle riait.

Nous nous sommes embrassés et étreints, et nous étions épuisés, nous avions faim et soif, nous avions sommeil et besoin de parler, besoin de regarder, besoin de rester immobiles et d'être dans dix positions différentes, besoin de nous reposer et de nous fatiguer, de nous toucher et de nous émerveiller et de nous bouleverser encore. C'était comme une maladie aiguë et comme une guérison soudaine, une dislocation qui ouvrait des gammes entières de possibilités inexplorées et nous poussait fortement au-delà de nos limites connues, qui nous laissait en paix et nous imprégnait d'effroi et de nostalgie, d'incertitude, d'avidité et de rage, de générosité, de circonspection et d'anxiété, de hâte, de chaleur et de sueur et de sensibilité extrême sur la moindre surface et dans la plus infime épaisseur et sur le moindre millimètre de peau, de trait du visage et de pupille dilatée jusqu'au moment où nous avons tout étreint dans nos bras et nos mains et le bout de nos doigts, tout glissait autour de nous et nous laissait interdits et méconnaissables.

Maria Chiara a dit : « J'ai faim. »

J'étais étendu à plat ventre sur le drap froissé, et l'idée de redresser la tête pour la regarder me semblait irréalisable.

« Et toi, tu n'as pas faim ? »

Son ton hybride d'enfant qui joue et de femme qui connaît la vie m'a ramené à l'état actif ; j'ai répondu : « Si. »

Elle était assise, les jambes repliées, avec un sourire sur les lèvres qui a éveillé en moi un besoin de certitudes, ou tout au moins de promesses de certitude.

« Si. » Et je me suis levé.

Nous sommes allés à la cuisine, nus, tels que nous

étions, il ne faisait pas chaud mais nous n'aurions même pas su quels vêtements enfiler, nous nous mouvions comme si nous étions nés dans les limites du moment sans rien savoir de ce qu'il y avait au-dehors.

Le chien Speke tournait autour de nous avec la plus étrange tranquillité, puis il est allé se pelotonner dans un coin ; la maison était silencieuse.

Maria Chiara a ouvert le réfrigérateur, elle a regardé dedans d'une façon que je connaissais même si je ne me rappelais plus depuis quand. J'ai regardé dedans aussi, et il n'y avait rien, à part un carton de lait, un reste de fromage et deux oranges dans le tiroir du bas. Chaque chose semblait affleurer dans l'espace et disparaître à la fermeture d'une portière mentale ; nous nous mouvions dans un état intermédiaire entre la veille et le sommeil, où il n'y avait aucune distance entre le geste et son souvenir.

Maria Chiara a pris le lait, le pot de miel, deux verres et une seule cuillère, et quand elle a posé le tout sur la table j'ai été certain de l'avoir déjà vue faire. Même la saveur du miel, je la connaissais dans ses moindres nuances de doux-amer, sa couleur et sa consistance aussi, mais cela suscitait des pensées non encore classées. Il y avait juste une lampe allumée au-dessus d'une étagère ; elle nous baignait d'une lumière chaude tandis que nous mangions le miel et buvions le lait, rien en comparaison de notre faim, mais c'était tout ce dont nous avions besoin.

J'ai dit : « Eh ! » d'une voix plus imaginaire que réelle,

elle a retenti entre les murs de la cuisine sans laisser aucun sillage, aucune vibration.

Maria Chiara m'a regardé ; j'ai tourné la tête. Nos regards étaient comme de petits coups de rame dans des eaux denses : ils nous mettaient en travers là où le flux de la marée pouvait nous entraîner en avant ou en arrière.

J'ai dit : « Imagine, si nous n'étions pas là. »

Elle m'a regardé encore, une jambe repliée, l'autre tendue sous la table : tout entière faite de traits limpides. « Si nous étions restés chacun dans notre vie ? » Chacune de ses syllabes traversait une infime fêlure que j'avais dans le cœur.

« Oui. » Je n'avais plus la force de poser d'autres questions.

Elle s'est mis une cuillerée de miel dans la bouche et je pouvais l'entendre, même si cela ne faisait aucun bruit apparent, de la même façon que je pouvais l'entendre bouger quand elle était immobile.

Un frisson m'a parcouru, à l'idée du temps qui passait et de la journée qui se préparait déjà à attendre la nuit au tournant.

Maria Chiara a regardé vers la porte-fenêtre noire de nuit ; elle semblait aussi déconcertée que moi.

Arc-bouté sur mes talons, j'ai incliné ma chaise en arrière pour vérifier la précarité de mon équilibre. J'avais l'impression que nous étions incroyablement antiques et récents, privés de ressources et dotés d'un éventail de possibilités dont nous ne savions à peu près rien.

J'aurais voulu parler, mais je n'arrivais à imaginer que des sons isolés, des déplacements de centimètres : les attentes avaient des amplitudes minimes.

Nous sommes retournés au lit quand nous avons commencé à avoir un peu trop froid, et trop de mal à garder une position établie. Nous avons murmuré des mots informes et ramassé par terre les couvertures comme un filet désormais pesant. Nous nous sommes enlacés ventre contre dos jusqu'à ce qu'il ne reste plus un millimètre de distance entre nous ; je ne me souvenais pas d'avoir jamais trouvé une harmonie aussi parfaite de formes concaves et convexes.

NEUF

Puis j'étais complètement réveillé dans l'obscurité de la chambre sans comprendre quand je m'étais réveillé, le cœur trop rapide et les pensées lancées dans une course vertigineuse, les douleurs de ma chute ravivées en quatre ou cinq points du corps. Je me sentais dans les profondeurs du moment et en même temps pratiquement en dehors, sans aucune préparation pour ce qui allait arriver. J'écoutais la respiration de Maria Chiara qui dormait près de moi sans rien savoir de ma vie, et je sentais qu'il ne suffirait pas de lui en parler dès le matin. Je ne voyais pas de place pour les explications, les marches arrière et les paroles rassurantes, les attentes, les oscillations et les redressements ; je percevais que ce que nous avions ne pourrait résister à aucun processus de réorganisation lente sans se briser ou se transformer en autre chose. Plus que de la peur, il m'est venu de l'impatience : la volonté de me précipiter vers Anna à la campagne pour la confronter à la situation de la manière la plus farouche et la plus claire, et de désencombrer ma vie pour retourner au plus vite l'offrir libre et ouverte à Maria Chiara si elle en voulait.

J'ai cherché à tâtons ma montre, mais je ne la trouvais pas ; je me suis glissé hors du lit, je me suis arrêté sur le seuil en retenant mon souffle, et je suis sorti de la chambre. L'impatience m'aiguillonnait : je débordais de décision de changement, sans aucune incertitude sur ce que je voulais.

Dans le séjour, j'ai trouvé ma montre sur le divan, à la faible lueur laiteuse qui montait des réverbères dans la rue. Speke me suivait avec la même sérénité pensive que quand il nous avait regardés dans la cuisine, et le léger grattement de ses griffes sur le bois ressemblait à un encouragement. J'ai jeté un œil aux aiguilles phosphorescentes de ma montre, et elles indiquaient cinq heures. J'ai fait et refait quelques calculs dans ma tête, à toute vitesse : les distances à parcourir et les limites techniques de la vieille Renault, le temps de sauter à bas de la voiture et d'entrer dans le chalet, de grimper l'escalier et de réveiller Anna pour lui dire ce que j'avais à lui dire, de lui laisser le temps d'assimiler la réalité et peut-être de la lui réassener une deuxième ou une troisième fois s'il le fallait, d'attendre une réaction définitive de sa part, et puis de ressortir, de sauter en voiture et de refaire vite la route jusqu'à Rome, de traverser la ville encore presque déserte et de réveiller Maria Chiara à l'interphone pour qu'elle m'ouvre, de grimper l'escalier quatre à quatre, de poser une main sur sa hanche pendant qu'elle serait encore ensommeillée, et de laisser le halo du moment se reconstituer autour de nous pour toujours. Je ne voyais pas qu'il y fallût autre chose, et j'étais sûr de ne pas rencontrer de circulation sur la route ; je pouvais y aller, faire tout ça, et être revenu avant huit heures, et cela me laissait encore une marge pour les imprévus, les obstinations, les faiblesses et les complications mécaniques.

J'ai cherché le sac en plastique où nous avions mis nos chaussures et nos vêtements trempés, j'ai séparé les miens de ceux de Maria Chiara, auxquels ils étaient mêlés. Je les ai enfilés, comme si je retournais dans la peau visqueuse et froide que j'avais eue avant que nous ne riions ensemble en nous bousculant et en nous soufflant dessus dans la fourgonnette ; mais il n'y en avait pas d'autres, et je ne me voyais pas aller rompre solennellement une histoire de plusieurs années culotté de jaune comme un page antique.

J'avais la tête pleine de phrases à dire à Anna, qu'entre nous tout était fini, que je la considérais comme une personne fantastique et que c'était uniquement ma faute si je ne voulais plus entendre parler du centre d'équitation, ni de la campagne, ni d'elle ; que je lui laissais ma part de la société, mes chevaux, mes selles, le petit camion japonais, mes livres, mes disques et mes cassettes, et aussi ma cape imperméable rouge de randonnée si elle voulait, pourvu qu'elle me rende ma vie sans chercher à me bloquer la route. J'espérais seulement que j'arriverais à maintenir l'élan parfaitement défini que j'avais en moi, au lieu de devenir imprécis sous l'effet de la hâte, de la fatigue ou de la confusion. Seulement j'étais de plus en plus talonné par l'angoisse, tel un transporteur de denrées périssables qui cherche à arriver le plus vite possible à destination pour se débarrasser de sa cargaison avant qu'elle ne commence à s'abîmer.

Sur la table près de la fenêtre, j'ai laissé un message pour Maria Chiara, au cas où elle se réveillerait avant mon retour : un petit héron qui tenait dans son bec ce mot : *Ne te lève pas, nous prendrons le petit déjeuner ensemble. L.* Je distinguais à peine le tracé du stylo feutre dans l'obscurité, mais je ne voulais pas allumer la lumière, j'aimais bouger la main comme si mon écriture avait été guidée.

Je suis allé fixer le papier à la poignée de la chambre. Je n'ai pas résisté à la tentation de passer la tête à l'intérieur : j'ai regardé dans le noir mais je ne voyais rien, et mon cœur battait si fort dans ma poitrine que je n'arrivais même pas à entendre la respiration de Maria Chiara.

Je suis retourné le plus vite possible dans le séjour et j'ai mis mes chaussures. J'ai ouvert la porte d'entrée, et je me suis arrêté plusieurs secondes sur le palier avant de la refermer. J'ai descendu l'escalier, j'ai couru dans la rue silencieuse jusqu'à ma voiture garée le long d'un mur. La nuit était froide et encore imprégnée de toute la pluie de la journée passée, mais je brûlais d'envie de m'activer, de ne pas attendre, de tout accélérer aux limites extrêmes du possible.

DIX

Quand je suis arrivé au centre d'équitation, il était cinq heures et demie, et Anna n'était pas là. La lanterne de nuit était allumée, le petit camion japonais stationné à l'endroit habituel sur le terre-plein, mais le chalet était vide. J'ai fait en haletant le tour de toutes les pièces et je suis retourné dehors dans les flaques d'eau et la boue, pour aller voir dans les vieilles écuries puis encore sur le chantier ; je trébuchais, le souffle court. Je ne me sentais pas capable d'affronter un développement de ce genre ; je criais : « Anna ! » de toutes mes forces et dans toutes les directions.

Je suis retourné à l'intérieur, j'ai inspecté la cuisine américaine, puis la salle réservée aux membres du club, le cabinet de toilette, la salle de bains d'en haut, la chambre à coucher et même le placard à balais, mais je ne décelai aucun message ni aucun signe à interpréter, à part les milliers d'empreintes, de traces et de traînées de quatre années de vie commune.

Je suis redescendu dans la cuisine, j'ai regardé les

objets sur les étagères et les photos sur les murs, le calendrier avec les rendez-vous et les échéances du mois notés de l'écriture d'Anna et de la mienne, le service à thé orné de scènes équestres, sur l'étagère du buffet. Je me suis rappelé le jour où Anna me l'avait offert, pour mon premier anniversaire passé avec elle : le mélange de gêne pour cette laideur et d'émotion pour sa façon de m'observer pendant que j'ouvrais le paquet. J'ai essayé de ne pas y songer, de regarder ailleurs, de superposer à ces images le souvenir d'elle si coupante et terre-à-terre face à mes tentatives de communication la veille au matin, mais ce n'était pas aussi facile que je l'aurais voulu… décidément non ! Le fait de ne même pas savoir où elle était si tard dans la nuit me déconcertait totalement, rendait inutilisables les outils de taille et de suture que j'avais aiguisés dans ma tête avec tant de fougue pendant le trajet en voiture.

J'ai cherché à me rappeler l'inflexion d'Anna lorsqu'elle se lançait dans une de ses intarissables litanies de considérations pratiques dénuées de toute lueur d'ironie ; la façon dont elle trempait des biscuits dans une tasse de lait, le soir, en parlant à jet continu de choses faites ou à faire sans s'apercevoir que les biscuits fondaient, puis les repêchait *in extremis* en aspirant soudain comme une bête au bord d'un étang. Je pouvais trouver une quantité infinie d'images de ce genre rien qu'en y pensant, et tout un lac souterrain de non-curiosité, de non-attirance et de non-divertissement, et cela ne suffisait pas à me faire avancer aussi vite et aussi farouchement que je l'aurais voulu.

Je continuais à errer d'une pièce à l'autre, je regardais dehors par chaque fenêtre, à la recherche d'ombres ou de phares : tout était immobile et silencieux dans la nuit humide. Je ne comprenais pas pourquoi je n'avais pas téléphoné pour lui expliquer la situation ou tout au moins lui en toucher deux mots ; pourquoi je n'avais pas rompu avec elle le jour même de ma chute, dès que je m'étais rendu compte de l'aveuglante désolation où baignait tout ce qu'il y avait entre nous. J'étais étreint d'une tristesse informe, faite de sentiments de culpabilité, de perte et de vide ; l'envie me venait de donner des coups de poing dans les murs. J'avais Maria Chiara dans la mémoire du bout des doigts, dans la mémoire des yeux et du cœur, sa voix dans les oreilles, sa façon de penser dans la tête ; je n'arrivais pas à comprendre comment je pouvais me laisser retenir aussi longtemps dans l'emballage de mon ancienne vie quand je mourais d'envie d'en vivre une nouvelle avec elle.

Dans la salle réservée aux membres, j'ai pris un stylo et un bloc quadrillé offerts par un fabricant de couvertures à poser sous les selles, et je me suis assis pour écrire :

Chère Anna,

Tu as sûrement déjà perçu que quelque chose de fondamental s'est brisé entre nous, il est même plus que probable qu'en ce moment même (5 h 50 du matin) tu as déjà largement dépassé ce que je voulais te dire depuis plusieurs jours sans y parvenir, je sais comme cet endroit et ce travail t'ont rendue forte et prompte à réagir et je n'imagine pas que tu puisses être perdue et désespérée quelque part dans la nuit, je suis certain que tu avais compris bien avant moi que notre histoire était parvenue à un point mort absolu et qu'il n'y avait aucun moyen de rien réparer ou arranger, mais seulement d'en prendre acte et de ne pas gâcher une autre vie par pure obstination ou peur ou fermeture des horizons sans

Ma lettre devenait longue et mal articulée, beaucoup moins sèche que je ne l'aurais souhaité. Je me suis levé et je suis allé regarder par la fenêtre ; je suis revenu sur mes pas, j'ai regardé la cible du jeu de fléchettes, et le téléphone sur la table basse. Je ne savais pas si je devais réveiller Maria Chiara en l'appelant pour lui donner un aperçu en temps réel de la situation et la retenir par des paroles et des intonations, ou au contraire la laisser dormir et à mon retour présenter toute cette histoire comme une affaire réglée. Je cherchais à comprendre si j'avais encore techniquement le temps d'attendre Anna, de lui parler, de rompre, et de prendre ma valise, pour refaire toute la route jusqu'à Rome. Je m'en sentais capable, et l'instant d'après c'était le contraire : mes pensées dérapaient l'une sur l'autre, j'avais des mouvements imaginaires comprimés dans tous les muscles du corps.

J'ai déchiqueté la première lettre en miettes minuscules, et j'en ai commencé une deuxième :

Anna,

tout est fini entre nous et nous n'avons plus aucune raison de rester ensemble. Inutile de nous mettre à distribuer les torts et les bons droits, la seule chose qui compte est

La hâte de partir apparaissait trop brutalement sous ma plume, me faisant l'effet d'être un assassin. J'ai déchiré aussi le deuxième feuillet et j'ai jeté les fragments dans la corbeille en osier tressé des Philippines qu'Anna avait achetée sur un marché dans une bourgade voisine.

Me venaient à l'esprit des images de nos soirées comme des interférences morcelées mais lisibles ; je secouais la tête pour m'en libérer, et je les voyais tout de même. Des traits et des lignes familières, syntonie basse, absence d'inquiétude, conversations en boucle, amplification de détails sans intérêt : lorsque l'analyse prolongée du pas d'un cheval ou de la consistance de son sabot semblait un moyen d'ordonner notre paysage mental, de le rendre plus vivable et plus sûr. Je cherchais à comprendre si vraiment nous avions eu un paysage mental en commun, et il me semblait que oui, même s'il était restreint, fait de sensations brèves et de confirmations des limites. Nous nous étions sentis loin du monde et proches l'un de l'autre comme deux exilés sur une île déserte sans grandes ressources naturelles, avec le même type de solidarité motivée par la nécessité de survivre, mais efficace et même tendre par moments. Et même si je n'arrivais pas à me souvenir de grands élans créateurs ni de sillage impétueux de sentiments, je me rappelais cependant l'admiration dans le regard d'Anna pour mes techniques primitives de travail, à l'époque où l'idée de recourir à une machine ou à un ouvrier spécialisé m'apparaissait comme la trahison d'un principe essentiel. Je me rappelais aussi comme cette admiration avait faibli peu à peu, à force de répétition et de friction quotidiennes, jusqu'à ne plus exister du tout.

J'allais et venais dans le vieux chalet et je me sentais traqué ; je m'efforçais de repousser ces pensées à leur juste place, sous celles mille fois plus proches de Maria Chiara. Mais j'aurais voulu savoir au moins si Anna était perdue et désespérée quelque part, ou partie à ma recherche dans les hôpitaux et les commissariats, ou même si elle avait refait sa vie en un temps record et avait encore moins envie que moi d'entendre parler de notre histoire, de chevaux et de centre d'équitation. J'aurais eu besoin de quelques données de base pour pouvoir agir, au lieu de m'agiter comme un otage dans l'obscurité qui s'estompait d'une minute à l'autre et me laissait à découvert face au temps, à la distance et aux choses inexpliquées.

Je suis remonté dans la chambre, et j'ai tiré ma vieille valise que j'avais glissée sous le lit. Il m'est venu à l'esprit que jamais Anna et moi n'avions eu une vraie querelle ouverte à propos des fondements de notre vie ensemble, mais seulement des échanges circonscrits à des questions pratiques spécifiques. Vue de l'intérieur du chalet, l'idée de rompre avec elle me paraissait beaucoup plus violente et inattendue que vue de chez Maria Chiara : comme d'achever un cheval tombé avant d'être sûr qu'il a la jambe cassée, ou d'envahir un pays voisin sans déclaration de guerre préalable. Je n'avais toutefois aucun doute que notre histoire fût irrémédiablement brisée et l'invasion déjà effectuée, mais cela ne suffisait pas à me retenir d'osciller entre impatience et inertie, cruauté et compassion. Je me demandais si j'étais trop en avance ou trop en retard pour m'en aller ; si je l'aurais fait même sans la sensation de Maria Chiara qui me traversait la tête et le corps dans toutes les directions, ou si je serais resté Dieu sait combien d'années encore enfermé dans les frontières rassurantes de la vie que je connaissais. De nouveau j'ai ressenti une fureur sauvage contre moi-même, et l'envie d'en finir.

J'ai pris une chemise dans l'armoire, je l'ai pliée à ma manière ratée, rendue encore plus imprécise par la frénésie. J'ai ouvert un autre tiroir au hasard, et il était plein de T-shirts, de culottes et de collants d'Anna : j'en ai ressenti un accès aigu de chagrin, tellement je les connaissais — ils n'étaient pas neufs, le coton était usé et décoloré. Je me suis assis par terre, je respirais lentement, je regardais l'armoire, le lit et les meubles, les murs. Il y avait une photo d'elle et moi à cheval au cours d'une randonnée dans les collines de la Tolfa ; je me suis demandé combien de lessives nous séparaient de ce voyage, et combien s'étaient décolorés, dénaturés et rétrécis les sentiments que nous avions éprouvés à l'origine. Je suis allé examiner de près nos visages sur l'épreuve en couleurs pour y déchiffrer quelque chose de ce qu'il y avait eu, mais je n'y arrivais pas : je ne voyais que deux visages tendus dans une entreprise commune et légèrement surexposés, avec les yeux fixés droit sur le soleil d'un printemps passé.

J'ai tiré de l'armoire un caleçon et l'ai jeté dans la valise. Je me demandais s'il y avait des raisons beaucoup plus vastes derrière ce qui m'apparaissait comme un drame strictement personnel : si le destin, ou la biologie ou la chimie œuvraient irrésistiblement et en silence derrière chaque apparence de choix, et m'entraînaient sur leurs parcours. Je me demandais s'il était possible qu'avec le temps ma rencontre avec Maria Chiara puisse aussi perdre la luminosité, la chaleur, le caractère unique qu'elle avait à présent, et ne plus me sembler miraculeuse. Je me demandais si le temps est en fin de compte destructeur ou seulement révélateur des sentiments ; s'il s'agit de lui résister ou de courir plus vite que lui pour tenter de l'arrêter ; ou bien s'il n'y a rien à faire.

Je ne parvenais pas à réfléchir, à m'arracher à la glu de l'inaction, à écrire une troisième version claire, sèche mais humaine de ma lettre à Anna, et puis à m'en aller. J'ai plié une deuxième chemise, rêche et d'une teinte violacée qui ne m'avait jamais plu ; je songeais que j'aurais pu m'en passer, comme d'ailleurs j'aurais pu me passer de toutes les autres choses qui se trouvaient dans les tiroirs et sur les étagères. Ce que m'avait dit Maria

Chiara sur ses vêtements m'est revenu à l'esprit, qu'ils n'étaient jamais vraiment à elle ; le besoin d'elle m'a de nouveau assailli telle une vague farouche. J'ai regardé la pendule ; elle marquait six heures et demie. Je n'arrivais pas à comprendre comment autant de temps avait pu s'écouler sans que je m'en aperçoive ni que je fasse rien ; mon cœur s'est mis à battre à coups redoublés.

Je suis descendu pour aller dehors, sur le terre-plein ; l'air était imprégné d'une brume pâle qui peu à peu devenait lumière. Des trilles et des gazouillis prouvaient la présence d'oiseaux cachés dans les arbres alentour, la zone franche entre nuit et jour se dissolvait rapidement. J'ai tendu l'oreille mais je n'entendais approcher aucun moteur, la route au-delà de la barrière était déserte aussi loin que je puisse voir. Je continuais à songer à Maria Chiara qui s'éveillait et ne me trouvait pas dans le lit ni dans le reste de la maison ; je me demandais dans combien de temps cela risquait d'arriver, si je pouvais encore rentrer à temps. J'avais en tête tout le trajet jusque chez elle, représenté avec la plus grande clarté, virage après virage, kilomètre après kilomètre, feu rouge après feu rouge.

Je suis allé au paddock des chevaux renaturalisés. Quatre ou cinq d'entre eux se sont approchés, perplexes, pour voir si j'avais une carotte ou une pomme à leur donner de si bon matin ; lorsqu'ils ont compris que je n'en avais pas, ils ont commencé à reculer en me lançant des regards obliques. J'ai pris par le licol Oscar, un hongre argentin de douze ans qui avait réussi à se remettre des dégâts d'un dressage violent et d'une succession de propriétaires idiots. Je lui ai gratté le front, mais il avait gardé une phobie du contact à la tête, il s'est mis à tirer en arrière jusqu'à ce que je le laisse partir. Je songeais à tout le temps que je lui avais consacré, à tous les levers à l'aube et à toutes les attentes en plein soleil, à toutes les tentatives de communication et à toutes les marques de progrès imperceptible que je guettais, à toutes les petites satisfactions, et l'idée d'avoir eu tant de patience m'emplissait de désespoir, exclu d'un monde où se mouvait Maria Chiara, libre et animée. J'aurais voulu à nouveau posséder au moins le temps consacré à Oscar pour pouvoir m'en resservir, pour me faire harceler les yeux d'images et marteler les tympans de sons, me laisser dévaster le cœur par des impulsions désordonnées, courir.

J'ai couru jusqu'à la maison, grimpé l'escalier de bois, bondi dans la chambre. Sans choisir, j'ai jeté dans la valise d'autres vêtements au hasard. Mes pensées caracolaient en tous sens, confuses comme les chiffons inutiles que j'avais entre les mains. Le regard de Maria Chiara et son souffle me parcouraient comme des hallucinations : le pli au coin de ses lèvres quand elle allait rire, la ligne de sa nuque quand elle était tournée aux trois quarts, la plante de ses pieds regardée de tout près (la surprise de les voir aussi délicats compte tenu de tout le mouvement qu'ils lui permettaient). J'ai fermé la valise, en luttant contre l'imprécision de mes mains et la résistance des charnières déshabituées. Je n'arrivais pas à bouger comme je l'aurais voulu, l'adrénaline que j'avais dans le sang m'intoxiquait et produisait un ralentissement au lieu d'une accélération.

J'ai sorti la valise de la chambre et, bien qu'elle fût à moitié vide, je devais faire un effort disproportionné pour la soulever, et j'ai eu l'impression d'épuiser toutes mes forces entre la porte et l'escalier. Je me suis assis sur la première marche, les oreilles et les yeux pleins de signaux décalés. J'étais accablé de fatigue, comme un déménageur professionnel qui regarde autour de lui et parvient à évaluer le poids des choses sans même avoir besoin d'y mettre les mains.

Puis la porte d'entrée s'est ouverte d'un coup et Anna est entrée, elle a tourné la tête vers moi.

Nous nous sommes regardés fixement, des deux extrémités de l'escalier, les mouvements réduits à zéro, tous les sens en éveil pour déchiffrer les signaux réciproques et être prêts à réagir le plus rapidement possible.

Anna a dit : « Qu'est-ce que tu fais avec cette valise ? » Elle happait l'air avec ses narines dilatées, et son regard me donnait la chair de poule, tellement il était appliqué à enregistrer les faits.

« Je m'en vais », ai-je répondu d'un ton aussi détaché qu'une observation astronomique.

« Ah oui ? » Elle gardait les yeux fixes. Elle a pris une profonde inspiration. « Et pourquoi ça ?

— Parce qu'entre nous tout est fini. » J'aurais voulu

me lever, mais je suis resté assis. « Parce que nous n'avons plus aucune raison de rester ensemble. »

Elle a secoué lentement la tête ; elle avait l'air incrédule, avec le bout du nez tout rouge.

Et ce n'était pas la réaction que j'aurais voulue ; j'ai dit d'une voix excitée et mauvaise : « Tu ne te rappelles pas comment tu étais l'autre matin, par exemple ? Ou le jour d'avant ? » Je savais que je faisais fausse route et que ce n'était pas la façon d'aborder la question, mais je n'étais plus en mesure de rien mesurer ni calibrer. « Toute la distance impénétrable, l'indifférence fondamentale ? Juste au ras de la trame implacable des faits matériels ? »

Elle essayait de déboutonner le manteau bleu de l'époque où elle vivait en ville mais elle n'y parvenait pas, et la tension de ses traits semblait le prélude à une explosion ou à un écroulement total.

« Comment peux-tu ne pas le voir toi aussi ? Ne pas vouloir le reconnaître ? T'obstiner à raisonner comme si nous étions une petite entreprise, plutôt que deux personnes ? »

Elle a annoncé sur un registre navrant : « Si tu le dis. » Dehors, on a entendu le bruit d'une voiture qui manœuvrait sur le terre-plein et qui s'en allait.

« Et toi, alors, qu'est-ce que tu en penses ? » La rage, la hâte et le mécontentement, la panique pure se mêlaient dans mon sang et se répandaient dans ma voix. « Pourquoi ne peux-tu pas appeler les choses par leur nom ? Leur nom !

— Tu es fou, a dit Anna.

— Bravo. » J'espérais qu'elle deviendrait le plus hostile et le plus antipathique possible ; j'espérais une simplification, noir et blanc plutôt que dix mille nuances de gris. « C'est que tu es tellement sourde et acharnée. » Je ne voulais plus rien de l'émotion que j'avais ressentie en voyant son linge dans le tiroir. « Tellement fidèle à toi-même, bon Dieu. »

Elle a ployé légèrement le genou ; ses traits paraissaient soutenus par une réserve d'obstination sans fin.

« Et où étais-tu, jusqu'à maintenant ? D'où arrives-tu ? » Je ne m'attendais pas à cet aspect de moi, mais il était là, dans la confusion des impulsions que j'avais en moi ; cet aspect inopinément myope et jaloux, sans aucune justification.

Elle n'avait toujours pas bougé du pied de l'escalier, les doigts sur les boutons de son manteau ; puis ses traits se sont décomposés tous en même temps et la rage lui a mouillé les yeux et empourpré le visage, et lui a fait crier : « Et d'où arrives-tu toi-même ? Voilà deux jours et deux nuits que tu as disparu ! Sans même avoir l'idée de téléphoner pour dire quoi que ce soit ! Quand je pouvais te croire mort ou Dieu sait quoi !

— Mais tu ne le croyais pas vraiment, non ? » Je le disais sans en être vraiment sûr.

Elle a enfin réussi à déboutonner son manteau, elle l'a enlevé d'un geste brusque et l'a jeté par terre en hurlant : « Tu n'es qu'un sale con d'égoïste de merde attardé inconscient et irresponsable ! Dis-moi où tu étais ! »

J'avais le cœur glacé de voir comme nous étions de plus en plus affreux et déséquilibrés sans pour autant atteindre le stade du noir et blanc ; la tentation m'est venue de pousser nos rapports vers l'abysse, de les fracasser en mille morceaux au-delà de toute espérance de réparation. « J'étais avec une femme. Je suis amoureux. »

Anna s'est bloquée à demi, dans une expression qui dans d'autres circonstances aurait pu me faire rire mais qui m'a poussé, encore plus fasciné et assourdi, vers le précipice.

« Je suis tombé amoureux de quelqu'un, et entre toi et moi tout était fini depuis déjà longtemps, même si nous sommes restés un certain temps côte à côte comme si nous pouvions survivre quand même, mais le temps est écoulé et c'est terminé !

— Qui ? Je la connais ? » Elle avait de nouveau les yeux mi-clos.

« Non. » Je ne voulais pas de pauses, je ne voulais pas de ressaisissements ni de retournements pathétiques : ma vie sentimentale passée était tout un catalogue d'atermoiements, de désagrément et d'exaspération parce que je n'avais pas eu le courage d'être cruel quand il l'aurait fallu.

« C'est une nouvelle cliente ? » a demandé Anna, plantée sur ses deux jambes dans une posture de défense de son territoire.

« Tu ne l'as jamais vue. » J'étais assis dix marches au-dessus d'elle et de notre vie ensemble, submergé de pensées de Maria Chiara, d'envie d'être avec elle, de peur de me laisser retenir. « Je t'en prie, ne basculons pas dans le pathétique maintenant. »

Elle est restée figée quelques secondes encore, puis au lieu de basculer dans le pathétique elle s'est précipitée dans l'escalier comme une furie dotée de quatre jambes et huit mains. J'ai tenté de me relever mais trop tard : elle m'est tombée dessus à bras raccourcis et m'a accablé de coups de poing sur la tête et sur le corps. Je n'ai pas vraiment essayé de me défendre, même si c'étaient des coups de dresseuse de chevaux endurcie par des années de travail implacable avec des bêtes fortes et obstinées. Je préférais mille fois cela, plutôt que de la voir dans un rôle de victime brisée qui sanglote ; c'était un acte de guerre ouverte que je voulais.

Cette agression furibarde et effrénée, cette haine, ressemblaient à son comportement à mon égard au fil des années passées : j'étais frappé par l'honnêteté intense et fondamentale de ses raisons, et ma hâte de rejoindre Maria Chiara ne suffisait pas à l'estomper. Il me semblait qu'en fin de compte nous étions réellement des animaux de deux espèces différentes, aux codes, aux langages et aux motivations différentes, habités par une hostilité profonde d'ennemis naturels, déconcertés par les effilochures d'une vie commune inexplicablement pacifique.

Anna a reculé, haletante, les traits déformés. « Pas question de t'en aller comme ça juste parce que tu l'as décidé !

— Et qui va décider pour moi, alors ? » Je ressentais un coup terrible à la seule idée qu'elle puisse vraiment me bloquer la route et m'empêcher de retourner auprès de Maria Chiara. « Le tribunal des sentiments ?

— Certainement pas toi tout seul ! » Elle se haussait légèrement sur la pointe des pieds à chaque éclat de voix ; ses talons quittaient le sol, soulevés par la fureur, tous les muscles de son corps contractés solidairement. Elle a hurlé : « Certainement pas comme ça ! Certainement pas comme si tu descendais de l'autobus parce que à un certain point tu décides que tu en as assez !

— Mais j'en ai assez ! ai-je hurlé encore plus fort. J'en ai marre et plus que marre et je veux descendre !

— Tu n'es qu'un salaud hypocrite et dégueulasse !

— Et toi tu es encore plus hypocrite !

— Tu m'as exploitée tant que ça t'arrangeait !

— Ce n'est pas vrai ! » Je l'ai hurlé encore plus fort pour démolir les doutes qui pouvaient me venir à ce sujet. « Je n'ai jamais exploité personne de ma vie !

— Bravo ! C'est facile ! » Et puis : « Monsieur est autonome et indépendant, il lave ses affaires tout seul, il refait même l'ourlet de son pantalon quand il en a besoin ! Comme ça il ne doit rien à personne !

— Tu en préférerais un qui te traite en esclave ? Un mari patron, un salaud du dix-neuvième siècle ?

— Au moins il serait plus honnête ! Au lieu d'un qui ne demande rien et qui en échange ne donne aucune garantie !

— Pourquoi, quel genre de garantie aurais-tu voulu ? » ai-je crié ; moi aussi j'avais une envie désespérée de garanties, et je savais que cela n'existait pas. « Une garantie contre l'usure du temps et les imperfections de la vie ? Une garantie contre la douleur ?

— Te voilà bien brave en paroles ! a-t-elle hurlé. Je me suis tuée au travail pendant quatre ans comme une imbécile dans cet endroit de merde !

— C'est toi qui l'as voulu ! Qui as voulu transformer une chose légère en un cercle fermé de peine, de soucis et d'obligations sans issue !

— Si je ne l'avais pas fait, tout serait tombé en quenouille depuis longtemps ! Si je t'avais suivi, avec ta merveilleuse légèreté !

— Et qui t'a obligé ? Quel genre de mission supérieure avais-tu en tête ?

— Tu menais une vie hallucinante ! Tu étais comme un pauvre sauvage qui s'obstine à utiliser des moyens de pauvres sauvages comme ses grands-parents !

— J'étais comme je voulais être ! ai-je hurlé. Et c'était pour ça que je te plaisais ! Qu'est-ce qui t'a mis en tête de me transformer ?

— C'est toi qui me l'as demandé !

— Je ne t'ai jamais rien demandé ! J'étais très bien tout seul ! » Et ce n'était pas vrai : alors même que je disais ces mots, en un éclair le sentiment de manque que j'avais éprouvé avant elle m'est revenu. Seulement nous étions en train d'essayer de rompre, et non de faire une reconstruction précise de notre histoire ou d'établir la vérité définitive, en supposant qu'il y en eût une.

« Mais tu me l'as demandé, au contraire ! » a-t-elle hurlé, le visage cramoisi et le corps tendu comme un ressort. Je sentais la pression qui montait en elle sans échappatoire : j'avais peur que ça lui bousille le cœur ou que ça lui provoque des lésions internes. Elle a hurlé : « Tu m'as téléphoné pour me demander si je voulais venir vivre et travailler avec toi !

— Mais certainement pas pour me transformer ! » Je hurlais, frappé par l'insupportable incongruité des faits. « Certainement pas pour me faire devenir une version encore plus réaliste et plus dévitalisée de ce que j'étais avant !

— Alors qu'est-ce que j'aurais dû faire ? » Elle s'égosillait, avec des larmes de rage dans les yeux et le nez qui coulait. « Rester à la merci de ton caractère instable, de tes manies, de ton manque total de sens pratique ? »

Sa voix avait une charge d'indignation tellement fondée que je n'arrivais plus à maintenir la moindre apparence de loyauté dans notre affrontement. J'avais honte de la voix avec laquelle je m'efforçais de noyer la sienne, honte de lui imposer le rôle de celle qui cherche à sauver le navire en m'arrogeant celui de qui plonge et s'éloigne à grandes brasses ; honte de savoir que les raisons de mon absence de bonheur avec elle étaient trop grandes et trop petites pour pouvoir être observées à l'œil nu. L'unique issue semblait être de désactiver mes capteurs de fragilité et d'émotivité, et de devenir totalement insensible et injuste.

« De toute façon, c'est toi qui t'es installée dans ma vie. » Ce n'était pas tellement difficile : l'impatience de rompre et de me précipiter à Rome chez Maria Chiara continuait de croître en moi à mesure que la lumière entrait par les fenêtres. « De ta propre initiative uniquement, et même avec beaucoup d'insistance ! »

Elle a paru sur le point de se jeter encore sur moi ou de subir un vrai traumatisme grave, elle avait les pupilles dilatées et tout le visage qui tremblait sans trouver son point d'équilibre ; et puis elle m'a écarté d'une poussée pour entrer tête baissée dans la chambre, et elle s'est mise à sortir brutalement tous mes vêtements restés dans les tiroirs de l'armoire.

Je me suis adossé au chambranle de la porte pour la regarder, il me semblait que la violence de la scène pourrait exorciser au moins en partie le désespoir dont nous étions imprégnés.

Elle a continué de jeter mes affaires en l'air avec des rugissements et des grognements de fureur, elle les faisait voler sur le palier près de la valise.

J'ai dit à mi-voix : « Je n'en ai pas besoin », au milieu des T-shirts déteints, des vieux chandails et des pantalons rapiécés qui pleuvaient sur moi. Je pouvais voir le vide derrière le plein et entendre le silence sous le bruit, et ils m'épouvantaient autant que le temps qui continuait à filer sous mon immobilité.

Elle a hurlé : « Emporte-moi tout ça ! Ou je le jette à la poubelle ! Je ne veux plus rien voir de toi ici !

— Fais comme tu veux. » Mon épouvante n'était pas mince : c'était une peur sidérale de la façon dont les noms qu'on donne aux choses s'évanouissent à un certain point, les rendant incompréhensibles.

Anna a fini de jeter en l'air tous mes vêtements, et elle s'en est prise à mes livres, à mes cassettes et à tous les objets qu'elle pouvait trouver m'appartenant. Elle s'est emparée des photos de nous, y compris celle accrochée au mur de notre randonnée dans les collines de la Tolfa, elle a fracassé les cadres délicats en bois coloré, et elle a déchiré les photos en morceaux.

J'avais des souvenirs de gestes similaires ou équivalents dans d'autres parties de ma vie, mais cela n'atténuait en rien l'effet de ceux que j'avais sous les yeux. Cela me semblait un jeu douloureux et répétitif consistant à chercher, à se rapprocher, à demander et offrir, à prendre et s'étonner, à s'habituer, à conserver et se lasser, à restituer pour tout recommencer ailleurs, où finalement ce qui était mien redevenait mien et ce qui était à l'autre personne revenait à l'autre personne et aucun des deux ne possédait plus rien. J'ai été tenté de me jeter par terre, de demander pardon à Anna et à toute autre femme qui ait jamais offert, pris, demandé, donné, conservé, proposé ou rendu quoi que ce fût pour moi.

Mais je suis resté immobile sur le palier à la regarder tandis qu'elle flanquait en l'air toute notre chambre à coucher, avec un peu de ce goût amer du pyromane à voir comme la rage semblait l'entraîner au-delà de la zone des larmes et des retours possibles, dans un territoire de sentiments aussi violents que les cris et les coups qui emplissaient le vieux chalet dans le silence du matin.

J'ai songé que je me sentirais mieux en n'emportant rien du tout ; j'ai laissé la valise et j'ai descendu l'escalier dans le vacarme de mes possessions qui continuaient à voler, je n'arrivais pas à comprendre comment j'avais pu en accumuler autant avec toujours cette idée de ne rien posséder.

D'en haut, Anna a jeté un canard en bois que j'avais rapporté du Cameroun, une vieille édition illustrée de *Robinson Crusoé*, deux harmonicas, un béret de lainage noir, une boussole. Tout tombait par terre, devant, derrière moi et sur les côtés ; je me déplaçais juste assez pour ne pas être atteint.

J'ai dit : « Je m'en vais », en levant la tête.

Puis a dégringolé une statuette toltèque peut-être pas ancienne mais que j'aimais beaucoup, elle s'est brisée en deux.

J'ai dit : « Salut ! » Je songeais combien en regard était libre et léger le moment que j'avais laissé chez Maria Chiara, encore apparemment intact et souple autour de nous.

Les boîtes en aluminium d'un film arménien que j'avais distribué ont volé dans l'escalier : l'une des deux s'est ouverte en vol, la bobine en a jailli.

J'ai répété : « Je m'en vais, Anna. » J'allais vers la porte, mais lentement comme dans un mauvais rêve. « Je n'ai plus le temps. »

J'ai vu atterrir un petit portrait idéalisé de moi à

cheval, peint par une cliente des premiers temps ; puis voler en éclats un gobelet délicat en verre bleu que j'avais acheté à Prague.

J'ai regardé la pendule et il était presque sept heures, la hâte de courir contre la montre pour regagner Rome m'a envahi avec une violence renouvelée. J'ai crié : « Bon, au revoir ! » Puis : « Il faut que j'y aille ! » Puis : « Salut ! »

Anna est descendue à mi-escalier et m'a fixé sans bouger. Son corps tout entier avait acquis une sorte de qualité fondamentale, ses bras et ses jambes semblaient à présent plus robustes et plus assurés que je ne me les rappelais, ses cheveux encore plus drus, ses yeux sombres et brillants. Elle a pris ma valise et sans me quitter des yeux l'a jetée en bas.

J'ai reculé dans le fracas, mû par un réflexe que je n'arrivais pas à comprendre, vers mes vêtements épars sur le plancher comme un échantillonnage navrant de choses passées. J'ai ramassé une chaussette et je l'ai regardée, d'un peu loin, tandis qu'Anna, du milieu de l'escalier, me fixait toujours, les lèvres crispées. J'ai laissé retomber la chaussette, je me suis tourné vers la porte, et je l'ai ouverte avec un effort. Je suis sorti.

La lumière au-dehors était beaucoup plus intense qu'avant, elle éclaircissait le paysage alentour jusqu'à presque l'effacer. J'ai traversé le terre-plein tête baissée comme si je m'échappais d'une scène de guerre, j'ai ouvert la portière de la vieille Renault et je me suis jeté sur le volant. Je n'avais aucune certitude de vraiment m'en sortir vivant ; j'ai tenté de calculer une nouvelle fois les temps et les distances, mais c'était un exercice trop complexe pour mon état mental.

J'ai manœuvré en marche arrière, j'ai regardé vers la maison : Anna était sur le seuil, avec une expression qui semblait contenir le principe de chaque sentiment et de son contraire exact.

Et j'ai songé que les raisons de mon absence de bonheur étaient peut-être en moi plutôt qu'au-dehors ; que j'avais continué à me déprendre de chaque femme, métier ou histoire dès qu'elle faisait mine de perdre sa magie initiale, uniquement parce que je n'étais pas capable d'assumer une responsabilité adulte ni d'interpréter de manière positive les comportements évolués de notre espèce. J'ai songé que ce que j'appelais légèreté n'était peut-être qu'une forme d'égoïsme superficiel qui me poussait à fuir plutôt qu'à affronter les défis de la vie, et que ce que j'appelais poids était la juste consistance des choses. J'ai songé que je finirais peut-être toujours par me retrouver dans la même situation avec n'importe quelle femme, une fois passée la période d'enthousiasme, de divertissement et de découverte. J'ai songé qu'au fond je ne savais presque rien de Maria Chiara, à part ce que je m'étais imaginé sur la base d'impressions déformées par la proximité et la suggestion ; j'ai songé qu'elle n'était peut-être même pas libre, et que le voile de tristesse que j'avais vu dans ses yeux dissimulait peut-être des sentiments déjà occupés par Dieu sait qui, Dieu sait où. J'ai songé que c'était vrai qu'Anna était une femme formidable, qu'elle m'avait consacré quatre années de sa vie avec toute l'énergie dont elle était capable et que sans elle le centre d'équitation serait depuis longtemps tombé en quenouille et moi échoué Dieu sait où. J'ai songé que ma chute et tout ce qui s'était ensuivi avaient peut-être eu pour effet de briser enfin le rempart de mon immaturité obstinée, de me faire regarder autour de moi pour la première fois comme une personne adulte. J'ai songé que ce n'était peut-être plus le moment de chercher et de s'extasier, mais de s'arrêter, d'accepter et de construire, de quitter le provisoire, le présent éphémère et si peu fiable, pour s'engager d'un pas ferme dans le futur.

J'étais à l'arrêt dans la vieille Renault avec le moteur en marche, et j'avais le sentiment d'être au tournant le plus important de ma vie. Anna ne bougeait pas de la porte du club-house, son regard et sa silhouette collaient extraordinairement au scénario et à ses développements possibles. J'ai songé que c'était un scénario que nous avions construit nous-mêmes, un clou après l'autre, un trait de plume après l'autre, jour après jour et saison après saison ; que j'en connaissais le poids, l'épaisseur et la résistance jusque dans les moindres recoins. J'ai songé que seul un trait déraisonnable m'empêchait d'y retourner et de m'y sentir à nouveau à l'aise, d'y rester : il m'aurait suffi d'éteindre le moteur, de descendre de voiture et de rejoindre Anna, de lui dire qu'elle avait raison.

Puis l'inexplicable exaltation que j'avais éprouvée en

voyant Maria Chiara pour la première fois m'a transpercé le cœur, avec ce sentiment de perte irréparable lorsqu'elle était partie sur le quai encombré de voitures et de bruit, l'indicible soulagement quand je l'avais revue sur le pont, la surprise quand je l'avais regardée nager, la stupéfiante plénitude quand nous nous étions étreints sur son lit sans qu'il reste le moindre millimètre de distance entre nous. Et je savais qu'il était tard et que je n'arriverais peut-être plus à la trouver chez elle ni à l'hôpital auprès de sa sœur ni nulle part ailleurs, ou peut-être au contraire que je la trouverais mais déçue ou transformée, différente à la lumière crue du jour, avec la souffrance d'une autre vie refusée et revenue lui peser, et j'ai songé que toutes ces possibilités négatives mises ensemble ne parvenaient pas à contrebalancer les possibilités inexplorées et encore intactes, pleines de promesses du moment qui nous avait contenus tous les deux.

J'ai passé la première, j'ai braqué le volant, et je me suis dirigé vers le portail ; j'ai fait un geste d'adieu à Anna à travers la vitre, avec toute la reconnaissance et la faiblesse, l'inutilité, l'anxiété et le remords, la contrariété, la mémoire dont j'étais capable. J'étais déjà au portail et déjà en route vers la ville, déjà lancé dans ma course folle vers le grand moment.

Impression réalisée sur CAMERON par

BUSSIÈRE CAMEDAN IMPRIMERIES

GROUPE CPI

à Saint-Amand-Montrond (Cher)
pour le compte des Éditions Denoël
en avril 2001

N° d'édition : 9550. — N° d'impression : 0111775/1
Dépôt légal : avril 2001.

Imprimé en France